清馨民国风

清馨民国风

成长的记忆

梁启超 胡适等著 孙立明编

首都经济贸易大学出版社
Capital University of Economics and Business Press

图书在版编目(CIP)数据

清馨民国风:成长的记忆/梁启超,胡适等著,孙立明编. ‒‒北京:首都经济贸易大学出版社,2014.3

ISBN 978 ‒ 7 ‒ 5638 ‒ 2125 ‒ 9

Ⅰ.①清⋯　Ⅱ.①梁⋯　②胡⋯　③孙⋯　Ⅲ.①散文集—中国—现代　Ⅳ.①I266

中国版本图书馆 CIP 数据核字(2013)第 158195 号

清馨民国风:成长的记忆
梁启超　胡适　等著　孙立明　编

————————————————————————————

责任编辑　季云和
封面设计　张弥迪
出版发行　首都经济贸易大学出版社
地　　址　北京市朝阳区红庙（邮编 100026）
电　　话　(010)65976483　65065761　65071505(传真)
网　　址　http://www.sjmcb.com
E ‒ mail　publish@cueb.edu.cn
经　　销　全国新华书店
照　　排　北京砚祥志远激光照排技术有限公司
印　　刷　临沂圣贤印刷有限公司
开　　本　880 毫米×1230 毫米　1/32
字　　数　236 千字
印　　张　9.375
版　　次　2014 年 3 月第 1 版　2019 年10月第 2 次印刷
书　　号　ISBN 978 ‒ 7 ‒ 5638 ‒ 2125 ‒ 9/I・19
定　　价　28.00 元

————————————————————————————

前　言

这本书中的几十篇文字，都曾刊载于民国时期的出版物。其中一些篇目，近二三十年中曾经从繁体字变为简体字，或多或少为今人所知；但更多的篇目，似乎一直以繁体字竖排的形式，掩隐在岁月的尘埃中，直到我们发现或找到它们，再把它们转换为简体字，以现在这套"清馨民国风"丛书为载体，呈献给当今的读者。

收入这套"清馨民国风"丛书的数百篇民国时期的文字，堪称历史影像，也可以说是情景回放。它们栩栩如生、有血有肉，是近 200 位民国学人的集中亮相，也是他们经历、思考与感悟的原味展示——围绕读书与修养、成长与见闻、做人与做事、生活与情趣，娓娓道来。透过这些文字，我们既可以领略众多民国学人迥然不同的个性风采，更可以感知那个时代教育、思想与文化生态的原貌。

策划、编选这样一套以民国原始素材为主体内容的丛书，耗费了我们大量的时间、精力和心血。而今本套丛书即将分批陆续付梓，我们欣喜地发现，她已经有型、有范儿、有味道了。

需要特别说明的是,根据著作权法的规定,本书收选的作品,有一部分仍处于版权保护期。由于原作品出版年代久远,且难以查找作者及其亲属的相关信息和联系方式,我们未能事先一一征得权利人同意。敬请这些作者亲属见书后及时与我社联系,以便我社寄奉稿酬、寄赠样书。

目　录

梁启超（1873—1929），字卓如，号任公、饮冰室主人。广东新会人。20世纪初中国新旧交替时代著名政治活动家、启蒙思想家、教育家、史学家和文学家，戊戌变法领袖之一，民国初年清华大学国学院四大导师之一。梁启超学术研究涉猎广泛，在哲学、文学、史学、经学、法学、伦理学、宗教学等领域均有建树，以史学研究成就最大，被公认为中国近代史上百科全书式的人物；其著作后被合编为《饮冰室合集》。

三十自述

梁启超

"风云入世多，日月掷人急，如何一少年，忽忽已三十？"此余今年正月二十六日在日本东海道汽车中所作《三十初度口占十首》之一也。人海奔走，年光蹉跎，所志所事，百未一就，揽镜据鞍，能无悲惭？擎一既结集其文，复欲为作小传，余谢之曰："若某之行谊经历，曾何足有记载之一值。若必不获已者，则人之知我，何如我之自知？吾死友谭浏阳曾作《三十自述》，吾毋宁效颦焉。"作《三十自述》。

余乡人也。于赤县神州，有当秦汉之交，屹然独立群雄之表，数十年用其地与其人，称蛮夷大长，留英雄之名誉于历史上之一省；于其省也，有当宋元之交，我黄帝之孙与北狄异种血战不胜，君臣殉国，自沈崖山，留悲愤之记念于历史上之一县，是即余之故乡也。乡名熊子，距崖山七里强，当西江入南海交汇之冲。其江口列岛七，而熊子宅其中央。余实中国极南之一岛民也。先世自宋末由福州徙南雄，明末由南雄行徙新会，定居焉，数百年栖于山谷。族之伯叔兄弟，且耕且读，不问世事，如桃源中人。顾闻父老口碑所述，吾大王父①最富于阴德，力耕所获，一粟一帛，辄以分惠诸族党之无告者。王父讳维清，字镜泉，为郡生员，例选广文，不就。王母氏黎。父名宝瑛，字莲涧，夙教授于乡里。母氏赵。

余生同治癸酉正月二十六日，实太平国亡于金陵后十年，清大学士曾国藩卒后一年，普法战争后三年，而意大利建国罗马之岁也。生一月而王母黎卒，逮事王父者十九年。王父及见之孙八人，而爱余尤甚。三岁仲弟启勋生，四五岁就王父及母膝下授四子书、《诗经》，夜则就睡王父榻，日与言古豪杰哲人嘉言懿行，而尤喜举亡宋亡明国难之事，津津道之。六岁后，就父读，受中国略史，五经卒业。八岁学为文，九岁能缀千言。十二岁应试学院，补博士弟子员，日治帖括，虽心不慊之，然不知天地间于帖括外，更有所谓学也，辄埋头钻研。顾颇喜词章，王父、父母时授以唐人诗，嗜之过于八股。家贫无书可读，唯有《史记》一，《纲鉴易知录》一，王父、父日以课之，故至今《史记》之文，能成诵者八九。父执有爱其慧者，赠以《汉书》一，姚氏《古文辞类纂》一，则大喜，读之卒业焉。父慈而严，督课之外，使之劳作，言语举动稍不谨，辄呵斥不

---

① "大王父"指曾祖父，下文"王父"指祖父。——编者注。

少假借，常训之曰："汝自视乃如常儿乎？"至今诵此语不敢忘。十三岁始知有段、王训诂之学，大好之，渐有弃帖括之志。十五岁，母赵恭人见背，以四弟之产难也。余方游学省会，而时无轮舶，奔丧归乡，已不获亲含殓，终天之恨，莫此为甚。时肄业于省会之学海堂，堂为嘉庆间前总督阮元所立，以训诂词章课粤人者也。至是乃决舍帖括以从事于此，不知天地间于训诂、词章之外，更有所谓学也。己丑，年十七，举于乡，主考为李尚书端棻，王镇江仁堪。年十八计偕入京师，父以其稚也，挈与偕行，李公以其妹许字焉。下第归，道上海，从坊间购得《瀛环志略》，读之，始知有五大洲各国，且见上海制造局译出西书若干种，心好之，以无力不能购也。

其年秋，始交陈通甫。通甫时亦肄业学海堂，以高才生闻。既而通甫相语曰："吾闻南海康先生上书请变法，不达，新从京师归，吾往谒焉。其学乃为吾与子所未梦及，吾与子今得师矣。"于是乃因通甫修弟子礼，事南海先生。时余以少年科第，且于时流所推重之训诂词章学，颇有所知，辄沾沾自喜。先生乃以大海潮音作狮子吼，取其所挟持之数百年无用旧学，更端驳诘，悉举而摧陷廓清之。自辰入见，及戌始退，冷水浇背，当头一棒，一旦尽失其故垒，惘惘然不知所从事。且惊且喜，且怨且艾，且疑且惧，与通甫联床竟夕不能寐。明日再谒，请为学方针，先生乃教以陆王心学，而并及史学、西学之梗概。自是决然舍去旧学，自退出学海堂，而间日请业南海之门。生平知有学自兹始。

辛卯，余年十九，南海先生始讲学于广东省城长兴里之万木草堂，徇通甫与余之请也。先生为讲中国数千年来学术源流，历史、政治沿革得失，取万国以比例推断之。余与诸同学日劄记其讲义，一生学问之得力，皆在此年。先生又常为语佛学之精奥博大，余凤根浅薄，不能多所受。先生时方著《公理通》《大同学》等书，每与通甫商榷，辨析入微，余辄侍末席，有听受，无问难，盖知其美而不能通其故也。先生著《新学伪经考》，从事校勘；著《孔子改制考》，从事分纂。日课则《宋元明儒学案》、二十四史、《文献通考》等。而草堂颇有藏书，得恣涉猎，学稍进矣。其年始交康幼博。十月，入京师，结婚李氏。明年壬辰，年二十，王父弃养。自是学于草堂者凡三年。

甲午，年二十二，客京师，于京国所谓名士者，多所往还。六月，日本战事起，愤愤时局，时有所吐露，人微言轻，莫之闻也。顾益读译书，治算学、地理、历史等。明年乙未，和议成，代表广东公车百九十人，上书陈时局。既而南海先生联公车三千人，上书请变法，余亦从其后奔走焉。其年七月，京师强学会开，发起之者为南海先生，赞之者为郎中陈炽，郎中沈曾植，编修张孝谦，浙江温处道袁世凯等。余被委为会中书记员。不三月，为言官所劾，会封禁。而余居会所数月，会中于译出西书，购置颇备，得以余日尽浏览之，尔后益斐然有述作之志。其年始交谭复生、杨叔峤、吴季清、铁樵、子发父子。

京师之开强学会也，上海亦踵起。京师会禁，上海会亦废。

而黄公度①倡议续其余绪，开一报馆，以书见招。三月去京师，至上海，始交公度。七月《时务报》开，余专任撰述之役，报馆生涯自兹始。著《变法通议》《西学书目表》等书。其冬，公度简出使德国大臣，奏请偕行，会公度使事辍，不果。出使美、日、秘大臣伍廷芳复奏派为参赞，力辞之，伍固请，许以来年往，既而终辞，专任报事。丁酉四月，直属总督王文韶、湖广总督张之洞、大理寺卿盛宣怀连衔奏保，有旨交铁路大臣差遣，余不之知也。既而以割来，黏奏折上谕焉，以不愿被人差遣辞之。张之洞屡招邀，欲致之幕府，固辞。时谭复生宦隐金陵，间月至上海，相过从，连舆接席。复生著《仁学》，每成一篇，辄相商榷，相与治佛学，复生所以砥砺之者良厚。十月，湖南陈中丞宝箴，江督学标，聘主湖南时务学堂讲席，就之。时公度官湖南按察使，复生亦归湘助乡治，湘中同志称极盛。未几，德国割据胶州湾事起，瓜分之忧，震动全国，而湖南始创南学会，将以为地方自治之基础，余颇有所赞画。而时务学堂于精神教育，亦三致意焉。其年始交刘裴邨、林暾谷、唐绂丞及时学堂诸生李虎村、林述唐、田均一、蔡树珊等。

　　明年戊戌，年二十六。春，大病几死，出就医上海。既痊，乃入京师。南海先生方开保国会，余多所赞画奔走。四月，以徐侍郎致靖之荐，总理衙门再荐，被召见，命办大学堂译书局

---

　　①黄遵宪（1848—1905），字公度，晚清诗人、外交家、政治家、教育家，被誉为"近代中国走向世界第一人"。——编者注。

事务。时朝廷锐意变法，百度更新，南海先生深受主知，言听谏行，复生、暾谷、叔峤、裴邨以京卿参预新政，余亦从诸君子之后，黾勉尽瘁。八月政变，六君子为国流血，南海以英人仗义出险，余遂乘日本大岛兵舰而东。去国以来，忽忽四年矣。

戊戌九月至日本，十月与横滨商界诸同志谋设《清议报》。自此居日本东京者一年，稍能读东文，思想为之一变。己亥七月，复与滨人共设高等大同学校于东京，以为内地留学生预备科之用，即今之清华学校是也。其年美洲商界同志始有中国维新会之设，由南海先生所鼓舞也。冬间，美洲人招往游，应之。以十一月首途，道出夏威夷岛。其地华商二万余人相萦留，因暂住焉，创夏威夷维新会。适以治疫故，航路不通，遂居夏威夷半年。至庚子六月，方欲入美，而义和团变已大起，内地消息，风声鹤唳，一日百变。已而屡得内地函电，促归国，遂回马首而西。比及日本，已闻北京失守之报。七月急归沪，方思有所效，抵沪之翌日，而汉口难作，唐、林、李、蔡、黎、傅诸烈，先后就义，公私皆不获有所救。留沪十日，遂去，适香港。既而渡南洋，谒南海。遂道印度，游澳洲，应彼中维新会之招也。居澳半年，由西而东，环洲历一周而还。辛丑四月，复至日本。

尔来蛰居东国，忽又岁余矣。所志所事，百不一就，唯日日为文字之奴隶，空言喋喋，无补时难。平旦自思，只有惭悚。顾自审我之才力，及我今日之地位，舍此更无术可以尽国民责任于万一。兹事虽小，亦安得已？一年以来，颇竭棉薄，欲草一《中国通史》，以助爱国思想之发达，然荏苒日月，至今犹未能成十之二，唯于今春为《新民丛报》，冬间复创刊《新小说》，述其所学所怀抱者，以质于当世达人志士，冀以为中国国民逋铎之一助。呜呼！国家多难，岁月如流，眇眇之身，力小任重。吾友韩孔广诗云："舌下无英雄，笔底无奇士。"呜呼！笔舌生涯，已催我中年矣。此后所以报国民之恩者，未知何如？每一念及，未尝不惊心动魄，抑塞而谁语也。

孔子纪元二千四百五十三年壬寅十一月，任公自述。

蔡元培（1868—1940），字鹤卿。浙江绍兴人。20世纪中国杰出的教育家、思想家和民主主义革命家。1901年出任中国教育会会长，1908年赴德留学，1911年回国。1912年出任中华民国首任教育总长，同年7月辞职，9月旅居德国。1916年冬回国，出任北京大学校长。1928年起任中央研究院首任院长。蔡元培先生毕生倡导教育救国、学术救国和科学救国，推动中国的思想启蒙和文化复兴。

我所受旧教育的回忆

蔡元培

我六岁（以阴历计，若按新法只四岁余）入家塾，读《百家姓》《千字文》《神童诗》等。本来初上学的学生，有读《三字经》的，也有读《千家诗》或先读《诗经》的，然而我没有读这些。我读了三部"小书"以后，就读《四书》，《四书》读毕，读《五经》。读小书《四书》的时候，先生是不讲的；等到读《五经》了，先生才讲一点。然而背诵是必要的——无论读的书懂不懂，读的遍数多了，居然背得出来。

读书以外，还有识字、习字、对句的三法，是我了解文义的开始。识字是用方块字教的，每一个字，不但要念出读法，也要说出意义；这种方法，现在儿童教育上还是采用的，但加上图画，这是比从前进步了。习字是先摹后临，摹是先描红字，后用影格；临则先在范本的空格上照写，后来用帖子放在面前，在别的空白纸上照写。初学时，先生把住我的手，助我描写；熟练了，才自由挥写。对句是造句的法子，从一个字起，到四个字止，因为五字以上便是作诗，可听其自由造作，不必先出范句了。对句之法，不但名词、动词、静词要针锋相对，而且名词中动、植、矿与器物、宫室等，静词中颜色、性质与数目等，都要各从其类。例如先生出了"白马"，学生对以"黄牛""青狐"等，是好的；若用"黄金""狡狐"等等作对，就不算好了。先生出了"登高山"，学生对以"望远海""鉴止水"等，是好的；若用"耕绿野""放四海"等作对，用颜色数目来对性质，就不算好了。其他可以类推。还有一点，对句时兼练习四声的分别，例如平声字与平声字对，侧声字与侧声字对，虽并非绝对的不许，但总以平侧相对为正轨。又练习的时候，不但令学生知道平侧，而且在侧声中上、去、入的分别，也在对句时随时提醒了。

我的对句有点程度了，先生就叫我做八股文。八股文托始于宋人的经义，本是散文的体裁，后来渐渐参用排律诗与律赋的格式，演成分股的文体。通常虽称八股，到我学八股的时候，已经以六股为最普通了。六股以前有领题，引用题目的上文，是"开篇"的意义。六股以后又有结论。可以见自领题到结论，确是整篇。然而领题以前有起讲（或称小讲）约十余句，百余字；起讲以前有承题，约四五句，二十余字；承题以前有破题，仅二句，约十余字；这岂不是重复而又重复吗？我从前很不明白，现在才知道了。这原是一种练习的方法：先将题目的一句演为两句（也有将题目的若干句缩成两句的，但这是能做全篇的人所为）；进一步，演为四句；再进一步，演为十余句；最后乃演为全篇。照本意讲，有了承题，就不必再有破题；有了起讲，就不必再有破题与承题；有了全篇，就不必再有破题、承题与起讲；不知道何时的八股先生，竟头上安头，把这种练习的手续都放在上面，这实是八股文时代一种笑柄——所以我不避烦琐，写出来，告知未曾做过八股文的朋友。

我从十七岁起，就自由地读《考据》《词章》等书籍，不再练习八股文了。

胡　适（1891—1962），原名嗣穈，学名洪骍，字希疆；后改名胡适，字适之，笔名天风、藏晖等。安徽绩溪人。因提倡文学革命而成为新文化运动的领袖之一。历任北京大学教授、北京大学文学院院长、中华民国驻美利坚合众国特命全权大使、北京大学校长等职。胡适兴趣广泛，著述丰富，在文学、哲学、史学、考据学、教育学、伦理学、红学等诸多领域都有深入的研究，被誉为现代思想文化界最稳健、最优秀、最高瞻远瞩的哲人智者。

九年的家乡教育

胡　适

一

我生在光绪十七年十一月十七日（1891 年 12 月 17 日），那时候我家寄住在上海大东门外。我生后两个月，我父亲便被台湾巡抚邵友濂调往台湾；江苏巡抚奏请免调，没有效果。我父亲于十八年二月底到台湾，我母亲和我搬到川沙住了一年。十九年（1893）二月二十六日，我们一家（我母，四叔介如，二哥嗣秬，三哥嗣秠）也从上海到台湾。我们在台南住了十个月。十九年五月，我父亲做台东直隶州知州，兼统镇海后军各营。台东是新设的州，一切草创，故我父不带家眷去。到十九年底，我们才到台东。我们在台东住了整一年。

甲午（1894）中日战事开始，台湾也在备战的区域，恰好介如四叔来台湾，我父亲便托他把家眷送回徽州故乡，只留二哥嗣秬跟着他在台东。我们于乙未年（1895）正月离开台湾，二月初十日从上海起程回绩溪故乡。

那年四月，中日和议成，把台湾割让给日本。台湾绅民反对割台，要求巡抚唐景崧坚守。唐景崧请西洋各国出来干涉，各国不允。台人公请唐为台湾民主国大总统，帮办军务刘永福为主军大总统。我父亲在台东办后山的防务，电报已不通，饷源已断绝。那时他已得脚气病，左脚已不能行动。他守到闰五月初三日，始离开后山。到安平时，刘永福苦苦留他帮忙，不肯放行。到六月廿五日，他双脚都不能动了，刘永福始放他行。六月廿八日到厦门，手足俱不能动了。七月初三日他死在厦门。

这时候我只有三岁零八个月。我仿佛记得我父亲死信到家时，我母亲正在家中老屋的前堂，她坐在房门口的椅子上。她听见读信人读到我父亲的死讯，身子往后一倒，连椅子倒在房门槛上。东边房门口坐的珍伯母也放声大哭起来。一时满屋都是哭声，我只觉得天地都翻覆了！我只仿佛记得这一点凄惨的情状，其余都不记得了。

二

我父亲死时，我母亲只有二十三岁。我父初娶冯氏，结婚不久便遭太平天国之乱，同治二年（1863）死在兵乱里。次娶曹氏，生了三个儿子，三个女儿，死于光绪四年（1878）。我父亲因家贫，又有志远游，故久不续娶。到光绪十五年（1889），他在江苏候补，生活稍稍安定，他才续娶我的母亲。我母亲结婚后三天，我的大哥嗣稼也娶亲了。那时我的大姊已出嫁生了儿子。大姊比我母亲大七岁，大哥比她大两岁。二姊是从小抱给人家的。三姊比我母亲小三岁，二哥三哥（孪生的）比她小四岁。这样一个家庭里忽然来了一个十七岁的后母，她的地位自然十分困难，她的生活自然免不了苦痛。

结婚后不久，我父亲把她接到了上海同住。她脱离了大家庭的痛苦，我父又很爱她，每日在百忙中教她认字读书，这几年的生活是很快乐的。我小时也很得我父亲钟爱，不满三岁时，他便把教我母亲的红纸方字教我认。父亲做教师，母亲便在旁做助教。我认的是生字，她便借此温她的熟字。他太忙时，她便是代理教师。我们离开台湾时，她认得了近千字，我也认得了七百多字。这些方字都是我父亲亲手写的楷字，我母亲终身保存着，因为这些方块红笺上都是我们三个人的最神圣的团居生活的纪念。

我母亲二十三岁便做了寡妇，从此以后，又过了二十三年。这二十三年的生活真是十分苦痛的生活，只因为还有我这一点骨血，她含辛茹苦，把全副希望寄托在我的渺茫不可知的将来，这一点希望居然使她挣扎着活了二十三年。

我父亲在临死之前两个多月，写了几张遗嘱，我母亲和四个儿子每人各有一张，每张只有几句话。给我母亲的遗嘱上说穈儿（我的名字叫嗣穈，穈字音"门"）天资颇聪明，应该令他读书。给我的遗嘱也教我努力读书上进。这寥寥几句话在我的一生很有重大的影响。我十一岁的时候，二哥和三哥都在家，有一天我母亲向他们道："穈今年十一岁了。你老子叫他念书。你们看看他念书念得出吗？"二哥不曾开口，三哥冷笑道："哼，念书！"二哥始终没有说什么。我母亲忍气坐了一会儿，回到了房里才敢掉眼泪。她不敢得罪他们，因为一家的财政权全在二哥的手里，我若出门求学，是要靠他供给学费的。所以她只能掉眼泪，终不敢哭。

但父亲的遗嘱究竟是父亲的遗嘱，我是应该念书的。况且我小时候很聪明，四乡的人都知道三先生的小儿子是能够念书的。所以隔了两年，三哥往上海医肺病，我便跟他出门求学了。

三

我在台湾时，大病了半年，故身体很弱。回家乡时，我号称五岁了，还不能跨一个七八寸高的门槛。但我母亲望我念书的心很切，故到家的时候，我才满三岁零几个月，便在我四叔父介如先生（名玠）的学堂里读书了。我的身体太小，他们抱我坐在一只高凳子上面。我坐上了便爬不下来，还要别人抱下来。但我在学堂并不算最低级的学生，因为我进学堂之前已认得近一千字了。

因为我的程度不算"破蒙"的学生，故我不须念《三字经》《千字文》《百家姓》《神童诗》一类的书。我念的第一部书是我父亲自己编的一部四言韵文，叫作《学为人诗》，他亲笔

抄写了给我的。这部书说的是做人的道理。我把开头几行抄在
这里：

> 为人之道，在率其性。
> 子臣弟友，循理之正；
> 谨乎庸言，勉乎庸行；
> 以学为人，以期作圣。

以下分说五伦。最后三节，因为可以代表我父亲的思想，
我也抄在这里：

> 五常之中，不幸有变，
> 名分攸关，不容稍紊。
> 义之所在，身可以殉。
> 求仁得仁，无所尤怨。
> 古之学者，察于人伦，
> 因亲及亲，九族克敦；
> 因爱推爱，万物同仁。
> 能尽其性，斯为圣人。
> 经籍所载，师儒所述，
> 为人之道，非有他术：
> 穷理致知，返躬践实，
> 黾勉于学，守道勿失。

我念的第二部书也是我父亲编的一部四言韵文，名叫《原学》，是一部略述哲理的书。这两部书虽是韵文，先生仍讲不了，我也懂不了。

我念的第三部书叫作《律诗六抄》，我不记得是谁选的了。三十多年来，我不曾重见这部书，故没有机会考出此书的编者；依我的猜测，似是姚鼐的选本，但我不敢坚持此说。这一册诗全是律诗，我读了虽不懂得，却背得很熟。至今回忆，却完全不记得了。

我虽不曾读《三字经》等书，却因为听惯了别的小孩子高声诵读，我也能背这些书的一部分，尤其是那五七言的《神童诗》，我差不多能从头背到底。这本书后面的七言句子，如：

> 人心曲曲湾湾①水，
> 世事重重叠叠山。

我当时虽不懂得其中的意义，却常常嘴上爱念着玩，大概也是因为喜欢那些重字双声的缘故。

我念的第四部书以下，除了《诗经》，就都是散文了。我依诵读的次序，把这些书名写在下面：

- 《孝经》。
- 朱子的《小学》，江永集注本。

---

①原文如此，今用"曲曲弯弯"。——编者注。

- 《论语》。以下四书皆用朱子注本。

- 《孟子》。

- 《大学》与《中庸》（《四书》皆连注文读）。

- 《诗经》，朱子《集传》本（注文读一部分）。

- 《书经》，蔡沈注本（以下三书不读注文）。

- 《易经》，朱子《本义》本。

- 《礼记》，陈澔注本。

读到了《论语》的下半部，我的四叔父介如先生选了颍州府阜阳县的训导，要上任去了，便把家塾移交与族兄禹臣先生（名观象）。四叔是个绅董，常常被本族或外村请出去议事或和案子；他又喜欢打纸牌（徽州纸牌，每副一百五十五张），常常被明达叔公、映基叔、祝封叔、茂张叔等人邀出去打牌。所以我们的功课很松。四叔往往在出门之前，给我们"上一遍书"，叫我们自己念；他到天将黑时，回来一趟，把我们的习字纸加了圈，放了学，才又出门去。

四叔的学堂里只有两个学生，一个是我，一个是四叔的儿子嗣秌，比我大几岁。嗣秌承继给瑜婶（星五伯公的二子，珍伯、瑜叔皆无子，我家三哥承继珍伯，秌哥承继瑜婶），她很溺爱他，不肯管束他，故四叔一走开，秌哥就溜到灶卜或后堂去玩了（他们和四叔住一屋，学堂在这屋的东边小屋内）。我的母亲管得严厉，我又不大觉得念书是苦事，故我一个人坐在学堂里温书念书，到天黑才回家。

禹臣先生接收家塾后，学生便增多了。先是五个，后来添到十多个，四叔家的小屋不够用了，便移到一所大屋——名叫来新书屋——里去。最初添的三个学生，有两个是守瓒叔的儿子嗣昭、嗣迁。嗣昭比我大两三岁，天资不算笨，却不爱读书，最爱"逃学"，我们土话叫作"赖学"。他逃出去，往往躲在麦田或稻田里，宁可睡在田里挨饿，却不愿念书。先生往往差嗣秋去捉。有时候，嗣昭被捉回来了，总得挨一顿毒打；有时候，连嗣秋也不回来了——乐得不回来了，因为这是"奉命差遣"，不算是逃学！

我常觉得奇怪，为什么嗣昭要逃学？为什么一个人情愿挨饿、挨打、挨大家笑骂，而不情愿念书？后来我稍懂得世事，才明白了。瓒叔自小在江西做生意，后来在九江开布店，才娶妻生子。一家人都说江西话，回家乡时，嗣昭弟兄都不容易改口音；说话改了，而嗣昭念书常带江西音，常常因此吃戒方或吃"做瘤栗"（钩起五指，打在头上，常打起瘤子，故叫作"做瘤栗"）。这是先生不原谅，难怪他不愿念书。

还有一个原因。我们家乡的蒙馆学金太轻，每个学生每年只送两块银元。先生对于这一类学生，自然不肯耐心教书，每天只教他们念死书、背死书，从来不肯为他们"讲书"。小学生初念有韵的书，也还不十分叫苦。后来念《幼学琼林》《四书》一类的散文，他们自然毫不觉得有趣味，因为全不懂得书中说的是什么。因为这个缘故，许多学生常常赖学。先有嗣昭，后来有个士祥，都是有名的"赖学胚"。他们都属于这每年两元钱的阶级。因为逃学，先生生了气，打得更厉害。越打得厉害，他们越要逃学。

我一个人不属于这"两元"的阶级。我母亲渴望我读书，故学金特别优厚，第一年就送六块钱，以后每年增加，最后一年加到十二元。这样的学金，在家乡要算"打破纪录"的了。我母亲大概是受了我父亲的叮嘱，她嘱托四叔和禹臣先生为我"讲书"：每读一字，须讲一字的意思；每读一句，须讲一句的意思。我先已认得了近千个"方字"，每个字都经过父母的讲解，故进学堂之后，不觉得很苦。念的几本书虽然有许多是乡里先生讲不明白的，但每天总遇着几句可懂的话。我最喜欢朱子《小学》里的记述古人行事的部分，因为那些部分最容易懂得，所以比较起来最有趣味。同学之中有念《幼学琼林》的，我常常帮他们的忙，教他们不认得的生字，因此常常借这些书看；他们念大字，我却最爱看《幼学琼林》的小注，因为注文中有许多神话和故事，比《四书》《五经》有趣味多了。

有一天，一件小事使我忽然明白我母亲增加学金的大恩惠。一个同学的母亲来请禹臣先生代写家信给她的丈夫；信写成了，先生交她的儿子晚上带回家去。一会儿，先生出门去了，这位同学把家信抽出来偷看。他忽然过来问我道："糜，这信上第一句'父亲大人膝下'是什么意思？"他比我只小一岁，也念过《四书》，却不懂"父亲大人膝下"是什么！这时候，我才明白我是一个受特别待遇的人，因为别人每年出两块钱，我去年却送十块钱。我一生最得力的是讲书——父亲母亲为我讲方字，两位先生为我讲书。念古文而不讲解，等于念"揭谛揭谛，波罗揭谛"，全无用处。

四

当我九岁时，有一天我在四叔家东边小屋里玩耍。这小屋前面是我们的学堂，后边有一间卧房，有客来便住在这里。这一天没有课，我偶然走进那卧房里去，偶然看见桌子下一只美孚煤油板箱里的废纸堆中露出一本破书。我偶然捡起了这本书，两头都被老鼠咬坏了，书面也扯破了。但这一本破书忽然为我开辟了一个新天地，忽然在我的儿童生活史上打开了一个新鲜的世界！

这本破书原来是一本小字木版的《第五才子》，我记得很清楚，开始便是"李逵打死殷天锡"一回。我在戏台上早已认得李逵是谁了，便站在那只美孚破板箱边，把这本《水浒传》残本一口气看完了。不看尚可，看了之后，我的心里很不好过：这一本的前面是些什么？后面是些什么？这两个问题，我都不能回答，却最急要一个回答。

我拿了这本书去寻我的五叔，因为他最会"说笑话"（"说笑话"便是"讲故事"，小说书叫作"笑话书"），应该有这种笑话书。不料五叔竟没有这书，他叫我去寻守焕哥。守焕哥说："我没有《第五才子》，我替你去借一部；我家中有部《第一才子》，你先拿去看，好吧？"《第一才子》便是《三国演义》，他很郑重地捧出来，我很高兴地捧回去。

后来我居然得着《水浒传》全部。《三国演义》也看完了。从此以后，我到处去借小说看。五叔、守焕哥都帮了我不少的忙。三姊夫（周绍瑾）在上海乡间周浦开店，他吸鸦片烟，最爱看小说书，带了不少回家乡；他每到我家来，总带些《正德皇帝下江南》《七剑十三侠》一类的书来送给我。这是我自己收藏小说的起点。我的大哥（嗣稼）最不长进，也是吃鸦片烟的，但鸦片烟灯是和小说书常做伴的——五叔、守焕哥、三姊夫都是吸鸦片烟的——所以他也有一些小说书。大嫂认得一些字，嫁妆里带来了好几种弹词小说，如《双珠凤》之类。这些书不久都成了我的藏书的一部分。

三哥在家乡时多，他同二哥都进过梅溪书院，都做过南洋公学的师范生，旧学都有根底，故三哥看小说很有选择。我在他书架上只寻得三部小说：一部《红楼梦》，一部《儒林外史》，一部《聊斋志异》。二哥有一次回家，带了一部新译出的《经国美谈》，讲的是希腊的爱国志士的故事，是日本人做的。这是我读外国小说的第一步。

帮助我借小说最出力的是族叔近仁，便是民国十二年和顾颉刚先生讨论古史的胡堇人。他比我大几岁，已"开笔"做文章了，十几岁就考取了秀才。我同他不同学堂，但常常相见，成了最要好的朋友。他天资很高，也肯用功，读书比我多，家中也颇有藏书。他看过的小说，常借给我看。我借到的小说，也常借给他看。我们两人各有一个小手折，把看过的小说都记在上面，时时交换比较，看谁看的书多。这两个折子后来都不见了，但我记得离开家乡时，我的折子上好像已有了三十多部小说了。

这里所谓"小说"，包括弹词、传奇以及笔记小说在内。《双珠凤》在内，《琵琶记》也在内；《聊斋》《夜雨秋灯录》《夜谭随录》《兰苕馆外史》《寄园寄所寄》《虞初新志》等等也在内。从《薛仁贵征东》《薛丁山征西》《五虎平西》《粉妆楼》一类最无意义的小说，到《红楼梦》和《儒林外史》一类的第一流作品，这里面的程度已是天悬地隔了。我到离开家乡时，还不能了解《红楼梦》和《儒林外史》的好处。但这一大类都是白话小说，我在不知不觉之中得了不少的白话散文的训练，在十几年后于我很有用处。

看小说还有一桩绝大的好处，就是帮助我把文字弄通顺了。那时正是废八股时文的时代，科举制度本身也动摇了。二哥、三哥在上海受了时代思潮的影响，故不要我"开笔"做八股文，也不要我学做策论经义。他们只要先生给我讲书，教我读书。但学堂里念的书，越到后来，越不好懂了。《诗经》起初还好懂，读到《大雅》，便难懂了；读到《周颂》，更不可懂了。《书经》有几篇，如《五子之歌》，我读得很起劲；但《盘庚》三篇，我总读不熟。我在学堂九年，只有《盘庚》害我挨了一次打。后来隔了十多年，我才知道《尚书》有今文和古文两大类，向来学者都说古文诸篇是假的，今文是真的；《盘庚》居于今文一类，应该是真的。但我研究《盘庚》用的代名词最杂乱不成条理，故我总疑心这三篇书是后人假造的。有时候，我自己想，我的怀疑《盘庚》，也许暗中含有报那一个"做瘤栗"的仇恨的意味吧？

《周颂》《尚书》《周易》等书都是不能帮助我做通顺文字的。但小说书却给了我绝大的帮助。从《三国演义》读到《聊斋志异》和《虞初新志》，这一跳虽然跳得太远，但因为书中的故事实在有趣味，所以我能细细读下去。石印本的《聊斋志异》有圈点，故更容易读。到我十二三岁时，已能对本家姊妹们讲说《聊斋》故事了。那时候，四叔的女儿巧菊，禹臣先生的妹子广菊、多菊，祝封叔的女儿杏仙，和本家侄女翠苹、宅娇等，都在十五六岁之间；她们常常邀我去，请我讲故事。我们平常请五叔讲故事时，忙着替他点火，装旱烟，替他捶背。现在轮到我受人巴结了。我不用人装烟捶背，她们听我说完故事，总去泡炒米，或做蛋炒饭来请我吃。她们绣花做鞋，我讲《凤仙》《莲香》《张鸿渐》《江城》。这样地讲书，逼我把古文的故事翻译成绩溪土话，遂使我更了解古文的文理。所以我到十四岁来上海开始做古文时，便能做很像样的文字了。

五

我小时身体弱，不能跟着野蛮的孩子们一块儿玩。我母亲也不准我和他们乱跑乱跳。小时不曾养成活泼、游戏的习惯，无论在什么地方，我总是文绉绉的。所以家乡老辈都说我"像个先生样子"，遂叫我作"穈先生"。这个绰号叫出去之后，人人都知道三先生的小儿子叫作穈先生了。既有"先生"之名，我不能不装出点"先生"样子，更不能跟着顽童们"野"了。有一天，我在我家八字门口和一班孩子"掷铜钱"，一位老辈走过，见了我，笑道："糜先生也掷铜钱吗?"我听了羞愧得面红耳热，觉得大失了"先生"的身份!

大人们鼓励我装先生样子，我也没有嬉戏的能力和习惯，又因为我确是喜欢看书，故我一生可算是不曾享过儿童游戏的生活。每年秋天，我的庶祖母同我到田里去"监割"（顶好的田，水旱无忧，收成最好，佃户每约田主来监割，打下谷子，两家平分），我总是坐在小树下看小说。十一二岁时，我稍活泼一点，居然和一群同学组织了一个戏剧班，做了一些木刀竹枪，借得了几副假胡须，就在村口田里做戏。我做的往往是诸葛亮、刘备一类的文角儿；只有一次我做史文恭，被花荣一箭从椅子上射倒下去，这算是我最活泼的玩意儿了。

我在这九年（1895—1904）之中，只学得了读书、写字两件事。在文字和思想的方面，不能不算是打了一点底子。但别的方面都没有发展的机会。有一次我们村里"当朋"（八都凡五村，称为"五朋"；每年一村轮着做太子会，名为"当朋"）筹备太子会，有人提议要派我加入前村的昆腔队里学习吹笙或吹笛。族里长辈反对，说我年纪太小，不能跟着太子会走遍五朋。于是我失掉了这学习音乐的唯一机会。三十年来，我不曾拿过乐器，也全不懂音乐；究竟我有没有一点学音乐的天资，我至今还不知道。至于学图画，更是不可能的事。我常常用竹纸蒙在小说书的石印绘像上，摹画书上的英雄美人。有一天被先生看见了，挨了一顿大骂，抽屉里的图画都被搜出撕毁了。于是我又失掉了学做画家的机会。

但这九年的生活，除了读书、看书之外，究竟给了我一点做人的训练。在这一点上，我的恩师便是我的慈母。

每天天刚亮时，我母亲便把我喊醒，叫我披衣坐起。我从不知道她醒来坐了多久了。她看我清醒了，才对我说昨天我做错了什么事，说错了什么话，要我认错，要我用功读书。有时候她对我说父亲的种种好处，她说："你总要踏上你老子的脚步。我一生只晓得这一个完全的人，你要学他，不要跌他的股。"（跌股便是丢脸，出丑。）她说到伤心处，往往掉下泪来。到天大明时，她才把我的衣服穿好，催我去上早学。学堂门上的锁匙放在先生家里；我先到学堂门口一望，便跑到先生家里去敲门。先生家里有人把锁匙从门缝里递出来，我拿了跑回去，开了门，坐下念生书。十天之中，总有八九天我是第一个去开学堂门的。等到先生来了，我背了生书，才回家吃早饭。

我母亲管束我最严，她是慈母兼任严父。但她从来不在别人面前骂我一句，打我一下。我做错了事，她只对我一望，我看见了她的严厉眼光，便吓住了。犯的事小，她等到第二天早晨我眼醒时才教训我。犯的事大，她等到晚上人静时，关了房门，先责备我，然后行罚，或跪罚，或拧我的肉。无论怎样重罚，总不许我哭出声音来。她教训儿子不是借此出气叫别人听的。

有一个初秋的傍晚，我吃了晚饭，在门口玩，身上只穿着一件单背心。这时候我母亲的妹子玉英姨母在我家住，她怕我冷了，拿了一件小衫出来叫我穿上。我不肯穿，她说："穿上吧，凉了。"我随口回答："娘（凉）什么！老子都不老子呀。"

我刚说了这一句，一抬头，看见母亲从家里走出，我赶快把小衫穿上。但她已听见这句轻薄的话了。晚上人静后，她罚我跪下，重重地责罚了一顿。她说："你没了老子，是多么得意的事！好用来说嘴！"她气得坐着发抖，也不许我上床去睡。我跪着哭，用手擦眼泪，不知擦进了什么微菌，后来足足害了一年多的眼翳病。医来医去，总医不好。我母亲心里又悔又急，听说眼翳可以用舌头舔去，有一夜她把我叫醒，她真用舌头舔我的病眼。这是我的严师，我的慈母。

我母亲二十三岁做了寡妇，又是当家的后母。这种生活的痛苦，我的笨笔写不出一万分之一二。家中财政本不宽裕，全靠二哥在上海经营调度。大哥从小便是败子，吸鸦片烟，赌博，钱到手就光，光了便回家打主意，见了香炉便拿出去卖，捞着锡茶壶便拿出去押。我母亲几次邀了本家长辈来，给他定下每月用费的数目。但他总不够用，到处都欠下烟债赌债。每年除夕我家中总有一大群讨债的，每人一盏灯笼，坐在大厅上不肯去。大哥早已避出去了。大厅的两排椅子上满满的都是灯笼和债主。我母亲走进走出，料理年夜饭、谢灶神、压岁钱等事，只当作不曾看见这一群人。到了近半夜，快要"封门"了，我母亲才走后门出去，央一位邻舍本家到我家来，每一家债户开发一点钱。做好做歹的，这一群讨债的才一个一个提着灯笼走出去。一会儿，大哥敲门回来了。我母亲从不骂他一句。并且因为是新年，她脸上从不露出一点怒色。这样的过年，我过了六七次。

大嫂是个最无能而又最不懂事的人，二嫂是个很能干而气量很窄小的人。她们常常闹意见，只因为我母亲的和气榜样，她们还不曾有公然相骂相打的事。她们闹气时，只是不说话，不答话，把脸放下来，叫人难看；二嫂生气时，脸色变青，更是怕人。她们对我母亲闹气时，也是如此。我起初全不懂得这一套，后来也渐渐懂得看人的脸色了。我渐渐明白，世间最可厌恶的事莫如一张生气的脸，世间最下流的事莫如把生气的脸摆给旁人看。这比打骂还难受。

我母亲的气量大，性子好，又因为做了后母后婆，她更事事留心，事事格外容忍。大哥的女儿比我只小一岁，她的饮食衣料总是和我的一样。我和她有小争执，总是我吃亏，母亲总是责备我，要我事事让她。后来大嫂二嫂都生了儿子了，她们生气时便打骂孩子来出气，一面打，一面用尖刻有刺的话骂给别人听。我母亲只装作没听见。有时候，她实在忍不住了，便悄悄走出门去，或到左邻立大嫂家去坐一会儿，或走后门到后邻度嫂家去闲谈。她从不和两个嫂子吵一句嘴。

每个嫂子一生气，往往十天半个月不歇，天天走进走出，板着脸，咬着嘴，打骂小孩子出气。我母亲只忍耐着，忍到实在不可再忍的一天，她也有她的法子。这一天的天明时，她便不起床，轻轻地哭一场。她不骂一个人，只哭她的丈夫，哭她自己苦命，留不住她丈夫来照管她。她先哭时，声音很低，渐渐哭出声来。我醒了起来劝她，她不肯住。这时候，我总听得见前堂（二嫂住前堂东房）或后堂（大嫂住后堂西房）有一扇房门开了，一个嫂子走出房向厨房走去。不多一会儿，那位嫂子来敲我们的房门了。我开了房门，她走进来，捧着一碗热茶，送到我母亲床前，劝她止哭，请她喝口热茶。我母亲慢慢停住哭声，伸手接了茶碗。那位嫂子站着劝一会儿，才退出去。没有一句话提到什么人，也没有一个字提到这十天半个月来的气脸，然而各人心里明白，泡茶进来的嫂子总是那十天半个月来闹气的人。奇怪得很，这一哭之后，至少有一两个月的太平清静日子。

我母亲待人最仁慈，最温和，从来没有一句伤人感情的话。但她有时候也很有刚气，不受一点人格上的侮辱。我家五叔是个无正业的浪人，有一天在烟馆里发牢骚，说我母亲家中有事总请某人帮忙，大概总有什么好处给他。这句话传到了我母亲耳朵里，她气得大哭，请了几位本家来，把五叔喊来，她当面质问他给了某人什么好处。直到五叔当众认错赔罪，她才罢休。

我在我母亲的教训之下住了九年，受了她的极大极深的影响。我十四岁（其实只有十二岁零两三个月）便离开她了，在这广漠的人海里独自混了二十多年，没有一个人管束过我。如果我学得了一丝一毫的好脾气，如果我学得了一点点待人接物的和气，如果我能宽恕人、体谅人——我都得感谢我的慈母。

十九，十一，廿一夜①

（《四十自述》）

_____

①本书所选文章，篇末如有中文数字（均为民国原书所载），系指中国历法年月日，如本处即指民国十九年（西历 1930 年）十一月二十一日夜；如为阿拉伯数字，则指西历年月日。特此说明，以后不再为此加注。——编者注。

胡　适（1891—1962），原名嗣穈，学名洪骍，字希疆；后改名胡适，字适之，笔名天风、藏晖等。安徽绩溪人。因提倡文学革命而成为新文化运动的领袖之一。历任北京大学教授、北京大学文学院院长、中华民国驻美利坚合众国特命全权大使、北京大学校长等职。胡适兴趣广泛，著述丰富，在文学、哲学、史学、考据学、教育学、伦理学、红学等诸多领域都有深入的研究，被誉为现代思想文化界最稳健、最优秀、最高瞻远瞩的哲人智者。

在上海

胡　适

一

光绪甲辰年（1904）的春天，三哥的肺病已到了很危险的时期，他决定到上海去医治。我母亲也决定叫我跟他到上海去上学。那时我名为十四岁，其实只有十二岁有零。这一次我和母亲分别之后，十四年之中，我只回家三次，和她在一块的时候还不满六个月。她只有我一个人，只因为爱我太深，望我太切，所以她硬起心肠，送我向远地去求学。临别的时候，她装出很高兴的样子，不曾掉一滴眼泪。我就这样出门去了，向那不可知的人海里去寻求我自己的教育和生活——孤零零的一个小孩子，所有的防身之具只是一个慈母的爱、一点点用功的习惯和一点点怀疑的倾向。

我在上海住了六年（1904—1910），换了四个学校（梅溪学堂、澄衷学堂、中国公学、中国新公学）。这是我一生的第二个阶段。

我父亲生平最佩服一个朋友——上海张焕纶先生（字经甫）。张先生是提倡新教育最早的人，他自己办了一个梅溪书院，后来改作梅溪学堂。二哥、三哥都在梅溪书院住过，所以我到了上海也就进了梅溪学堂。我只见过张焕纶先生一次，不久他就死了。现在谈中国教育史的人，很少能知道这一位新教育的老先锋了。他死了二十二年之后，我在巴黎见着赵诒琦先生（字颂南，无锡人），他是张先生的得意学生，他说他在梅溪书院很久，最佩服张先生的人格，受他的感化最深。他说，张先生教人的宗旨只是一句话："千万不要仅仅做个自了汉。"我坐在巴黎乡间的草地上，听着赵先生谈话，想着赵先生夫妇的刻苦生活和奋斗精神——这时候，我心里想：张先生的一句话影响了他的一个学生的一生，张先生的教育事业不算是失败。

梅溪学堂的课程是很不完备的，只有国文、算学、英文三项。分班的标准是国文程度。英文、算学的程度虽好，国文不到头班，仍不能毕业。国文到了头班，英文、算学还很幼稚，却可以毕业。这个办法虽然不算顶好，但这和当时教会学堂的偏重英文一样，都是过渡时代的特别情形。

我初到上海的时候，全不懂上海话。进学堂拜见张先生时，我穿着蓝呢的夹袍、绛色呢大袖马褂，完全是个乡下人。许多小学生围拢来看我这乡下人。因为我不懂话，又不曾"开笔"

做文章，所以暂时编在第五班，差不多是最低的一班。班上读的是文明书局的《蒙学读本》，英文班上用《华英初阶》，算学班上用《笔算数学》。

我是读了许多古书的，现在读《蒙学读本》，自然毫不费力，所以有工夫专读英文、算学。这样过了六个星期。到了第四十二天，我的机会来了。教《蒙学读本》的沈先生大概也瞧不起这样浅近的书，更料不到这班小孩子里面有人起来驳正他的错误。这一天，他讲的一课书里有这样一段引语：

传曰：二人同心，其利断金。同心之言，其臭如兰。

沈先生随口说这是《左传》上的话。我那时已勉强能说几句上海话了，等他讲完之后，我拿着书，走到他的桌边，低声对他说：这个"传曰"是《易经》的《系辞传》，不是《左传》。先生脸红了，说："侬读过《易经》?"我说读过。他又问："阿曾读过别样经书?"我说读过《诗经》《书经》《礼记》。他问我做过文章没有，我说没有做过。他说："我出个题目，拨侬做做试试看。"他出了"孝弟说"三个字，我回到座位上，勉强写了一百多字，交给先生看。他看了对我说："侬跟我来。"我卷了书包，跟他下楼走到前厅。前厅上东面是头班，西面是二班。沈先生到二班课堂上，对教员顾先生说了一些话，顾先生就叫我坐在末一排的桌子旁。我才知道我一天之中升了四班，居然做第二班的学生了。

可是我正在欢喜的时候，抬头一看，就发愁了。这一天是星期四，是作文的日子。黑板上写着两个题目：

论题：原日本之所由强

经义题：古之为关也将以御暴，今之为关也将以为暴

我从来不知道"经义"是怎样做的，所以想都不敢去想它。可是日本在天南地北，我还不很清楚，这个"原日本之所由强"又从哪里说起呢？既不敢去问先生，班上同学又没有一个熟人，我心里颇怪沈先生太鲁莽，不应该把我升得这么高，这么快。

忽然学堂的茶房走到厅上来，对先生说了几句话，呈上一张字条。先生看了字条，对我说我家中有要紧事，派了人来领我回家，卷子可以带回去做，下星期四交卷。我正在着急，听了先生的话，抄了题目，逃出课堂。赶到门房，才知道三哥病危，二哥在汉口没有回来，店里（我家那时在上海南市开一个公义油栈）的管事慌了，所以派人来领我回去。

我赶到店里，三哥还能说话。但不到几个钟头，他就死了，死时他的头还靠在我手腕上。第三天，二哥从汉口赶到。丧事办了之后，我把升班的事告诉二哥，并且问他"原日本之所由强"一个题目应该参考一些什么书。二哥检了《明治维新三十年史》、壬寅《新民丛报汇编》……一类的书，装了一大篮，叫我带回学堂去翻看。费了几天的工夫，才勉强凑了一篇论说交进去。不久我也会做"经义"了。几个月之后，我居然算是

头班学生了，但英文还不曾读完《华英初阶》，算学还只做到"利息"。

这一年梅溪学堂改为梅溪小学，年底要办毕业第一班。我们听说学堂里要送张在贞、王言、郑璋和我四个人到上海道衙门去考试。我和王、郑二人都不愿意去考试，都不等到考试日期，就离开学堂了。

为什么我们不愿受上海道的考试呢？这一年之中，我们都经过了思想上的一种激烈变动，都自命为"新人物"了。二哥给我的一大篮子的"新书"，其中很多是梁启超先生一派人的著述；这时代是梁先生的文章最有势力的时代，他虽不曾明白提倡种族革命，却在一班少年人的脑海里种下了不少革命种子。有一天，王言君借来了一本邹容的《革命军》，我们几个人传观，都很受感动。借来的书是要还人的，所以我们到了晚上，等舍监查夜过去之后，偷偷起来点着蜡烛，轮流抄了一本《革命军》。正在传抄《革命军》的少年，怎肯投到官厅去考试呢？

这一年是日俄战争的第一年。上海的报纸上每天登着很详细的战事新闻，爱看报的少年学生都感觉绝大的兴奋。这时候中国的舆论和民众心理都表同情于日本，都痛恨俄国，又都痛恨清政府的宣告中立。仇俄的心理增加了不少排满的心理。这一年，上海发生了几件刺激人心的案子。一件是革命党万福华在租界内枪击前广西巡抚王之春，因为王之春从前是个联俄派；一件是上海黄浦滩上一个宁波木匠周生有被一个俄国水兵无故砍杀。这两件事都引起上海报纸的注意，尤其是那年新出现的

《时报》，天天用简短沉痛的时评替周生有喊冤，攻击上海的官厅。我们少年人初读这种短评，没有一个不受刺激的。周生有案的判决使许多人失望。我和王言、郑璋三个人都恨极了上海道袁海观，所以联合写了一封长信去痛骂他。这封信是匿名的，但我们总觉得不愿意去受他的考试。所以我们三个人都离开梅溪学堂了（王言是黟县人，后来不知下落了；郑璋是潮阳人，后改名仲诚，毕业于复旦，不久病死）。

二

我进的第二个学堂是澄衷学堂。这学堂是宁波富商叶成忠先生创办的，原来的目的是教育宁波的贫寒子弟，后来规模稍大，渐渐成了上海一个有名的私立学校，来学的人便不限止于宁波人了。这时候的监督是章一山先生，总教是白振民先生。白先生和我二哥是同学，他看见了我在梅溪做的文字，劝我进澄衷学堂。光绪乙巳年（1905），我就进了澄衷学堂。

澄衷共有十二班，课堂分东西两排，最高一班称为东一斋，第二班为西一斋，以下直到西六斋。这时候还没有严格规定的学制，也没有什么中学小学的分别。用现在的名称来分，可说前六班为中学，其余六班为小学。澄衷的学科比较完全多了，国文、英文、算学之外，还有物理、化学、博物、图画诸科。分班略依各科的平均程度，但英文、算学程度过低的都不能入高班。

我初进澄衷时，因英文、算学太低，被编在东三斋（第五班），下半年便升入东二斋（第三班），第二年（丙午，1906）又升入西一斋（第二班）。澄衷管理很严，每月有月考，每半年有大考，月考、大考都出榜公布，考前三名的有奖品。我的考试成绩常常在第一，故一年升了四班。我在这一年半之中，最有进步的是英文、算学。教英文的谢昌熙先生、陈××先生、张镜人先生，教算学的郁先生，都给了我很多的益处。

我这时候对于算学最感觉兴趣，常常在宿舍熄灯之后，起来演习算学问题。卧房里没有桌子，我想出一个法子来，把蜡烛放在帐子外床架上，我伏在被窝里，仰起头来，把石板放在枕头上做算题。因为下半年就要跳过一班，所以我须要自己补习代数。我买了一部丁福保先生编的代数书，在一个夏天把初等代数习完了，下半年安然升班。

这样的用功，睡眠不够，就影响到身体的健康。有一个时期，我的两只耳朵几乎全聋了。但后来身体渐渐复原，耳朵也不聋了。我小时身体多病，出门之后，逐渐强健。重要的原因我想是因为我在梅溪和澄衷两年半之中从来不曾缺一点钟体操的功课。我从没有加入竞赛的运动，但我上体操的课，总很用气力做种种体操。

澄衷的教员之中，我受杨千里先生（天骥）的影响最大。我在东三斋时，他是西二斋的国文教员，人都说他思想很新。我去看他，他很鼓励我，在我的作文稿本上题了"言论自由"四个字。后来我在东二斋和西一斋，他都做过国文教员。有一次，他教我们班上买吴汝纶删节的严复译本《天演论》来做读本，这是我第一次读《天演论》，高兴得很。他出的作文题目也很特别，有一次的题目是"'物竞天择，适者生存'，试申其义"（我的一篇，前几年澄衷校长曹锡爵先生曾在旧课卷内寻出，至今还保存在校内）。这种题目自然不是我们十几岁小孩子能发挥的，但读《天演论》，做"物竞天择"的文章，都可以代表那个时代的风气。

《天演论》出版之后，不上几年，便风行到全国，竟做了中学生的读物了。读这书的人，很少能了解赫胥黎在科学史和思想史上的贡献。他们能了解的只是那"优胜劣败"的公式在国际政治上的意义。在中国屡次战败之后，在庚子辛丑大耻辱之后，这个"优胜劣败，适者生存"的公式确是一种当头棒喝，给了无数人一种绝大的刺激。几年之中，这种思想像野火一样，延烧着许多少年人的心和血。"天演""物竞""淘汰""天择"等等术语都渐渐成了报纸文章的熟语，渐渐成了一班爱国志士的"口头禅"。还有许多人爱用这种名词做自己或儿女的名字。我有两个同学，一个叫作孙竞存，一个叫作杨天择。我自己的名字也是这种风气底下的纪念品。我在学堂里的名字是胡洪骍。有一天的早晨，我请我二哥代我想一个表字，二哥一面洗脸，一面说："就用'物竞天择，适者生存'的'适'字，好不好？"我很高兴，就用"适之"二字（二哥字绍之，三哥字振之）。后来我发表文字，偶然用"胡适"作笔名，直到考试留美官费时（1910），我才正式用胡适的名字。

我在澄衷一年半，看了一些课外的书籍。严复译的《群己

权界论》①，像是在这时代读的。严先生的文字太古雅，所以少
年人受他的影响没有受梁启超的影响大。梁先生的文章，明白
晓畅之中，带着浓挚的热情，使读的人不能不跟着他走，不能不
跟着他想。有时候，我们跟他走到一点上，还想往前走，他却打
住了，或是换了方向走了。在这种时候，我们不免感觉一点失望。
但这种失望也正是他的大恩惠。因为他尽了他的能力，把我们带
到了一个境界，原指望我们感觉不满足，原指望我们更朝前走。
跟着他走，我们固然得感谢他；他引起了我们的好奇心，指着一
个未知的世界叫我们自己去探寻，我们更得感谢他。

　　我个人受了梁先生无穷的恩惠。现在追想起来，有两点最
分明。第一是他的《新民说》，第二是他的《中国学术思想变迁
之大势》。梁先生自号"中国之新民"，又号"新民子"，他的
杂志也叫作《新民丛报》，可见他的全副心思贯注在这一点。
"新民"的意义是要改造中国的民族，要把这老大的病夫民族改
造成一个新鲜活泼的民族。他说：

　　　　未有四肢已断，五脏已瘵，筋脉已伤，血轮已涸，而
　　身犹能存者；则亦未有其民愚陋、怯弱、涣散、混浊而国
　　犹能立者……苟有新民，何患无新制度，无新政府，无新
　　国家！（《新民说·叙论》）

---

　　①今译《论自由》（英文原书名 *On Liberty*），是 19 世纪英国哲学家、逻辑学
家和经济学家约翰·密尔（John Stuart Mill，1806—1983）最具代表性的著
作。——编者注。

他的根本主张是：

> 吾思之，吾重思之，今日中国群治之现象殆无一不当从根底处摧陷廓清，除旧而布新者也。（《新民说》）

说得更沉痛一点：

> 然则救危亡求进步之道将奈何？曰：必取数千年横暴混浊之政体，破碎而齑粉之，使数千万如虎如狼如蝗如蛆如蜮如蛆之官吏失其社鼠城狐之凭借，然后能涤荡肠胃以上于进步之途也！必取数千年腐败柔媚之学说，廓清而辞辟之，使数百万如蠹鱼如鹦鹉如水母如畜犬之学子毋得摇笔弄舌舞文嚼字，为民贼之后援，然后能一新耳目以行进步之实也！而其所以达此目的之方法有二：一曰无血之破坏，二曰有血之破坏。……中国如能为无血之破坏乎？吾馨香而视之。中国如不能不为有血之破坏乎？吾衰绖而哀之。（《新民说·论进步》）

我们在那个时代读这样的文字，没有一个人不受他的震荡感动的。他在那个时代（我那时读的是他在壬寅癸卯做的文字）主张最激烈，态度最鲜明，感人的力量也最深刻。他很明白地提出一个革命的口号：

> 破坏亦破坏，不破坏亦破坏！（同上）

后来他虽然不坚持这个态度了，而许多少年人却冲上前去，不肯缩回来了。

《新民说》的最大贡献在于指出中国民族缺乏西洋民族的许多美德。梁先生很不客气地说：

> 五色人相比较，白人最优。以白人相比较，条顿人最优。以条顿人相比较，盎格鲁撒逊人最优。①（《新民说·叙论》）

他指出我们所最缺乏而最需采补的是公德，是国家思想，是进取冒险，是权利思想，是自由，是自治，是进步，是自尊，是合群，是生利的能力，是毅力，是义务思想，是尚武，是私德，是政治能力。他在这十几篇文字里，抱着满腔的血诚，怀着无限的信心，用他那支"笔锋常带情感"的健笔，指挥那无数的历史例证，组织成那些能使人鼓舞，使人掉泪，使人感激奋发的文章。其中如《论毅力》等篇，我在二十五年后重读，还感觉到它的魔力，何况在我十几岁最容易受感动的时期呢？

《新民说》诸篇给我开辟了一个新世界，使我彻底相信中国之外还有很高等的民族、很高等的文化；《中国学术思想变迁之大

---

①条顿人（Teutonen）、盎格鲁撒逊人（Anglo-Saxon，今译为盎格鲁—撒克逊人）都是古代日耳曼人中的一个分支。——编者注。

势》也给我开辟了一个新世界，使我知道《四书》《五经》之外，中国还有学术思想。梁先生分中国学术思想史为七个时代：

(1) 胚胎时代　春秋以前
(2) 全盛时代　春秋末及战国
(3) 儒学统一时代　两汉
(4) 老学时代　魏晋
(5) 佛学时代　南北朝，唐
(6) 儒佛混合时代　宋元明
(7) 衰落时代　近二百五十年

我们现在看这个分段，也许不能满意（梁先生自己后来也不满意，他在《清代学术概论》里，已不认近二百五十年为衰落时代了）。但在二十五年前，这是第一次用历史眼光整理中国旧学术思想，第一次给我们一个"学术史"的见解。所以我最爱读这篇文章。不幸梁先生做了几章之后，忽然停止了，使我大失所望。甲辰以后，我在《新民丛报》上见他续做此篇，我高兴极了。但我读了这篇长文，终感觉不少的失望。第一，他说"全盛时代"，说了几万字的绪论，却把"本论"（论诸家学说之根据及其长短得失）全搁下了，只注了一个"阙"字。他后来只补做了《子墨子学说》一篇，其余各家始终没有补。第二，"佛学时代"一章的"本论"一节也全没有做。第三，他把第六个时代（宋元明）整个搁起不提。这一部学术思想史中间缺了三个最要紧的部分，使我眼巴巴地望了几年。我在那失望的时期，自己忽发野心，心想："我将来若能替梁任公先生补做这几章缺了的中国学术思想史，岂不是很光荣的事业？"我越想越高兴，虽然不敢告诉人，却真打定主意做这件事了。

这一点野心便是我后来做《中国哲学史》的种子。我从那时候起，就留心读周秦诸子的书。我二哥劝我读朱子的《近思录》，这是我读理学书的第一部。梁先生的《德育鉴》和《节本明儒学案》，也是这个时期出来的。这些书引我去读宋明理学书，但我读的并不多，只读了王守仁的《传习录》和《正谊堂丛书》内的程朱语录。

我在澄衷的第二年，发起各斋组织自治会。有一次，我在自治会演说，题目是"性论"。我驳孟子性善的主张，也不赞成荀子的性恶说。我承认王阳明的性"无善无恶，可善可恶"是对的。我那时正读英文的《格致读本》（*The Science Readers*），懂得了一点点最浅近的科学知识，便搬出来应用了！孟子曾说：

> 人性之善也，犹水之就下也。人无有不善，水无有不下。

我说：孟子不懂得科学——我们在那时候还叫作"格致"——不知道水有保持水平的道理，又不知道地心吸力的道理。"水无有不下"，并非水性向下，只是地心吸力引它向下。吸力可以引它向下，高地的蓄水塔也可以使自来水管里的水向上。水无上无下，只保持它的水平，却又可上可下，正像人性本无善无恶，却又可善可恶！

我这篇《性论》很受同学的欢迎，我也很得意，以为我真用科学证明告子、王阳明的性论了！

我在澄衷只住了一年半，但英文和算学的基础都是在这里打下的。澄衷的好处在于管理的严格，考试的认真。还有一桩好处，就是学校办事人真能注意到每个学生的功课和品行。白振民先生自己虽不教书，却认得个个学生，时时叫学生去问话。因为考试的成绩都有很详细的记录，故每个学生的能力都容易知道。天资高的学生，可以越级升两班；中等的可以半年升一班；下等的不升班，不升班就等于降半年了。这种编制和管理，是很可以供现在办中学的人参考的。

我在西一斋做了班长，不免有时和学校办事人冲突。有一次，为了班上一个同学被开除的事，我向白先生抗议无效，又写了一封长信去抗议。白先生悬牌责备我，记我大过一次。我虽知道白先生很爱护我，但我当时心里颇感觉不平，不愿继续在澄衷了。恰好夏间中国公学招考，有朋友劝我去考；考取之后，我就在暑假后（1906）搬进中国公学去了。

三

中国公学是因为光绪乙巳年（1905）日本文部省颁布取缔中国留学生规则，我国的留日学生认为侮辱中国，其中一部分愤慨回国的人在上海创办的。当风潮最烈的时候，湖南陈天华投海自杀，勉励国人努力救国，一时人心大震动，所以回国的很多。回国之后，大家主张在国内办一个公立的大学。乙巳十二月中，十三省的代表全体会决议，定名为"中国公学"。次年（丙午，1906）春天在上海新靶子路黄板桥北租屋开学。但这时候反对取缔规则的风潮已渐渐松懈了，许多官费生多回去复学了。上海那时还是一个眼界很小的商埠，看见中国公学里许多剪发洋装的少年人自己办学堂，都认为是奇怪的事。政府官吏疑心他们是革命党，社会叫他们作怪物。所以赞助捐钱的人很少，学堂开门不到一个半月，就陷入了绝境。公学的干事姚弘业先生（湖南益阳人）激于义愤，遂于三月十二日投江自杀，遗书几千字，说："我之死，为中国公学死也。"遗书发表之后，舆论都对他表敬意，社会受了一大震动，赞助的人稍多，公学才稍稍站得住。

我也是当时读了姚烈士的遗书大受感动的一个小孩子。夏天我去投考，监考的是总教习马君武先生。国文题目是"言志"，我不记得说了一些什么，后来马君武先生告诉我，他看了我的卷子，拿去给谭心休、彭施涤先生传观，都说是为公学得了一个好学生。

我搬进公学之后，见许多同学都是剪了辫子，穿着和服，拖着木屐的；又有一些是内地刚出来的老先生，戴着老花眼镜，捧着水烟袋的。他们的年纪都比我大得多；我是做惯班长的人，到这里才感觉到我是个小孩子。不久，我已感得公学的英文、数学都很浅，我在甲班里很不费气力。那时候，中国教育界的科学程度太浅，中国公学至多不过可比现在的两级中学程度，然而有好几门功课都不能不请日本教员来教。如高等代教、解析几何、博物学，最初都是日本人教授，由懂日语的同学翻译。甲班的同学有朱经农、李琴鹤等，都曾担任翻译。又有几位同学还兼任学校的职员或教员，如但懋辛便是我们的体操教员。当时的同学和我年纪不相上下的，只有周烈忠、李骏、孙粹存、孙竞存等几个人。教员和年长的同学都把我们看作小弟弟，特别爱护我们，鼓励我们。我和这一班年事稍长、阅历较深的师友们往来，受他们的影响最大。我从小本来就没有过小孩子的生活，现在天天和这班年长的人在一块，更觉得自已不是个小孩子了。

中国公学的教职员和同学之中，有不少的革命党人。所以在这里要看东京出版的《民报》，是最方便的。暑假、年假中，许多同学把《民报》缝在枕头里带回内地去传观。还有一些激烈的同学往往强迫有辫子的同学剪去辫子。但我在公学三年多，始终没有人强迫我剪辫，也没有人劝我加入同盟会。直到二十年后，但懋辛先生才告诉我，当时校里的同盟会员曾商量过，大家都认为我将来可以做学问，他们要爱护我，所以不劝我参加革命的事。但在当时，他们有些活动也并不瞒我。有一晚十点钟的时候，我快睡了，但君来找我，说有个女学生从日本回国，替朋友带了一只手提小皮箱，江海关上要检查，她说没有钥匙，海关上不放行。但君因为我可以说几句英国话，要我到海关上去办交涉。我知道箱子里是危险的违禁品，就跟了他到海关码头，这时候已过十一点钟，谁都不在了，我们只好快快回去。第二天，那位女学生也走了，箱子她丢在关上不要了。

我们现在看见上海各学校都用国语讲授，绝不能想象二十年前的上海还完全是上海话的世界，各学校全用上海话教书，学生全得学上海话。中国公学是第一个用"普通话"教授的学校。学校里的学生，四川、湖南、河南、广东的人最多，其余各省的人也差不多全有。大家都说"普通话"，教员也用"普通话"。江浙的教员，如宋耀如、王仙华、沈翔云诸先生，在讲堂上也都得勉强说官话。我初入学时，只会说徽州话和上海话，但在学校不久也就会说"普通话"了。我的同学中四川人最多，四川话清楚干净，我最爱学它，所以我说的普通话最近于四川话。二三年后，我到四川客栈（元记、厚记等）去看朋友，四川人只问："贵府是川东，是川南?"他们都把我看成四川人了。

中国公学创办的时候，同学都是创办人。职员都是同学中举出来的，所以没有职员和学生的界限。当初创办的人都有革命思想，想在这学校里试行一种民主政治的制度。姚弘业烈士遗书中所谓"以大公无我之心，行共和之法"，即是此意。全校的组织分为"执行"与"评议"两部。执行部的职员（教务干事、庶务干事、斋务干事）都是评议部举出来的，有一定的任期，并且对于评议部要负责任。评议部是由班长和室长组织成的，有监督和弹劾职员之权。评议会开会时，往往有激烈的辩论，有时直到点名熄灯时方才散会。评议会之中，最出名的是四川人龚从龙，口齿清楚，态度从容，是一个好议长。这种训练是有益的。我年纪太小，第一年不够当评议员，有时在门外听听他们的辩论，不禁感觉我们在澄衷学堂的自治会真是儿戏。

四

我第一学期住的房间里，有好几位同学都是江西萍乡和湖南醴陵人，他们是邻县人，说的话我听不大懂。但不到一个月，我们很相熟了。他们都是二三十岁的人了。有一位钟文恢（号古愚）已有胡子，人叫他作钟胡子。他告诉我，他们现在组织了一个学会，叫作竞业学会，目的是"对于社会，竞与改良；对于个人，争自濯磨"，所以定了这个名字。他介绍我进这个会，我答应了。钟君是会长，他带我到会所里去，给我介绍了一些人。会所在校外北四川路厚福里。会中住的人大概多是革命党。有个杨卓林，还有个廖德璠，后来都是因谋革命被杀的。会中办事最热心的人，钱君之外，有谢寅杰和丁洪海两君，他两人维持会务最久。

竞业学会的第一件事业就是创办一个白话的旬报，就叫作《竞业旬报》①。他们请了一位傅君剑先生（号钝根）来做编辑。《旬报》的宗旨，傅君说，共有四项：一是振兴教育，二是提倡民气，三是改良社会，四是主张自治。其实这都是门面话，骨子里是要鼓吹革命。他们的意思是要"传布于小学校之青年国民"，所以决定用白话文。胡梓方先生（后来的诗人胡诗庐）做《发刊词》，其中有一段说：

---

①后文中亦简称《旬报》。——编者注。

今世号通人者，务为艰深之文，陈过高之义，以为士大夫劝，而独不为彼什伯①千万倍里巷乡间之子计，则是智益智，愚益愚，智日少，愚日多也。顾可为治乎哉？

又有一位会员署名"大武"，做文《论学官话的好处》，说：

诸位呀，要救中国，先要联合中国的人心。要联合中国的人心，先要统一中国的言语。……但现今中国的语言也不知有多少种，如何叫它们合而为一呢？……除了通用官话，更别无法子了。但是官话的种类也很不少，有南方官话，有北方官话，有北京官话。现在中国全国通行官话，只需模仿北京官话，自成一种普通国语哩。

这班人都到过日本，又多数是中国公学的学生，所以都感觉"普通国语"的需要。"国语"一个目标，屡见于《竞业旬报》的第一期，可算是提倡最早的了。

《竞业旬报》第一期是丙午年（1906）九月十一日出版的。同住的钟君看见我常看小说，又能做古文，就劝我为《旬报》做白话文。第一期里有我的一篇通俗《地理学》，署名"期自胜

---

①"伯"疑为"佰"之误，但查此文几个民国时期版本，均为"伯"字。特此标注。——编者注。

生"。那时候我正读《老子》，爱上了"自胜者强"一句话，所以取了个别号叫"希强"，又自称"期自胜生"。这篇文字是我的第一篇白话文字，所以我抄其中说"地球是圆的"一段在这里做一个纪念：

> 譬如一个人立在海边，远远地望这来往的船只。那来的船呢，一定是先看见它的桅杆顶，以后方能看见它的风帆；它的船身一定在最后方可看见。那去的船呢，却恰恰与来的相反，它的船身一定先看不见，然后看不见它的风帆，直到后来方才看不见它的桅杆顶。这是什么缘故呢？因为那地是圆的，所以来的船在那地的低处慢慢行上来，我们看去自然先看见那桅杆顶了。那去的船也是这个道理，不过同这个相反罢了。……诸君们如再不相信，可提一只苍蝇摆在一只苹果上，叫它从下面爬到上面来，可不是先看见它的头然后再看见它的脚么。

这段文字已充分表现出我的文章的长处和短处了。我的长处是明白清楚，短处是浅显。这时候我还不满十五岁。二十五年来，我抱定一个宗旨，做文字必须要叫人懂得，所以我从来不怕人笑我的文字浅显。

我做了一个月的白话文，胆子大起来了，忽然决心做一个长篇的章回小说。小说的题目叫作《真如岛》，用意是"破除迷信，开通民智"。我拟了四十回的题目，便开始写下去了。第一回就在《旬报》第三期上发表（丙午十月初一日），回目是：

> 虞善仁疑心致疾
> 孙绍武正论祛迷

这小说的开场一段是：

> 话说江西广信府贵溪县城外有一个热闹的市镇叫作神权镇，镇上有一条街叫作福儿街。这街尽头的地方有一所高大的房子。有一天下午的时候，这屋的楼上有二人在那里说话。一个是一位老人，年纪大约五十以外的光景，鬓发已略有些花白了，躺在一张床上，把头靠近床沿，身上盖了一条厚被，面上甚是消瘦，好像是重病的模样。一个是一位十八九岁的后生，生得仪容端正，气概轩昂，坐在床前一只椅子上，听那个老人说话。……

我小时候最痛恨道教，所以这部小说的开场白就放在张天师的家乡。但我实在不知道贵溪县的地理风俗，所以不久我就把书中的主人翁孙绍武搬到我们徽州去了。

《竞业旬报》出到第十期，便停办了。我的小说续到第六回，也停止了。直到戊申年（1908）三月十一日，《旬报》复活，第十一期才出世。但傅君剑已不来了，编辑无人负责，我也不大高兴投稿了。到了戊申七月，《旬报》第二十四期以下就归我编辑。从第二十四期到第三十八期，我做了不少的文字，有时候全期的文字，从论说到时闻，差不多都是我做的，《真如岛》也从第二十四期上续做下去，续到第十一回，《旬报》停刊了，我的小说也从此停止了。这时期我改用了"铁儿"的笔名。

这几十期的《竞业旬报》给了我一个绝好的自由发表思想的机会，使我可以把在家乡和学校得着的一点点知识和见解，整理一番，用明白清楚的文字叙述出来。《旬报》的办事人从来没有干涉我的言论，所以我能充分发挥我的思想，尤其是我对于宗教迷信的思想。例如《真如岛》小说第八回里，孙绍武这样讨论"因果"的问题：

> 这"因果"二字，很难说的。从前有人说："譬如窗外这一树花儿，枝枝朵朵都是一样，何曾有什么好歹善恶的分别？不多一会儿，起了一阵狂风，把一树花吹一个'花落花飞飞满天'，那许多花朵，有的吹上帘栊，落在锦茵之上；有的吹出墙外，落在粪溷之中。这落花的好歹不同，难道好说是这几枝花的善恶报应不成？"这话很是，但是我的意思却不止此。大约这因果二字是有的。有了一个因，必收一个果。譬如吃饭自然会饱，吃酒自然会醉。有了吃饭吃酒两件原因，自然会生出醉饱两个结果来。但是吃饭是饭的作用生出饱来，种瓜是瓜的作用生出新瓜来。其中并没有什么人为之主宰。如果有什么人为主宰，什么上帝哪，菩萨哪，既能罚恶人于既作孽之后，为什么不能禁之

于未作孽之前呢？……"天"要是真有这么大的能力，何不把天下的人个个都成了善人呢？……"天"既生了恶人，让他在世间作恶，后来又叫他受许多报应，这可不是书上说的"出尔反尔"么？……总而言之，"天"既不能使人不作恶，便不能罚那恶人。……

落花一段引的是范缜的话，后半是我自己的议论。这是很不迟疑的无神论。这时候我另在《旬报》上发表了《无鬼丛话》①，第一条就引用司马温公"形既朽灭，神亦飘散，虽有剉烧春磨，亦无所施"的话和范缜"神之于形，犹利之于刀"的话。第二条引苏东坡的诗："耕田欲雨刈欲晴，去得顺风来者怨。若使人人祷辄遂，造物应须日千变。"第三条痛骂《西游记》和《封神榜》，其中有这样的话：

夫士君子处颓散之世，不能摩顶放踵散口焦舌以挽滔滔之狂澜，曷若隐遁穷邃，与木石终其身！更安忍随波逐流，阿谀取容于当世，用自私利其身？（本条前面说《封神榜》的作者把书稿送给他的女儿做嫁资，其婿果然因此发财，所以此处有"自私利"的话。）天壤间果有鬼神者，则地狱之设正为此辈！此其人更安有著书资格耶！（《丛话》原是用文言做的。）

----

①后文中亦简称《丛话》。——编者注。

这是戊申年（1908）八月发表的。谁也梦想不到说这话的小孩子在十五年后（1923）居然很热心地替《西游记》做两万字的考证！如果他有好材料，也许他将来还替《封神榜》做考证哩！

在《无鬼丛话》的第三条里，我还接着说：

> 王制有之："托于鬼神时日卜筮以乱众者，诛。"吾独怪夫数千年来之掌治权者，之以济世明道自期者，乃懵然不之注意，惑世诬民之学说得以大行，遂举我神州民族投诸极黑暗之世界！嗟夫，吾昔谓"数千年来仅得许多脓包皇帝，混账圣贤"，吾岂好骂人哉？吾其好骂人哉？

这里很有"卫道"的臭味，但也可以表现我在不满十七岁时的思想路子。《丛话》第四条说：

> 吾尝持无鬼之说，论者或咎余，谓举一切地狱因果之说而摧陷之，使人人敢于为恶，殊悖先王神道设教之旨。此言余不能受也。今日地狱因果之说盛行，而恶人益多，民德日落，神道设教之成效果何如者！且处兹思想竞争时代，不去此种种魔障，思想又乌从而生耶？

这种夸大的口气，出在一个十七岁的孩子的笔下，未免叫人读了冷笑。但我现在回看我在那时代的见解，总算是自己独立想过几年的结果，比起现今一班在几个抽象名词里翻筋斗的少年人们，我还不感觉惭愧。

《竞业旬报》上的一些文字，我早已完全忘记了。前年中国国民党的中央宣传部曾登报征求全份的《竞业旬报》——大概他们不知道这里面一大半的文字是胡适做的——似乎也没有效果。我靠几个老朋友的帮忙，搜求了几年，至今还不曾凑成全份。今年回头看看这些文字，真有如同隔世之感。但我很诧异的是有一些思想后来成为我的重要出发点的，在那十七八岁的时期已有了很明白的倾向了。例如我在《旬报》第三十六期上发表一篇《苟且》，痛论随便省事不肯彻底思想的毛病，说"苟且"二字是中国历史上的一场大瘟疫，把几千年的民族精神都瘟死了。我在《真如岛》小说第十一回（《旬报》第三十七期）论扶乩的迷信，也说：

> 程正翁，你想罢。别说没有鬼神，即使有鬼神，那关帝、吕祖何等尊严，岂肯听那一二张符诀的号召？这种道理总算浅极了，稍微想一想，便可懂得。只可怜我们中国人总不肯想，只晓得随波逐流，随声附和。国民愚到这步田地，照我的眼光看来，这都是不肯思想之故。所以宋朝大儒程伊川说"学原于思"，这区区四个字简直是千古至言。——郑先生说到这里，回过头来，对翼华、冀璜道：程子这句话，你们都可写作座右铭。

"学原于思"一句话是我在澄衷学堂读朱子《近思录》时

注意到的。我后来的思想走上了赫胥黎和杜威的路上去，也正是因为我从十几岁时就那样十分看重思想的方法了。

又如那时代我在李莘伯办的《安徽白话报》上发表的一篇《论承继之不近人情》（转载在《旬报》第二十九期），我不但反对承继儿子，并且根本疑问"为什么一定要儿子?"此文的末尾有一段说：

> 我如今要荐一个极孝顺、永远孝顺的儿子给我们中国四万万同胞。这个儿子是谁呢？便是"社会"。……
>
> 你看那些英雄豪杰、仁人义士的名誉，万古流传，永不湮没；全社会都崇拜他们，纪念他们；无论他们有子孙没有子孙，我们纪念着他们，总不少减；也只为他们有功于社会，所以社会永远感谢他们，纪念他们。阿呀呀，这些英雄豪杰、仁人义士的孝子贤孙多极了，多极了！……一个人能做许多有益于大众、有功于大众的事业，便可以把全社会都成了他的孝子贤孙。列位要记得：儿子，孙子，亲生的，承继的，都靠不住。只有我所荐的孝子贤孙是万无一失的。

这些意思，最初起于我小时看见我的三哥出继珍伯父家的痛苦情形，是从一个真问题上慢慢想出来的一些结论。这一点种子，在四五年后，我因读培根（Bacon）的论文有点感触，在日记里写成我的《无后主义》。在十年之后，又因为我母亲之死

引起了一些感想，我才写成《不朽：我的宗教》一文，发挥
"社会不朽"的思想。

这几十期的《竞业旬报》，不但给我了一个发表思想和整理
思想的机会，还给了我一年多做白话文的训练。清朝末年出了
不少的白话报，如《中国白话报》《杭州白话报》《安徽俗话
报》《宁波白话报》《潮州白话报》，都没有长久的寿命。光绪、
宣统之间，范鸿仙等办《国民白话日报》，李莘伯办《安徽白话
报》，都有我的文字，但这两个报都只有几个月的寿命。《竞业
旬报》出到四十期，要算最长寿的白话报了。我从第一期投稿
起，直到它停办时止，中间不过有短时期没有我的文字。和
《竞业旬报》有编辑关系的人，如傅君剑，如张丹斧，如叶德
争，都没有我的长久关系，也没有我的长期训练。我不知道我
那几十篇文字在当时有什么影响，但我知道这一年多的训练给
了我自己绝大的好处。白话文从此成了我的一种工具。七八年
之后，这件工具使我能够在中国文学革命的运动里做一个开路
的工人。

五

我进中国公学不到半年，就得了脚气病，不能不告假医病。
我住在上海南市瑞兴泰茶叶店里养病，偶然翻读吴汝纶选的一
种古文读本，其中第四册全是古诗歌。这是我第一次读古体诗
歌，我忽然感觉很大的兴趣。病中每天读熟几首，不久就把这
一册古诗读完了。我小时曾读一本律诗，毫不觉得有兴味，这

回看了这些乐府歌辞和五七言诗歌，才知道诗歌原来是这样自由的，才知道作诗原来不必先学对仗。我背熟的第一首诗是《木兰辞》，第二首是《饮马长城窟行》，第三是《古诗十九首》。一路下去，直到陶潜、杜甫，我都喜欢读。读完了吴汝纶的选本，我又在二哥的藏书里寻得了《陶渊明集》和《白香山①诗选》，后来又买了一部《杜诗镜诠》。这时期我专读古体歌行，不肯再读律诗；偶然也读一些五七言绝句。

有一天，我回学堂去，路过《竞业旬报》社，我进去看傅君剑，他说不久就要回湖南去了。我回到了宿舍，写了一首送别诗，自己带给君剑，问他像不像诗。这诗我记不得了，只记得开端是"我以何因缘，得交傅君剑"。君剑很夸奖我的送别诗，但我终有点不自信。过了一天，他送了一首《留别适之即和赠别之作》来，用日本卷笺写好，我打开一看，真吓了一跳。他诗中有"天下英雄君与我，文章知己友兼师"两句，在我这刚满十五岁的小孩子的眼里，这真是受宠若惊了！"难道他是说谎话哄小孩子吗？"我忍不住这样想。君剑这副诗笺，我赶快藏了，不敢给人看。然而他这两句鼓励小孩子的话可害苦我了！从此以后，我就发愤读诗，想要做个诗人了。有时候，我在课堂上，先生在黑板上解高等代数的算式，我却在斯密司的《大代数学》底下翻《诗韵合璧》；练习簿上写的不是算式，是一首未完的纪游诗。一两年前我半夜里偷点着蜡烛，伏在枕头上演

①即白居易，唐代大诗人，字乐山，晚年又号香山居士。——编者注。

习代数问题，那种算学兴趣现在都被作诗的新兴趣赶跑了！我在脚气病的几个月之中发现了一个新世界，同时也决定了我一生的命运。我从此走上了文学、史学的路，后来几次想矫正回来，想走到自然科学的路上去，但兴趣已深，习惯已成，终无法挽回了。

丁未（1907）正月我游苏州，三月与中国公学全体同学旅行到杭州，我都有诗纪游。我那时全不知道"诗韵"是什么，只依家乡的方音，念起来同韵便算同韵。在西湖上写了一首绝句，只押了两个韵脚，杨千里先生看了大笑，说：一个字在"尤"韵，一个字在"萧"韵。他替我改了两句，意思全不是我的了。我才知道作诗要硬记诗韵，并且不妨牺牲诗的意思来迁就诗的韵脚。

丁未五月，我因脚气病又发了，遂回家乡养病（我们徽州人在上海得了脚气病，必须赶紧回乡，行到钱塘江的上游，脚肿便渐渐退了）。我在家中住了两个多月，母亲很高兴。从此以后，我十年不归家（1907—1917），那是母亲和我都没有料到的。那一次在家，和近仁叔相聚甚久，他很鼓励我作诗。在家中和路上我都有诗。这时候我读了不少白居易的诗，所以我这时期的诗，如在家乡作的《弃父行》，很表现《长庆集》的影响。

丁未以后，我在学校里颇有少年诗人之名，常常和同学们唱和。有一次我作了一首五言律诗，押了一个"赫"字韵，同学和教员合作的诗有十几首之多。同学中如汤昭（保民）、朱经

（经农）、任鸿隽（叔永）、沈翼孙（燕谋）等，都能作诗；教员中如胡梓方先生、石一参先生等，也都爱提倡诗词。梓方先生即是后来出名的诗人胡诗庐，这时候他教我们的英文；英文教员能作中国诗词，这是当日中国公学的一种特色。还有一位英文教员姚康侯先生，是辜鸿铭先生的学生，也是很讲究中国文学的；辜先生译的《痴汉骑马歌》，其实是姚康侯先生和几位同门修改润色的。姚先生在课堂上常教我们翻译，从英文译汉文，或从汉文译英文。有时候，我们自己从读本里挑出爱读的英文诗，邀几个能诗的同学分头翻译成中国诗，拿去给姚先生和胡先生评改。姚先生常劝我们看辜鸿铭译的《论语》，他说这是翻译的模范。但五六年后，我得读辜先生译的《中庸》，感觉很大的失望。大概当时所谓翻译，都侧重自由的意译，务必要"典雅"，而不妨变动原文的意义与文字。这种训练也有它的用处，可以使学生时时想到中西文字异同之处，时时想到某一句话应该怎样翻译，才可算"达"与"雅"。我记得我们试译一首英文诗，中有 Scarecrow 一个字，我们大家想了几天，想不出一个典雅的译法。但是这种工夫，现在回想起来，不算是浪费了的。

我初学作诗，不敢作律诗，因为我不曾学过对对子，觉得那是很难的事。戊申（1908）以后，我偶然试作一两首五言律诗来送朋友，觉得并不很难，后来我也常常作五七言律诗了。作惯律诗之后，我才明白这种体裁是似难而实易的把戏；不必有内容，不必有情绪，不必有意思，只要会变戏法，会搬运典故，会调音节，会对对子，就可以诌成一首律诗。这种体裁最宜于作没有内容的应酬诗，无论是殿廷上应酬皇帝，或寄宿舍里送别朋友，把头摇几摇，想出了中间两联，凑上一头一尾，就是一首诗了；如果是限韵或和韵的诗，只消从韵脚上去着想，那就更容易了。大概律诗的体裁和步韵的方法所以不能废除，正因为这都是最方便的戏法。我那时读杜甫的五言律诗最多，所以我作的五律颇受他的影响。七言律诗，我觉得没有一首能满意的，所以我作了几首之后就不作了。

现在我把我在那时作的诗抄几首在这里，也算一个时期的纪念：

秋日梦返故居（戊申八月）

秋高风怒号，客子中怀乱。抚枕一太息，悠悠归里闬。入门拜慈母，母方抚孙玩。齐儿见叔来，牙牙似相唤。拜母复入室，诸嫂同炊爨。问答乃未已，举头日已旰。方期长聚首，岂复疑梦幻？年来历世故，遭际多忧患。耿耿苦思家，听人讥斥鷃。（"玩"字原作"弄"，是误用方音，前年改"玩"字。）

军人梦

（译 *Thomas Campbell's A Soldier's Dream*）（戊申）

笳声销歇暮云沉，耿耿天河灿列星。战士创痍横满地，倦者酣眠创者逝。枕戈藉草亦薨然，时见刍人影摇曳。长夜沉沉夜未央，陶然入梦已三次。梦中忽自顾，身已离队伍，秋风拂襟袖，独行殊踽踽。惟见日东出，迎我归乡土。纵横阡陌间，尽是钓游迹。

时闻老农刈稻歌，又听牛羊噪山脊。归来戚友咸燕集，誓言不复相离别。娇儿数数亲吾额，少妇情深自呜咽。举室争言君已倦，幸得归休免征战。惊回好梦日熹微，梦魂渺渺成虚愿。（"刍人"原作"刍灵"，今年改。）

酒醒（己酉）

酒能销万虑，已分醉如泥。烛泪流干后，更声断续时。醒来还苦忆，起坐一沉思。窗外东风峭，星光淡欲垂。

女优陆菊芬演《纺棉花》（己酉）

永夜亲机杼，悠悠念远人。朱弦纤指弄，一曲翠眉颦。满座天涯客，无端旅思新。未应儿女语，争奈不胜春！

秋柳　有序（己酉）

秋日适野，见万木皆有衰意。而柳以弱质，际兹高秋，独能迎风而舞，意态自如。岂老氏所谓能以弱者存耶？感而赋之。

但见萧飕万木摧，尚余垂柳拂人来。西风莫笑长条弱，也向西风舞一回。（"西风莫笑"原作"凭君漫说"，民国五年改。"长条"原作"柔条"，十八年改。）

（《四十自述》）

顾颉刚（1893—1980），原名诵坤，字铭坚。中国历史地理学和民俗学的开创者，古史辨学派的创始人，国内外享有盛誉的史学大师。1920 年毕业于北京大学本科中国哲学门。先后在厦门大学、中山大学、燕京大学、北京大学等校任教，1948 年当选为中央研究院第一批院士。顾颉刚一生著述颇丰，除所编出版后在学术界引起轰动的《古史辨》之外，重要的著作还有《汉代学术史略》《尚书通检》《中国疆域沿革史》等。

自序传

顾颉刚

一、 家庭教育

我是 1893 年生的。当我出生的时候，我的家中已经久不听见小孩子的声息了；我是我的祖父母的长孙，受到他们极浓挚的慈爱。我家是一个很老的读书人家，他们酷望我从读书上求上进。在提抱中的我，我的祖父就教令识字。听说我坐在"连抬交椅"（未能步行的小孩所坐）里已经识得许多字了；老妈子抱上街去，我尽指着招牌认字，店铺中人诧异道："这怕是前世带来的字吧！"因为如此，所以我了解书义甚早，六七岁时已能读些唱本小说和简明的古书。但也因为如此，弄得我游戏的事情太少，手足很不灵敏，言语非常钝拙，一切的技能我都不会。这种的状态，从前固然可以加上"弱不好弄"的美名，但在现在看来，只是遏抑性灵，逼作畸形的发展而已。

在这种沉闷和呆滞的空气之中，有一件事足以打破这寂寥而直到近数年来才从回忆中认识的，就是民间的故事传说的接近。我的本生祖父和嗣祖母都是极能讲故事的：祖父所讲大都属于滑稽一方面，如"诸福宝（苏州的徐文长）"之类；祖母所讲则大都属于神话一方面，如"老虎外婆"之类。除了我的祖父母之外，我家的几个老仆和老女仆也都擅长这种讲话，我坐在门槛上听他们讲《山海经》的趣味，到现在还是一种很可眷恋的温煦。我虽因言语的钝拙，从未复述过，到后来几乎完全忘记了，但那种风趣却永远保存着，有人提起时总觉得是很亲切的。祖父带我上街或和我扫墓，看见了一块匾额，一个牌楼，一座桥梁，必把它的历史讲给我听，回家后再按着看见的次序写成一个单子。因此，我的意识中发生了历史的意味，我得到了最低的历史的认识，知道凡是眼前所见的东西都是慢慢儿地积起来的，不是在古代已尽有，也不是到了现在刚有。这是使我毕生受用的。

当我读《论语》的时候，《孟子》已买在旁边，我随手翻着。我在《论语》中虽已知道了许多古人的名字，但这是很零碎的，不容易连接。自从看了《孟子》，便从他叙述道统的说话中分出了他们的先后。我初得到这一个历史的系统，高兴极了，很想替它做一个清楚的叙述。以前曾在祖父的讲话中，知道有盘古氏拿了斧头开天辟地的故事，有老妪和犬生出人类的故事；到这时就把这些故事和书本上的尧、舜、禹的记载联串起来了。

我记得那时先着一家起了几个早晨，在朝暾初照的窗下写成一篇古史，起自开辟，讫于《滕文公》篇的"孔子没，子夏、子张、子游以有若似圣人，欲以所事孔子事之；强曾子，曾子不可"的一段事。孟子叙述道统到孔子为止，我作历史也到孔子没后为止，是很分明地承受了孟子的历史观了。这篇古史约有五页，那时还没有练习过小楷，衬了红格纸写得蝇头般的细字，写好了放在母亲的镜匣里。从我所读的书和母亲的病状推来，那时我是七岁（依旧法算应是八岁）。可惜后来母亲死了，这篇东西就失去了。

就是这一年的冬天，我读完了《孟子》。我的父亲命我读《左传》，取其文理，在《五经》中最易解，要我先打好了根底然后再读深的。我读着非常感受兴趣，仿佛已置身于春秋时的社会中了。从此鲁隐公和郑庄公一班人的影子常在我的脑海里活跃。但我的祖父不以为然，他说："经书是要从难的读起的；《诗经》和《礼记》中生字最多，若不把这两部书先读，将来大了就要记不清了。"所以在1901年的春天，命我改从一位老先生读《诗经》。《左传》只读了一册，就搁下了。

我读《国风》时，虽是减少了历史的趣味，但句子的轻妙，态度的温柔，这种美感也深深地打入了心坎。后来读到《小雅》时，堆砌和严重的字句多了，文学的情感减少了，便很有些儿怕念。读到《大雅》和《颂》时，句子更难念了，意义愈不能懂得了。我想不出我为什么要读它，读书的兴味实在一点也没有了。这位老先生对付学生本来已很严厉，因为我的祖父是他的朋友，所以对我尤为严厉。我越怕读，他越要逼着我读。我念不出时，他把戒尺在桌上乱碰；背不出时，戒尺便在我的头上乱打。这种的威吓和迫击，常使我战栗恐怖，结果竟把我逼成了口吃，害得我的一生永不能在言语中自由发表思想。我耐不住了，大着胆子向先生请求道："我读《左传》时很能明白书义，让我改读了《左传》吧！"先生听了，鼻子里"嗤"的一声，做出很傲慢的脸子回答我道："小孩子哪里懂得《左传》！"好容易把一部《诗经》捱完，总算他们顺了我的请求，没读《礼记》而接读《左传》。这位老先生要试一试我以前类于夸口的请求，令我讲解华督杀孔父的一段。我一句句地讲了，他很诧异，对我的祖父说道："这个小孩子记性虽不好，悟性却好。"我虽承蒙他奖赞，但已做了他的教育法的牺牲了！

我的生性是非常桀骜不驯的。虽是受了很严厉的家庭教育和私塾教育的压抑，把我的外貌变得十分柔和卑下，但终不能摧折我的内心的分毫。所以我的行事专喜自作主张，不听人家的指挥。翻出幼时所读的《四书》经文和注文上，就有许多批抹。例如《告子》上篇《天爵》章末有"终亦必亡而已矣"句，《仁之胜不仁》章末又有"亦终必亡而已矣"句，我便剔去了中间《欲贵》章首的"〇"号，批道："不应有〇，下文有'终亦必亡而已矣'之语，可见两段相连。"又如《离娄》下篇《逢蒙学射》章"孟子曰：'是亦羿有罪焉。'公明仪曰：'宜若无罪焉。'"我疑心"羿"与"宜"因同音而致误，就批道："宜，当作羿。"这一类的批抹，在现在看来确是极度的武断，但我幼年读书就不肯盲从前人之说，也觉得是不该妄自菲薄的。

约在十一岁时，我初读《纲鉴易知录》①，对于历史的系统更能明白认识。那时，我便自立义法，加上许多圈点和批评。我最厌恶《纲目》的地方，就是它的势利。例如张良和荆轲一样的谋刺秦始皇，也一样的没有成功，但张良书为"韩人张良"，荆轲便书为"盗"。推它的原因，只因荆轲的主人燕太子丹是斩首的，而张良的主人刘邦乃是做成皇帝的。我对于这种不公平的记载非常痛恨，要用我自己的意见把它改了。可惜我读的一部《易知录》是石印小字本，上边写不多字，只得写上小纸，夹在书里。前年理书时检得一纸条，是那时的笔迹，写道：

> 书"秋，秦王稷薨，太子柱立"。至明年冬，又书"秦王薨，子楚立"。下《目》书曰："孝文王即位，三日而薨。"夫秋立而至明冬薨，亦十七八月矣，何《目》书"三日而薨"耶？此其史官之讹也。

现在知道，这个批评错了，因为孝文王的即位在他的除丧之后，和上一年秋的"立"是不冲突的。只是我敢于写出疑问，也算值得纪念。

---

①文中亦称《纲目》或《易知录》或《目》。——编者注。

儿时的佚事，现在还记得几桩。有一次，我看见一个饭碗，上面画着许多小孩，有的放纸鸢①，有的舞龙灯，有的点爆竹，题为"百子图"。我知道文王是有一百个儿子的，以为这一幅图一定是画的文王的家庭了，就想把文王的儿子考上一考。可是很失望，从习见的书中只得到武王、周公、管叔、蔡叔、康叔数人；《左传》上较多些，但也只有"文昭"十六国。我在那时很奇怪：为什么这样一个大名人的儿子竟如此地难考？后来知道文王百子之说是从《诗经》的"太姒嗣徽音，则百斯男"来的，而"百斯男"的话正与"千秋万岁""千仓万箱"相类，只是一种谀颂之词，并非实事，心始释然。

又有一次，不知在什么地方见到孔子有师七人的话，替他一考居然如数得到。但现在想得起的只有老聃、师襄、苌弘、郯子、项橐五人，尚有二人反而查不出了。又因谥法的解释不同，想做一种《谥法考》，把《左传》上的谥法抄集起来，比较看着。结果，使我知道"灵，幽，厉"诸谥未必是恶谥，孟子所说"孝子顺孙百世不能改"的话并不十分可靠。有一回偶然在《汉书》上看到汉高祖为赤帝子，斩白帝子，心想赤帝、白帝不是和黄帝一样的吗？什么黄帝为人而赤帝、白帝为神？又在某书上看见三皇五帝名号和《易知录》上所载的不一致，考查之后，始知三皇五帝的次序原来有好几种不同的说法。那时见到的书甚少，这种考据之业现在竟想不起是怎样地

①"纸鸢"即"风筝"。——编者注。

做成的。

我们顾家是吴中的著姓，自汉以下的世系大都可以稽考。但我们一支的家谱只始于明代成化中，又标上唯亭的地名。我的十一世伯祖大来公（其蕴）序道：

> 人各有所自，必自其所自而后即安。苟忽其所自而妄萌一焜燿之思，指前之一二显人曰"吾所自者某某也"，则世之人亦因其所自而自之矣。然反之心究有所不安。以己之不安而知祖先之必不安，且念子孙之亦未必安也，何可以焜燿之，思累先后之不安乎！……此尼备从侄（嗣曾）之近谱所以不宗鹿城（昆山）而宗维亭也。维亭距鹿城不数十里①，有农家者流繁衍于上二十一都之乡，地名顾港，此吾支之所自。乡之先达已蒙称述，信为文康公（顾鼎臣）之支矣。而尼备以宗其所疑不若宗其所信，宗其所信而苟有一毫之可疑无庸宗也，所以宁维亭而不敢曰鹿城，重原本也。

这种信信疑疑的态度，在现在看来固是非常正当，但幼年的我哪里能懂得呢。我只觉得他们的胸襟太窄隘了：我们和昆山一支既经是一族，为什么定要分成两族？偶然见到一部别宗的谱牒，以西汉封顾馀侯的定为始祖；又列一世系表，起于禹、

---

① 原文如此，意为"不过数十里"。——编者注。

启、少康，中经无馀、勾践，讫于东海王摇和他的儿子顾馀侯期视，约有三十余代（这个表不知道从哪里抄来的，现在遍查各种古书竟查不到）。我快乐极了，心想我家的谱牒可以自禹讫身写成一个清楚整齐的系统来了！又想禹不是祖黄帝的吗？黄帝又不是少典氏之子吗？那么，岂不是又可以推算自己是少典氏的几百几十世孙了！我真高兴，对着我的同学夸口道："我要刻三方图章：一是'勾践后人'，一是'大禹子孙'，一是'少典云礽'。"这位同学也赞叹道："你家真是一个古远的世家!"于是我援笔在谱上批道：

> 甚哉谱必以大宗言也！不以之言，则昧于得姓传递之迹而徒见十数世而已。吾族之谱始自允斋公，遂谓允斋公为始祖。夫公非始得顾姓者，而曰始祖，亦太隘矣！

一个人的思想真是会得变迁的：想不到从前喜欢夸大的我现在竟变得这般严谨，要把甘心认为祖先的禹回复到他的神话中的地位，要把尼备公创立家谱的法子来重修国史了！

二、 两年没有正式教师

在私塾中最可纪念的，是有两年没有正式的教师。起先，我的父亲在城北姚家教馆，我随着读书。去了不久，我父考取了京师大学堂，到北京去，馆事请人代着。可是代馆的总不得长久，代者又请代，前后换了七八人，有几个月简直连接着没有先生。只因姚家待我很厚，他们的小主人和我的交情也很挚，所以我家并不逼我换学塾。这两年中，为了功课的松，由得我要怎样做就怎样做。我要读书，便自己到书铺里选着买；买了来，便自己选着读。我看了报纸，便自己发挥议论。有什么地方开会，我便前去听讲。要游戏，要胡闹，要闲谈遣日，当然也随我的便。这两年中的进境真像飞一般的快，我过去的三十年中吸收智识从没有这样顺利的；我看无论哪种书都可以懂得一点了，天地之大我也识得一个约略了。这时候，正是国内革新运动勃发的时候，要开学校，要放足，要造铁路，要抵制美国华工禁约，要请求政府公布宪法开国会，梁任公先生的言论披靡了一世。我受了这个潮流的涌荡，也是自己感到救国的责任，常常慷慨激昂地议论时事。

《中国魂》中的《呵旁观者文》和《中国之武士道》的长序一类文字是我的最爱好的读物，和学塾中的屈原《卜居》、李华《吊古战场文》、胡铨《请斩王伦秦桧封事》等篇读得同样的淋漓痛快。在这种热情的包裹之中，只觉得杀身救人是志士的唯一的目的，为政济世是学者的唯一的责任。塾师出了经义、史论的题目，我往往借此发挥时论，受他们的申斥；但做时务策论时，他们便不由得不来赏赞我了。

三、 高等小学

1906 年，地方上开办第一班高等小学，考题是《征兵论》，我竟考取了第一。我刚进去时，真是踏到了一个新世界。我在私塾中虽是一个新人物，自己已看了些科学方面的教科书，但没有实物的参证，所谓科学也正与经义、策论相同。到了新式学校中，固然设备还是贫乏得很，总算有了些仪器和标本了，能做些实验和采集的工夫了。我在学校里最欢喜做的事情是"修学旅行"，因为史地教员对于经过的名胜和古迹有详细的说明，理科教员又能伴我们采集动植物作标本。回来之后，国文教员要我们做游记，图画教员要我们作记忆画——使我感到这种趣味的活动，各科材料的联络，我所受的教育的亲切。但除了这一件事之外，我的桀骜不驯的本性又忍不住要发展了，我渐渐地对于教员不信任了。我觉得这些教员对于所教的功课并没有心得，他们只会随顺了教科书的字句而敷衍。教科书的字句我既已看得懂，又何劳他们费力解释！况且教科书上错误的地方，他们也不能加以修正。例如地理教科书中说教主出于半岛，举孔、佛、耶为证，理由是半岛的海岸线长，吸收文明容易，地理教员也顺着说。我听得时就很疑惑，以为道教的张道陵就很明白不是从半岛上起来的，孔、佛、耶的出在半岛不过是偶然的巧合。海岸线的吸收文明应当在海上交通便利之后，在古时则未必便可增进新知（至少在中国是这般）。即如孔子时，江、淮、河、济的交通胜于海洋，江、淮、河、济的吸收文明也应当过于海洋；孔子所以能够特出，或者就靠在河、济的交通上，和半岛及海岸线有何关系？但地理教员就咬定了这句话，大张其半岛出教主论了。这种的教员满眼皆是，他们都只会食人家的唾余，毫没有自己的真知灼见，都只想编辑了一种讲义做终身的衣食，毫不希望研究的进展，使得我一想到时就很鄙薄。

在小学时曾经生了两个月的病，病中以石印本《二十二子》和《汉魏丛书》自遣，使我对于古书得到一个浮浅的印象。又在报纸上见到《国粹学报》的目录，里面有许多新奇可喜的文题，要去买时可惜苏州的书肆里没有。直到进了中学堂，始托人到上海去买了一个全份。翻读之下，颇惊骇刘申叔①、章太炎诸先生的博洽；但是他们的专门色彩太浓重了，有许多地方是看不懂的。在这个报里，除了种族革命的意义以外，它给予我一个清楚的提示，就是过去的中国学问界里是有这许多分歧的派别的。

十六岁那一年，我在中学二年级，我的祖父对我说："《五经》是总该读全的。你因进了新法学堂，只读得《诗经》《左传》和半部《礼记》。我现在自己来教你吧。"于是我每晚从学校里归来，便向祖父受课。他先教我《尚书》，再教我《周易》。《周易》我不感到什么趣味；《尚书》的文句虽古奥，但我已经有了理解力，能够勉强读懂，对于春秋以前的社会状况得到了一点粗疏的认识，非常高兴。祖父教我时，是今古文一起读的。我本不知道今古文是怎样一个重大的讼案，也就随着读。后来感到古文很平顺，它的文字自成一派，不免引起了些

---

①刘师培（1884—1919），字申叔，少承家学，"以绍述先业，昌洋扬州学派自居。"——编者注。

微的怀疑。偶然翻览《先正事略》，从阎若璩的传状里知道他已把《古文尚书》辨①得很明白，是魏晋间人伪造的。一时就想读他所作的《尚书古文疏证》，但觅不到。为安慰自己的渴望计，即从各家书说中辑出驳辨伪古文的议论若干条，寻绎他们的说法。哪知一经寻绎之后，不但魏晋间的古文成问题，就是汉代的古文也成了问题了。那年上海开江苏学校成绩展览会，我和许多同学前往参观，就独到国学保存会的藏书楼上看了两种书：一是龚自珍的《泰誓答问》，一是胡秉虔的《尚书叙录》。

我既约略知道了这一些问题，我的勇往的兴致又要逼迫我佚出前人的论辨之外了。我感到《今文尚书》中《尧典》《皋陶谟》诸篇的平易的程度并不比《伪古文》差了多少，我又感到汉人《尚书》注得不通，都想由我辨去。十七岁时，江苏存古学校招生，我知道里面很有几位博学的教员，也报名应考。出的题目是《尧典》上的，现在已记不起了，只记得我的文字中把郑玄的注痛驳了一回。发榜不取，领落卷出来，签条上面批着"斥郑说，谬"四个大字。我得到了这回教训，方始知道学术界上的权威是惹不得的。

要是我能够从此继续用功，到现在也许可以做成一个专门的经学家了。但我的祖父逝世之后，经学方面既少了一个诱导

---

①文中所有"辨"字均从原文，其中一些"辨"字，按其义，今似应为"辩"字。——编者注。

的人，文学方面的吸引力又很大，我不自觉地对于经书渐渐地疏远了下去。

我的祖父一生欢喜金石和小学，终日的工作只是钩模古铭，椎拓古器，或替人家书写篆隶的屏联。我父和我叔则喜治文学和史学。所以我幼时看见的书籍、接近的作品都是多方面的，使我在学问上也有多方面的认识。可是我对于语言文字之学是不近情的，我的祖父的工作虽给我瞧见了许多，总没有引起我的模仿的热忱。我自己最感兴味的是文学，其次是经学（直到后来才知道我所爱好的经学也即是史学），我购买书籍就向那两方面进行。买书这一件事，在我十一二岁时已成了习惯，但那时只买新书；自从进了中学，交到了几个爱收旧书的朋友，就把这个兴致转向旧书方面去了。每天一下课，立刻向书肆里跑。这时的苏州还保留着一个文化中心的残状，观前街一带新旧书肆约有二十余家，旧书的价钱很便宜。我虽是一个学生，只能向祖母和父亲乞得几个钱，但也有力量常日和他们往来。我去了，不是翻看他们架上的书，便是向掌柜们讨教版本的知识。所见的书籍既多，自然引诱我去研究目录学。《四库总目》《汇刻书目》《书目答问》一类书那时都翻得熟极了。到现在，虽已荒废了十余年，但随便拿起一册书来，何时何地刻的还可以估得一个约略。

我对于学问上的野心的收不住，自幼就是这般。十二岁时曾作成一册自述，题为《恨不能》。第一篇是"恨不能战死沙场，马革裹尸"，第二篇是"恨不能游尽天下名山大川"，其三便是"恨不能读尽天下图书"。到这时天天游逛书肆，就恨不能把什么学问都装进了我的肚子。我的痴心妄想，以为要尽通各种学问，只需把各种书籍都买了来，放在架上，随心翻览，久而久之自然会得明白通晓。我的父亲戒我买书不必像买菜一般的求益，我的祖母笑我买书好像瞎猫拖死鸡一般的不拣择，但我的心中坚强的执拗，总以为宁可不精，不可不博。只为翻书太多了，所以各种书很少从第一字看到末一字的。这样的读书，为老辈所最忌，他们以为这是短寿促命的征象。我也很想改过来，但是求实效的意志终抵抗不过欣赏的趣味。我曾对友人说："我是读不好书的了！拿到一部书想读下去时，不由得不牵引到第二部上去，以至于第三部、第四部。读第二、第三部书时，又要牵引到别的书上去了。试想这第一部书怎样可以读得完？"这种情形，在当时确是很惆怅的，但在现在看来，也可以说由此得到了一点益处。因为这是读书时寻题目，从题目上更去寻材料，而不是读死书。不过那时既只随着欣赏的趣味而活动，并没有研究的自觉心，就是见到了可以研究的题目，也没有实做研究的忍耐心，所以不曾留下什么成绩。

四、 中等学校

中学校时代，实在是我的情感最放纵的时代，书籍的嗜好在我的生活中虽占着很重要的一部分，但并不能制伏我的他方面的生活。我爱好山水，爱好文学，爱好政治活动。

游览的嗜好似乎在我很幼的时候已经发端。记得那时看扫墓是一件趣味最丰富的乐事。我家的坟墓不在一处，有的地方要三天才来回，我坐在船里，只觉得望见的东西都新鲜得可爱。有时候走近一座山，要拉了老妈子一同上去，哪知山基还远着，久久走不到，船已将开了。自从进了中学，旅行的地方远了一点，有时出府境，有时出省境。我高兴极了，无论到什么地方，总要尽了我的脚力走。别人厌倦思归了，我还是精神奋发，痛骂他们阻住了我的兴致。每星期日，几乎必约了同学到郊外远足去，苏州城外的山径都给我们踏遍了。我在那时，爱好自然，为自然的美所吸引的一种情趣，在现在的回忆中更觉得可以珍重。

叶圣陶（绍钧）先生是我的老朋友，从私塾到小学和中学都是同学。他是一个富于文艺天才的人，诗词篆刻无一不能；没有一件艺术用过苦功，但没有一种作品不饶于天趣。我在中学里颇受到他的同化，想致力于文学，请他教我作诗填词。我们的同志三四人又立了一个诗社，推他做盟主。我起先作不好，只以为自己的工夫浅。后来永远不得进步，无论我的情感像火一般的旺烈，像浪一般的激涌，但是表现出来的作品终是软弱无力的。有时也偶然得到几句佳句，但要全篇的力量足以相副就很困难。有许多形式，我已学像了，但自省到底没有"烟士披里纯"① ——文艺品的魂灵。怀了创作的迷梦约有十年，经过了多少次的失败，方始认识了自己的才性，恍然知道我的思想

---

① 英文 inspiration 之音译，今译灵感。——编者注。

是很质直的，描写力是极薄弱的，轻俏美妙的篇章和嵚奇豪壮的作品本来都没有我的份儿，从此不再妄想"吃天鹅肉"了。

我在中学校时，正是立宪请愿未得清廷允可，国民思想渐渐倾向到革命的时候，使得我也成了这个倾向下的群众的一个。看着徐锡麟、熊成基、温生才等人的慷慨牺牲生命，真觉得可歌可泣。辛亥革命后，意气更高涨，以为天下无难事，最美善的境界只要有人去提倡就立刻会得实现。种族的革命算得了什么！要达到无政府、无家庭、无金钱的境界时方才尽了我们革命的任务呢。因为我醉心于这种最高的理想，所以那时有人发起社会党，我就加入了。在这一年半之中，我是一个最热心的党员，往往为了办理公务，到深夜不眠。很有许多亲戚长者劝我，说："这班人都是流氓，你何苦与他们为伍呢？这不是你的事啊。"这种势利的见解我是早已不承认了，我正以为流氓和绅士不过是恶制度之下分出来的两种阶级，我正嫌恶绅士们做种种革新运动的阻碍，要把这个阶级划除了才快意。但入党多时之后，我瞧着一班同党渐渐地不像样了。他们没有主义，开会演说时固然悲壮得很，但会散之后就把这些热情丢入无何有之乡了。他们说的话，永远是几句照例话，谁也不想把口头的主义做事实的研究。他们闲空时，只会围聚了长桌子坐着谈天、讲笑话，对于事业的进行毫没有计划。再不然，便是赌钱、喝酒、逛窑子。我是一个极热烈的人，同时也是一个极不懂世事的人，对于他们屡屡有所规诫，有所希望，但是他们几乎没有一个能承受的。我对于事业虽有极彻底的目标，但我自己知道我的学识是很浅薄的，还够不上把主义发挥；然而在同党中间，他们已经把我看作博学的文豪，凡有发表的文字都要拉我动笔了。在这到处不如意的境界之中，使我得到了一个极清楚的觉悟，知道这班人是只能给人家用作喽啰小卒的，要他们抱着主义当生命般看待，计划了事业的步骤而进行是不可能的。我先前真把他们看得太高了！我自己知道，我既不愿做别人的喽啰小卒，也不会用了别人做我的喽啰小卒，那么我永在党中混日子也没有什么益处，所以我就脱党了。可惜这一年半中乱掷的光阴，觉得换得了对于人世和自己才性的认识。从此以后，我再不敢轻易加入哪个党会，这并不是我对于政治和社会的改造的希望歇绝了，我知道这种改造的职责是应当由政治家、教育家和社会运动家去担负的，我是一个没有这方面的发动的才力的人。我没有这方面的才力也不觉得有什么可耻，因为我本有我自己能做的工作，一个人原不必件件事情都会干的。

五、 我变了一个戏迷 （北京大学）

在热心党会的时候，早把书籍的嗜好抛弃了。这时又把党会抛弃之后，精神上不免感到空虚。民国二年，我考进了北京大学的预科。我在南方，常听得北京戏剧的美妙，酷好文艺的圣陶又常向我称道戏剧的功用。我们偶然凑得了几天旅费，到上海去看了几次剧，回来后便要做上几个月的咬嚼。这时我竟有这般福分，得居戏剧渊海的北京，如何忍得住不大看而特看。于是我变成了一个"戏迷"了！别人看戏必有所主，我固然也有几个极爱看的伶人，但戒不掉的好博的毛病，无论哪一种腔调，哪一个班子，都要去听上几次。全北京的伶人大约都给我见到了。每天上课，到第二堂退堂时，知道东安门外广告版上各戏团的剧报已经贴出，便在休息的十分钟内从译学馆（预科所在）跑去一瞧，选定了下午应看的戏。学校中的功课下午本来较少，就是有课我也不去请假。在这戏迷的生活中二年有余，我个人的荒唐和学校课业的成绩的恶劣自不消说，万想不到我竟会在这荒唐的生活中得到一注学问上的收获（这注收获直到了近数年方因辨论古史而明白承受）。上面说的，我曾在祖父母和婢仆的口中饱听故事，但这原是十岁以前的事情。十岁以后，我读书多了，对于这种传说便看作悠谬无稽之谈，和它断绝了关系。我虽曾恨过绅士，但自己的沾染绅士气确是不能抵赖的事实。我鄙薄说书场的卑俗，不屑去。我鄙薄小说书的淫俚，不屑读。在十五岁的时候，有一种赛会唤作现圣会，从乡间出发到省城，这会要二十年一举，非常的繁华，苏州人倾城出观，学校中也无形地停了课。但我以为这是无聊的迷信，不屑随着同学们去凑热闹，到人家贺喜；席间有妓女侍坐唱曲，我又厌恶她们声调的淫荡。唱到我一桌时，往往把她谢去。从现在回想从前，真觉得那时的面目太板方了，板方得没有人的气味了。因为如此，我对于社会的情形隔膜得很；就是故事方面，也只记得书本上的典故而忘却了民间流行的传说。自从到了北京，成了戏迷，于是只得抑住了读书人的高傲去和民众思想接近，戏剧中的许多基本故事也须随时留意了。但一经留意之后，自然地生出许多问题来。现在随便举出数条于下（久不看戏，所记恐有错误，请读者指正）：

（1）薛仁贵和薛平贵的姓名和事迹都极相像。仁贵见于史，平贵不见，而其遇合更为奇诡，直从叫花子做到皇帝。可见平贵的故事是从仁贵的故事中分化出来的，因为仁贵的故事还不淋漓尽致，所以造出一个平贵来，替他弥补了。

（2）戏剧的本事取于小说，但很有许多是和小说不相应的。例如《黄鹤楼》是"三国"戏，但不见于《三国演义》，《打渔杀家》是"水浒"戏（萧恩即是阮小五），但不见于《水浒传》；《盗魂铃》是"西游"戏，但不见于《西游记》。可见戏剧除小说之外，必另有取材的地方，或者戏剧与小说同是直接取材于民间的传说而各不相谋。

（3）《宇宙疯》又名《一口剑》，什么缘故，大家不知道。有人说，赵高的女儿装疯时说要上天，要入地，宇宙即天地之谓。但戏中凡是遇到装疯时总要说这两句，未必此戏独据了此句命题。后来看见梆子班中演的全本，方知戏名应是《宇宙锋》，宇宙锋就是一口剑的名字。戏中情节，是赵高之女嫁与邝洪之子，邝洪疾恶如仇，不为赵高所容，赵高就与李斯同谋害他，派刺客到邝家盗取了他们世传的宝剑，投入秦皇宫中；邝家既破，赵高之女遂大归（尚有下半本，未见）。这出戏不知道根据的是什么小说，也许并没有小说。皮黄班中不演全本，只截取了装疯的一段，于是戏名的解释就变成了猜谜了。

（4）《小上坟》中的刘禄敬夫妇在剧本里原是很贞洁的，

情节亦与《雪杯圆》相同，应当由老生与青衣串演。不知何故，改用小丑与花旦演了，作尽了淫荡的态度，但唱的依旧是贞洁的字句。唱的字句给演的态度遮掩了，听客对于戏中人的观念也就变成了小丑与花旦的调情了。

（5）《草桥关》与《上天台》同是姚刚击死国丈的事，又同是皮黄班中的戏。但《草桥关》是光武命斩姚期父子，马武闻信，强迫光武赦免的；《上天台》是姚期请罪时，光武自动地赦免，并没有马武救援之事。

（6）《杨家将》小说中只有八妹，并无八郎。但戏剧中的《雁门关》则系八郎之事，八郎亦是辽国驸马，尚二公主。其他表述杨门功绩的戏词也都以"四八郎"并称。看来八郎是从四郎分化的。

（7）《辕门斩子》一剧，在皮黄班中，一挂斩杀剑，佘太君即出帐，一斩马蹄，八贤王亦即出帐。在梆子班中，则挂剑后佘太君跪在帐前，六郎出而陪礼；及将斩马蹄，八贤王与之争辩，六郎献印求免官，始无精打采而去。在这种地方，可见编戏者看描写人物的个性比保存故事的原状为重要。因于各就想象中描写，所以各班的戏本不必一律。

（8）司马懿在《逍遥津》中是老生，因为他的一方面的人，曹操是净，华歆是小丑，且他在三人中比较是好人。但到了《空城计》中，与老生诸葛亮对阵时，他便是净了。曹操在别的戏中都是净，但在谋刺董卓的《献剑》中却是生。可见戏中人的面目不但表示其个性，亦且表示其地位。

这种事情，简单说来，只是"乱"和"妄"。在我的中学校时代，一定不屑齿及，不愿一顾的。但在这时正是心爱着戏剧，不忍把它拒绝，偏要替它深思。深思的结果，忽然认识了故事的格局，知道故事是会得变迁的，从史书到小说已不知改动了多少（例如诸葛亮不斩马谡而小说中有挥泪斩谡的事，杨继业绝食而死而小说中有撞死李陵碑的事），从小说到戏剧又不知改动了多少，甲种戏与乙种戏同样写一件故事也不知道有多少点的不同。一件故事的本来面目如何，或者当时有没有这件事实，我们已不能知道了；我们只能知道在后人想象中的这件故事是如此的分歧的。推原编戏的人所以要把古人的事实迁就于他们的想象的缘故，只因作者要求情感上的满足，使得这件故事可以和自己的情感所预期的步骤和结果相符合。作者的预期，常常在始则欲其危险，至终则欲其美满，所以实在的事情虽并没有这样的危险，而终使人有"不如意事什八九"的感叹，但这件事成为故事的时候，就会从无可挽回的危险中得到天外飞来的幸运了。危险和幸运是由得人想象的，所以故事的节目会得各各不同。这是一桩，其余无意的讹变、形式的限制、点缀的过分、来历的异统，都是可以详细研究的。我看了两年多的戏，唯一的成绩便是认识了这些故事的性质和格局，知道虽是无稽之谈，原也有它的无稽的法则。当时很想搜集材料，作一部《戏剧本事录》，把各出戏的根据加以考证，并评骘其异同之点，可惜没有成书。这不得不希望于将来了。

六、 服膺章太炎

在北京大学的同学中，毛子水①先生是我最敬爱的。他是一个严正的学者，处处依了秩序而读书，又服膺太炎先生的学说，受了他的指导而读书。我每次到他斋舍里去，他的书桌上总只放着一种书，这一种书或是《毛诗》和《仪礼》的注疏，或是数学和物理的课本。我是向来只知道翻书的，桌子上什么书都乱放。"汗漫掇拾，茫无所归"这八个字是我的最确当的评语。那时看见了这种严正的态度，心中不住地说着惭愧。我很想学他，适在读《庄子》，就用红圈的戳子打着断句，想勉力把这部书圈完。可是我再不能按着篇次读下，高兴圈哪一篇或哪一页时便圈到哪篇哪页。经过了多少天的努力，总算把《庄子》的白文圈完了。这是我做有始有终的工作的第一次，实在是子水在无形中给我的恩惠。白文圈完之后，又想把郭象注和陆德明音义继续点读。但这个工作太繁重了，仅仅点得《逍遥游》的半篇已经不胜任了。

民国二年的冬天，太炎先生在化石桥共和党本部开国学会讲学，子水邀我同往报名听讲。我领受了他的好意，与他同冒了雪夜的寒风而去。讲学次序，星期一至三讲文科的小学，星期四讲文科的文学，星期五讲史科，星期六讲玄科。我从蒙学

---

①毛子水（1893—1988），早年在北大读书，后赴德国留学。1930 年回国后先后在北京大学、西南联合大学任教。曾任北京大学图书馆馆长。1949 年后在台湾大学任教。——编者注。

到大学，一向是把教师瞧不上眼的，所以上了一二百个教师的课，总没有一个能够完全摄住我的心神。到这时听了太炎先生的演讲，觉得他的话既是渊博，又有系统，又有宗旨和批评，我从来没有碰见过这样的教师，我佩服极了。子水对我说："他这种话只是给初学的人说的，是最浅近的一个门径呢。"这便使我更醉心了。我自愿实心实意地做他的学徒，从他的言论中认识学问的伟大。

那时袁世凯存心做皇帝，很奖励复古思想，孔教的声势浩大得很。有一夜，我们到会时看见壁上粘着一张通告，上面写道：

> 余主讲国学会，踵门来学之士亦云不少。本会本以开通智识、昌大国性为宗，与宗教绝对不能相混。其已入孔教会而复愿入本会者，须先脱离孔教会，庶免薰莸杂糅之病。
>
> 章炳麟白

我初见这个通告，一时摸不着头路，心想太炎先生既讲国学，孔教原是国学中的一部分，他为什么竟要这样的深恶痛绝？停了一刻，他演讲了——先说宗教和学问的地位的冲突，又说现在提倡孔教的人是别有用心的；又举了王闿运、廖平、康有为等今文家所发的种种怪诞不经之说，他们如何解"耶稣"为父亲复生，如何解"墨者钜子"即十字架，如何解"君子之道斯为美"为俄罗斯一变至美利坚；他们的思想如何起源于董仲舒，如何想通经致用，又如何妄造了孔子的奇迹，硬捧他做教主。我听了这些话真气极了，想不到今文家竟是这类的妄人！我以前在书本里虽已晓得经学上有今古文之争，但总以为这是过去的事情，哪里知道这个问题依然活跃于当世的学术界上！我真不明白，为什么到了现在科学昌明的时代，还有这一班无聊的今文家敢出来兴妖作怪？古文家主张《六经》皆史，把孔子当作哲学家和史学家看待，我深信这是极合理的。我愿意随从太炎先生之风，用了看史书的眼光去认识《六经》，用了看哲人和学者的眼光去认识孔子。

很不幸的，国学会开讲还没有满一个月，太炎先生就给袁政府逮捕下狱。我失掉了这一个良师，自然十分痛惜。但从此以后，我在学问上已经认清了几条大路，知道我要走哪一条路时是应当怎样走去了。我以前对于读书固极爱好，但这种兴味只是被动的，我只懂得陶醉在里边，想不到书籍里的东西可以由我的意志驱遣着，把我的意志做它们的主宰。现在忽然有了这样一个觉悟，知道只要我认清了路头，自有我自己的建设，书籍是可备参考而不必做准绳的，我顿觉得旧时陶醉的东西都变成了我的腕下的材料。于是我有了烦恼了：对于这许多材料，如何去处置呢？处置之后做什么用呢？处置这些材料的大目的是什么呢？

这些问题时时盲目地侵袭我的心，我一时做不出解答来，很感着烦闷。不知是哪一天，这些模糊的观念忽然变成了几个清楚的题目：（1）何者为学？（2）何以当有学？（3）何以有今日之学?(4)今日之学当如何?我有了这四个问题,每在暇闲中加以思索,并且搜辑他人的答案而施以批评。大约民国三年至六年,这四载中的闲工夫都耗费在这上面了。当我初下"学"的界说的时候,以为它是指导人生的。"学了没有用,那么费了气力去学为的是什么?"普通人都这样想,我也这样想。但经过了长期的考虑,始感到学的范围原比人生的范围大得多,如果我们要求真知,我们便不能不离开了人生的约束而前进。所以在应用上虽是该做有用与无用的区别,但在学问上则只当问真不真,不当问用不用。学问固然可以应用,但应用只是学问的自然的结果,而不是着手做学问时的目的。从此以后,我敢于大胆做无用的研究,不为一班人的势利观念所笼罩了。这一个觉悟,真是我的生命中最可纪念的;我将来如能在学问上有所建树,这一个觉悟绝对是成功的根源。追寻最有力的启发,就在太炎先生攻击今文家的"通经致用"上。

我当时愿意在经学上做一个古文家,只因听了太炎先生的话,以为古文家是合理的,今文家则全是些妄人。但我改不掉的博览的习性总想寻找今文家的著述,看它如何坏法。果然,《新学伪经考》买到了。翻览一过,知道它的论辨的基础完全建立于历史的证据上,要是古文的来历确有可疑之点,那么,康长素①先生把这些疑点列举出来也是应有之事。因此,使我对于今文家平心了不少。后来又从《不忍杂志》上读到《孔子改制

———————

①康有为,字长素。——编者注。

考》，第一篇论上古事茫昧无稽，说孔子时夏、殷的文献已苦于不足，何况三皇五帝的史事，此说即极惬心厌理。下面汇集诸子托古改制的事实，很清楚地把战国时的学风叙述出来，更是一部绝好的学术史。虽则他所说的孔子作《六经》的话来我永不能信服，但《六经》中掺杂了许多儒家的托古改制的思想是不容否认的。我对于长素先生这般的锐敏的观察力，不禁表示十分的敬意。我始知道古文家的诋毁今文家大都不过为了党见，这种事情原是经师做的而不是学者做的。我觉得在我没有能力去判断他们的是非之前，最好对于任何一方面也不要帮助。于是我把今古文的问题暂时搁起了。

又过了数年，我对于太炎先生的爱敬之心更低落了。他薄致用而重求是，这个主义我始终信守，但他自己却不胜正统观念的压迫而屡屡动摇了这个基本信念。他在经学上，是一个纯粹的古文家，所以有许多在现在已经站不住的汉代古文家之说，也还要替他们弥缝。他在历史上，宁可相信《世本》的《居》篇、《作》篇，却鄙薄彝器钱物诸谱为琐屑短书，更一笔抹杀殷墟甲骨文字，说全是刘鹗假造的。他说汉、唐的衣服车驾的制度都无可考了，不知道这些东西在图书与明器中还保存得不少。在文学上，他虽是标明"修辞立诚"，但一定要把魏晋文作为文体的正宗。在小学上，他虽是看言语重于文字，但声音却要把唐韵为主。在这许多地方，都可证明他的信古之情比较求是的信念强烈得多，所以他看家派重于真理，看书本重于实物。他只是一个从经师改装的学者！

七、 正式用功

我的幼年，最没有恒心。十余岁时即想记日记，但每次写不到五六天就丢了。笔记亦然，总没有一册笔记簿是写完的。自从看戏成了癖好，作《论剧记》，居然有始有终地写了好几册。后来读书方面的兴致渐渐超过了看戏的兴致了，又在《论剧记》外立《读书记》。《读书记》的第一册上有这样一段小叙：

> 余读书最恶附会，更恶胸无所见，作吠声之犬。而古今书籍犯此非鲜，每怫然有所非议。苟自见于同辈，或将诮我为狂。……吾今有宏愿在：他日读书通博，必举一切附会影响之谈悉揭破之，使无遁形，庶几为学术之豸。……

这是民国三年的下半年。这一年的国文教师是马幼渔先生，文字学教师是沈兼士先生。他们都是太炎先生的弟子，使我在听了太炎先生的演讲之后更得到了一回切实的指导。因此，我自己规定了八种书，依了次序，按日圈点诵读。这一年，是我有生以来正式用功的第一年。可是做得太勇了，常常弄到上午二时就寝，以致不易入眠，预伏了后来失眠症的根基。我的读书总欢喜把自己的主张批抹在书上，虽是极佩服的人像太炎先生，也禁不住我的抨击。（别人读《国故论衡》时，每以为《文学总略》是最好的一篇，我却以为其中除了"经传论业"

一段考证以外几乎完全是废话，既不能自坚其说，即攻击别人的地方也反复自陷。例如萧统《文选》本为自成一家之选文，不必要求完备，其序中亦只说选文体例，不是立文学界说，而太炎先生斥其不以文笔区分而登无韵之文，又说他遗落汉、晋乐府为失韵文之本。曾国藩的《经史百家杂抄》要完备各方面的体制了，他从经史中寻出各类篇章的根源，可谓得文之本矣，但又斥他"经典成文布在方策，不虞溃散，抄将何为！"）这等读书时的感想，逢到书端上写不下，便写入笔记簿里。写的时候也只大胆顺着意见，不管这意见是怎样的浅薄。到现在翻开看时，不由得不一阵阵地流汗，因为里边几乎满幅是空话，有些竟是荒谬话；又很多是攻击他人的话，全没有自己学问上的建设。但一册一册地翻下去时，空虚的渐渐变成质实的了，散乱的也渐渐理出系统来了，又渐渐倾向到专门的建设的方面了，这便使我把惭愧之情轻减了不少。因此使我知道，学问是必须一天一天地实做的，空虚和荒谬乃是避免不了的一个阶级；惟其肯在空虚和荒谬之后做继续不断的努力，方有充实的希望。又使我知道，我现在所承认为满意的，只要我肯努力下去，过了十年再看也还是一样的羞惭流汗。所以我对于我的笔记簿，始终看作千金的敝帚。

以前我弄目录学时，很不满意前人目录书的分类。例如《四库全书总目》为要整齐书籍的量，把篇帙无多的墨家和纵横家一起并入了杂家。我的意思，很想先分时代，再分部类，因为书籍的部类是依着各时代的风尚走的。换句话说，我就是想用了学术史的分类来定书籍的分类。大概的分法，是周、秦为一时代，两汉为一时代，六朝又为一时代……再从周、秦的时代中分为经（如《诗》《书》）、传（如《易传》）、记（如《礼记》）、纬（如《乾凿度》）、别经（如《仪礼》）、别传（如《子夏易传》）、别记（如《孔子家语》）、别纬（如《乾坤凿度》）等。又分别白文于注释之外，使得白文与注释可以各从其时，不相牵累，例如《诗经》就可不必因为有了《毛传》而称为《毛诗》。这些见解固然到现在已经迁变了许多（各时代的中心虽各有显著的差异，至于各时代的两端乃是互相衔接的，必不能划分清楚），但中国的学问是向来只有一尊观念而没有分科观念的，用历史上的趋势来分，似乎比较定了一种划一的门类而使古今观点不同的书籍悉受同一的轨范的可以好一点。

民国四年，我病了，休学回家。用时代分目录的计划到这时很想把它实现，就先从材料最丰富的清代做起。《书目答问》的《国朝著述诸家姓名略》是一个很好的底子，又补加了若干家，依学术的派别分作者，在作者的名下列著述，按著述的版本见存佚，并集录作者的自序及他人的批评，名为《清代著述考》（即本册①上编第一篇中所说的《清籍考》）。弄了几个月，粗粗地成了二十册，同时在《著述考》外列表五种：（1）《年表》，（2）《师友表》，（3）《籍望表》，（4）《出处表》，（5）《著述分类表》，用来说明清代学者的自然环境和社会环境。但编成的只

---

①指作者当时所著《古史辨》第一册。——编者注。

有《籍望表》一种。从这种种的辑录里，使我对于清代的学术得有深入的领会。我爱好他们的治学方法的精密，爱好他们的搜寻证据的勤苦，爱好他们的实事求是而不想致用的精神。以前我曾经听得几个今文家的说话，以为清代的经学是"支离、琐屑、饾饤"的，是"束发就傅，皓首难穷"的，到这时明白知道：学问必须在繁乱中求得简单才是真实的纲领；若没有许多繁乱的材料做基本，所定的简单的纲领便终是靠不住的东西。今文家要从简单中寻见学问的真相，徒然成其浅陋而已。

那几年中读书，很感受没有学术史的痛苦，因此在我的野心中又发了一个宏愿：要编纂《国学志》，把《著述考》列为志的一种。当时订的计划，《国学志》共分七种：（1）仿《太平御览》例，分类抄录材料，为《学览》；（2）仿《经世文编》例，分类抄录成篇的文字，为《学术文抄》；（3）仿《宋元学案》例，编录学者传状，节抄其主要的著述，为《学人传》；（4）仿《经义考》例，详列书籍的作者、存佚、序跋、评论，为《著述考》；（5）仿《群书治要》例，将各书中关于学术的话按书抄出，为《群书学录》；（6）仿《北溪字义》例，将学术名词详释其原义及变迁之义，为《学术名词解诂》；（7）集合各史的纪传、年表，以及各种学者年谱，为《学术年表》。这个计划，在现在看来，依旧是很该有的工作，但已知道这是学术团体中的工作，应当有许多人分工做的，不是我一个人可以担当的责任了。可是那时意气高涨，哪里有这等耐性去等待不知何年的他人去做，既已见到，便即动手。《学览》的长编，每天立一题目，钉成一册，有得即抄。《学术文抄》也雇人抄写了百余篇。《著述考》则清代方面较有成稿，《目录书目》和《伪书疑书目》也集得了许多材料。其余诸种，至今还没有着手。

八、 想研究哲学

我在那时，虽是要做这种大而无当的整理国学的工作，但我的中心思想却不在此，我只想研究哲学。我所以有这种要求，发端乃在辛亥革命。那时的社会变动得太剧烈了，使我摸不着一个人生的头路。革命的潮流既退，又长日处于袁世凯的暴虐和遗老们的复古的空气之中，数年前蕴积的快感和热望到此只剩了悲哀的回忆，我的精神时时刺促不宁，得不到安慰，只想在哲学中求解决。但我是一个热烈的人，不会向消极方面走而至于信佛求寂灭的，我总想以心理学和社会学为基础而解决人生问题。加以年岁渐长，见事稍多，感到世界上事物的繁杂离奇，酷想明了它们的关系，得到一个简单的纲领，把所见的东西理出一个头绪来——这只有研究哲学是可以办到的。因此，我进大学本科时就选定了哲学系。

我的野心真太高了，要整理国学就想用我一个人的力量去整理清楚，要认识宇宙和人生就想凭了一时的勇气去寻得最高的原理。现在想来，我真成了"夸大狂"了，但在那时何曾有这种觉悟，只觉得我必须把宇宙和人生一起弄明白，把前人未解决的问题由我的手中一起解决，方才可以解除我的馋渴。我挟了吸吞河岳的豪气而向前奔驰，血管也几乎迸裂了。曾于笔记中记道："明知夸父道渴而死，然犹有一杖邓林之力，非蜩蟪莺鸠所知已。"又云："学海虽无涯，苟大其体如龙伯，亦一钓贯六鳌耳。"这样鲁莽地奔驰了许久，我认识了宇宙的神秘了，知道最高的原理原是藏在上帝的柜子里，永不会公布给人类瞧的。人之所以为人，本只要发展他的内心的情感，理智不过是要求达到情感的需求时的一种帮助，并没有独立的地位。不幸人类没有求知的力量而有求知的欲望。要勉强做不能做的事情，于是离了情感而言理智。但是这仅是一种妄想而已，仅是聊以自慰而已，实际上何曾真能探得宇宙的神秘。用尽了人类的理智，固然足以知道许多事物的真相，可是知道的只有很浅近的一点，绝不是全宇宙。神学家和哲学家傲然对科学家说："你们的眼光是囿于象内的，哪能及得到我们'与造物者游'的洞见理极呢！"话虽说得痛快，但试问他们的识解是从什么地方来的？不是全由于他们的幻想吗？幻想的与造物者游，还不及科学家的凭了实证，以穷年累月之力知道些懊截的真事物。所以我们不做学问则已，如其要做学问，便应当从最小的地方做起。研究的工作仿佛是堆土阜，要高度愈加增，先要使得底层的容积愈扩大。固然堆得无论怎样高，总不会有扪心摘斗的一天，但是我们要天天去加高一点却是做得到的。想到这里，我的野心又平息了许多。我知道最高的原理是不必白费气力去探求的了，只有一粒一粒地播种，一篑一篑地畚土，把自己看作一个农夫或土工而勤慎将事，才是我的本分的事业。

我有了这一个觉悟，知道过去的哲学的基础是建设于玄想上的，其中虽有许多精美的言论，但实际上只是解颐之语而已，终不成以此为论定。科学的哲学，现在正在发端，也无从预测它的结果。我们要有真实的哲学，只有先从科学做起，大家择取了一小部分的学问而努力；等到各科平均发展之后，自然会有人出来从事于会通的工作而建设新的哲学的。所以我们在现在时候，再不当宣传玄想的哲学，以致阻碍了纯正科学的发展。

那时大学中宋代理学的空气极重。我对于它向来不感兴味，这时略略得了一些心理、伦理的常识之后再去看它，更觉得触处都是误谬。例如他们既说性善情恶，又说性未发情已发，那么，照着他们的话讲，善只在未发，等到发出来时就成了恶了，天下哪里有见诸行事的善呢！又如他们既说喜怒哀乐之情要在已发后求其中，但是又说动而未形曰几，几是适善适恶的分点，已形则有善恶，有善恶就有过不及，不是中；那么，照着他们的话讲，所谓中者，又只能在未发中去求了，天下又哪里有得其中的喜怒哀乐之情呢！称他们的心，求至于圣人的一境，必有性而无情，有未发而无已发，养其几而不见其形。如此，非不做一事，如白云观桥洞中趺坐的老道士，未见其可。但若竟如槁木死灰，他们便又可以用了"虚冥流入仙释"的话相诋了。他们要把必不可能之事归之于圣人，见得圣人的可望而不可即；更用迷离惝恍的字句来摇乱学者的眼光，使得他们捉摸不着可走的道路，只以为高妙的境界必不是庸愚之质所可企及——这真是骗人的伎俩了！我对于这种昏乱的思想，可以不神秘而竟神秘的滑头话，因课业的必修而憎恨到了极点，一心想打破它。

即在这个时候，蔡子民①先生任了北京大学校长，努力破除学校中的陈腐空气。陈独秀先生办的《新青年》杂志以思想革命为主旨，也渐渐地得到国民注意。又有黄远庸先生在《东方杂志》上发表《国人之公毒》一文，指斥中国思想界、学术界的病根非常痛切。我的一向隐藏着的傲慢的见解屡屡得到了不期而遇的同调，使我胆壮了不少。以前我虽敢做批评，但不胜传统思想的压迫，心想前人的话或者没有我所见的简单，或者我的观察也确有误谬。即如以前考存古学堂时，给试官批了"斥郑说，谬"四字，我虽在读书时依旧只见到郑玄的谬处，但总想以清代学者治学的精密，而对于他还是如此恭敬，或者他自有可以佩服之点，不过这一点尚不曾给我发现罢了。到这时，大家提倡思想革新，我始有打破旧思想的明了的意识，知道清代学者正因束缚于信古尊闻的旧思想之下，所以他们的学问虽比郑玄好了千百倍，但终究不敢打破他的偶像，以致为他的偶像所牵绊而妨碍了自己的求真的工作。于是我更敢做大胆的批评了。

哲学系中讲"中国哲学史"一课的，第一年是陈伯弢先生。他是一个极博洽的学者，供给我们无数材料，使得我们的眼光日益开拓，知道研究一种学问应该参考的书是多至不可计的。他从伏羲讲起；讲了一年，只到得商朝的"洪范"。我虽是早受了《孔子改制考》的暗示，知道这些材料大都是靠不住的，但到底爱敬他的渊博，不忍有所非议。第二年，改请胡适之先生

①即蔡元培。——编者注。

来教。"他是一个美国新回来的留学生，如何能到北京大学里来讲中国的东西？"许多同学都这样怀疑，我也未能免俗。他来了，他不管以前的课业，重编讲义，辟头一章是"中国哲学结胎的时代"，用《诗经》做时代的说明，丢开唐虞夏商，径从周宣王以后讲起。这一改把我们一班人充满着三皇五帝的脑筋骤然做一个重大的打击，骇得一堂中舌挢而不能下。许多同学都不以为然；只因班中没有激烈分子，还没有闹风潮。我听了几堂，听出一个道理来了，对同学说："他虽没有伯弢先生读书多，但在裁断上是足以自立的。"那时傅孟真先生正和我同住在一间屋内，他是最敢放言高论的，从他的言论中常常增加我批评的勇气，我对他说："胡先生讲的的确不差，他有眼光，有胆量，有断制，确是一个有能力的历史家。他的议论处处合于我的理性，都是我想说而不知道怎样说才好的。你虽不是哲学系，何妨去听一听呢？"他去旁听了，也是满意。从此以后，我们对于适之先生非常信服；我的上古史靠不住的观念在读了《改制考》之后又经过这样地一温。但如何可以推翻靠不住的上古史，这个问题在当时绝没有想到。

九、 搜集歌谣

很不幸的，就是这一年（民国六年），先妻吴夫人得了肺病；我的心绪不好，也成了极度的神经衰弱，彻夜不眠。明年①，我休学回家；不久她就死了。以前我对于学问何等的猛进，但到了这时候，既困于疾病，复伤于悲哀，读书和寻思的工作一时完全停止，坐候着一天一天的昼夜的推移，就是不愿意颓废也只得颓废了。恰巧那时北京大学中搜集歌谣，由刘半农先生主持其事，每天在《北大日刊》上发表一二首。《北大日刊》天天寄来，我看着很感受趣味，心想这种东西是我幼时很多听得的，但哪里想得到可以形诸笔墨呢？因想，我现在既不能读书，何妨弄弄这些玩意儿，聊以遣日。想得高兴，就从家中的小孩的口中搜集起，渐渐推到别人。很奇怪的，搜集的结果使我知道歌谣也和小说、戏剧中的故事一样，会得随时随地变化。同是一首歌，两个人唱着便有不同。就是一个人唱的歌，也许有把一首分成大同小异的两首的。有的歌，因为形式的改变以至连意义也随着改变了。试举一例：

一

忽然想起皱眉头，自叹青春枉少年。

"想前世拆散双飞鸟，断头香点在佛门前。

今世夫妻成何比，细丝白发垂绵绵。

怨爹娘得了花银子，可恨大娘凶似虎。

日间弗有真心话，夜间寂寞到五更天。

推开纱窗只看得凄凉月，拨转头来只看得一盏孤灯陪

①指第二年。——编者注。

我眠。

今日大娘到了娘家去，结发偷情此刻间。"

急忙移步进房门，只见老相公盖了红绫被，花花被褥香微微。

还叫三声"老相公！你心中记着奴情意？"

抬起头来点三点："吾终记着你情意。"

拔金钗，掠鬓边，三寸弓鞋脱床边。

"吾是紫藤花盘缠你枯树上，秋海棠斜插在你老人头。

花开花落年年有，陈老之人咒不吾再少年！"

二

佳人姐妮锁眉尖，自叹青春枉少年。

"想起前生修不得，断头香点在佛门前，

故此姻缘来作配，派奴奴正身作偏配。

上不怨天来下不怨地，只怨爹娘贪了钱。

可恨大娘多利害，不许冤家一刻见。

□□□□□□□，梦里偷情此刻间。"

抬转身，到床檐：只听丈夫昏昏能，背脊呼呼向里眠。

三寸金莲登拉踏板上颤。

抬转身，到窗前，手托香腮眼着天。

抬头只见清凉月，夜来只怕静房间。

好比那木犀花种在冷坑边，好比那紫藤花盘缠在枯树中。

狮子抛球无着落，□□□□□□。

这二首都是小老婆怨命的歌，都是从一个地方采集来的，又都以皱眉起。而自叹青春，而推想前生，而埋怨爹娘，而咒诅大娘，而伺得偷情的机会，末尾也都以紫藤花盘缠枯树作比喻——可见是从一首歌词分化的。但中间主要的一段便不同了：上首是老相公承受了她的情意而她登床；下首是丈夫酣睡未醒而她孤身独立，看月自悲。究竟这首歌的原词是得恋呢，还是失恋呢，我们哪里能知道。我们只能从许多类似的字句里知道这两歌是一歌的分化，我们只能从两歌的不同的境界里知道这是分化的改变意义。

我为要搜集歌谣，并明了它的意义，自然地把范围扩张得很大：方言、谚语、谜语、唱本、风俗、宗教，各种材料都着手搜集起来。我对于民众的东西，除了戏剧之外，向来没有注意过，总以为是极简单的；到了这时，竟愈弄愈觉得里面有复杂的情状，非经过长期的研究不易知道得清楚了。这种的搜集和研究，差不多全是开创的事业，无论哪条路都是新路，使我在寂寞独征之中更激起拓地万里的雄心。

十、 最合我的性情的学问乃是史学

那数年中，适之先生发表的论文很多，在这些论文中，他时常给我以研究历史的方法，我都能深挚地了解而承受；并使我发生一种自觉心，知道最合我的性情的学问乃是史学。九年秋间，亚东图书馆新式标点本《水浒》出版，上面有适之先生的长序，我真想不到一部小说中的著作和版本的问题会得这样的复杂，它所本的故事的来历和演变又有这许多的层次的。若不经他的考证，这件故事的变迁状况只在若有若无之间，我们便将因它的模糊而猜想其简单，哪能知道得如此清楚。自从有了这个暗示，我更回想起以前做戏迷时所受的教训，觉得用了这样的方法可以讨究的故事真不知道有多少。例如"蝴蝶梦"，它的来历是《庄子》上的"庄子妻死，鼓盆而歌"；这原是他的旷达，何以后来竟变成了庄子诈死，化了楚王孙去引诱他的妻子的心，以至田氏演出劈棺的恶剧来呢？又如"桑园会"，《烈女传》上原说秋胡久宦初归，路上不认识他的妻，献金求合，其妻羞其行，投水而死，何以到了戏剧中就变成了秋胡明知采桑妇是自己的妻，却有意要试她的心而加以调戏，后来他屈膝求恕，她就一笑而团圆呢？这些故事的转变，都有它的层次，绝不是一朝一夕之故。若能像适之先生考水浒故事一般，把这些层次寻究了出来，更加以有条不紊地贯穿，见它们是怎样地变化的，岂不是一件最有趣味的工作。同时又想起本年春间适之先生在《建设》上发表的辨论井田的文字，方法正和《水浒》的考证一样。可见，研究古史也尽可以应用研究故事的方法。因此，又使我想起以前看戏时所受的教训。薛平贵的历尽了穷困和陷害的艰难，从乞丐而将官，而外国驸马，以至做到皇帝，不是和舜的历尽了顽父嚚母傲弟的艰难，从匹夫而登庸，而尚帝女，以至受了禅让而做皇帝一样吗？匡人围孔子，子路奋戟将与战，孔子止之曰："歌！予和汝。"子路弹琴而歌，孔子和之；曲三终，匡人解甲而罢。这不是诸葛亮"空城计"

的先型吗？这些事情，我们用了史实的眼光去看，实是无一处不谬；但若用了故事的眼光看时，便无一处不合了。又如戏中人的好坏是最容易知道的，因为只要看他们的脸子和鼻子就行，然实际上要把自己的亲戚朋友分出好坏来便极困难，因为一个人绝不会全好或全坏；只有从古书中分别好人坏人却和看戏一样的容易，因为它是处处从好坏上着眼描写的。它把世界上的人物统分成几种格式，因此只看见人的格式而看不见人的个性。它虽没有开生净丑的脸相，但自有生净丑的类别。戏园中楹联上写的"尧舜生，汤武净，五霸七雄丑末耳"，确是得到了古人言谈中的方式。我们只要用了角色的眼光去看古史中的人物，便可以明白尧舜们和桀纣们所以成了两极端的品性，做出两极端的行为的缘故，也就可以领略他们所受的颂誉和诋毁的积累的层次。只因我触了这一个机，所以骤然得到一种新的眼光，对于古史有了特殊的了解。但是那时正在毕业之后，初到母校图书馆服务，很想整理书目，对于此事只是一个空浮的想象而已。

（《古史辨·自序》）

梁漱溟（1893—1988），著名思想家、哲学家、教育家、社会活动家，现代新儒家早期代表人物，有"中国最后一位儒家"之称，在20世纪中国思想史和哲学史上有重要地位。1912年自北京顺天中学毕业，1917年应聘到北京大学哲学系任讲师，1919年出版《印度哲学概论》，1922年出版《东西文化及其哲学》，1929年到北平主编《村治月刊》，1937年出版《乡村建设理论》，1949年出版《中国文化要义》。

我的自学小史

梁漱溟

一、 我生在这样一个家庭

距今五十年前，我生于北京（今北平）。那是清光绪十九年癸巳，西历1893年，也就是甲午中日大战前一年。甲午之战是中国近百年史中最大关节，所有种种剧烈变动皆由此起来。而我的大半生，恰好是从那一次中日大战到这一次中日大战。

我家原是桂林城内人。但从祖父离开桂林，父亲和我们一辈便都生长在北京了。母亲亦是生在北方的；而外祖张家则是云南大理人，从外祖父离开云南，没有回去。祖母又是贵州毕节刘家的。在中国说，南方人和北方人不论气质上或习俗上都颇有些不同的。因此，由南方人来看我们，则每当成我们是北方人；而在当地北方人看我们，又以为是南方的了。我一家人，实兼有南北两种气息，而富于一种中间性。

从种族血统上说，我们本是元朝宗室。中间经过明清两代五百余年，不但旁人早不晓得我们是蒙古族，即自家不由谱系上查亦不晓得了。在几百年和汉族通婚姻之后的我们，融合不同的两种血，似也具一中间性。

从社会阶级上说，曾祖、祖父、父亲三代都是从前所谓举人或进士出身而做官的。外祖父也是进士而做官的。祖母、母亲都读过不少书，能为诗文。这是所谓"书香人家""世宦之家"。但曾祖父做外官（对京官而言）卸任，无钱而有债。祖父来还债，债未清而身故。那时我父亲只七八岁，靠着祖母开蒙馆教几个小学生度日，真是寒苦之极。父稍长到十岁，便在"义学"中教书，依然寒苦生活。世宦习气于此打落干净，而市井琐碎，民间疾苦，倒亲身尝历不少。四十岁方入仕途，又总未得意，景况没有舒适过。因此在生活习惯上或意识上，并未曾将我们限于某一阶级中。

父母生我们兄妹四人。我有一个大哥，两个妹妹。大哥留学日本明治大学商科毕业。两妹妹也于清朝最末一年毕业于京师女子师范学堂。我们的教育费，常常是变卖母亲妆奁而支付的。

像这样一个多方面荟萃交融的家庭，住居于全国政治文化中心的北京，自无偏僻固陋之患。又遭逢这样一个变动剧烈的时代，见闻既多，是很便于自学的。

二、 我的父亲

促成我之自学的，完全是我父亲。所以必要叙明我父亲之为人和他对我的教育。

吾父是一秉性笃实的人，而不是一天资高明的人。他做学问没有过人的才思，他做事情更不以才略见长。他与我母亲一样天生的忠厚；只他用心周匝细密，又磨炼于寒苦生活之中，好像能干许多。他心里相当精明，但很少见之于行事。他最不可及处，是意趣超俗，不肯随俗流转，而有一腔热肠，一身侠骨。

因其非天资高明的人，所以思想不超脱；因其秉性笃实而用心精细，所以遇事认真；因其有豪侠气，所以行为只是端正，而并不拘谨。他最看重事功，而不免忽视学问。前人所说"不耻恶衣恶食，而耻匹夫匹妇不被其泽"的话，正好点出我父一副心肝——我最初的思想和做人，受父亲影响，也就是这么一路（尚侠、认真、不超脱）。

父亲对我完全是宽放的。小时候，只记得大哥挨过打——这也是很少的事。我则在整个记忆中，一次也没有过。但我似乎并不是不"该打"的孩子。我是既呆笨，又执拗的。他也很少正言厉色地教训过我们。我受父亲影响，并不是受了许多教训，而毋宁说是受些暗示。我在父亲面前，完全不感到一种精神上的压迫。他从来不以端凝严肃的神气对儿童或少年人。我很早入学堂，所以也没有从父亲受读。

十岁前后（七八岁至十二三岁）所受父亲的教育，大多是下列三项：一是讲戏，父亲平日喜看戏，即以戏中故事情节讲给儿女听；一是携同出街，买购日用品，或办一些零碎事，其意盖在练习经理事物，懂得社会人情；一是关于卫生或其他许多嘱咐，总要儿童知道如何照料自己身体。例如：

> 正当出汗之时，不要脱衣服；待汗稍止，气稍定再脱去。
>
> 不要坐在当风地方，如窗口、门口、过道等处。
>
> 太热或太冷的汤水不要喝，太燥太腻的食物不可多吃。
>
> 光线不足，不要看书。

诸如此类之嘱告或指点，极其多，并且随时随地不放松。

还记得九岁时，有一次我自己积蓄的一小串钱（那时所用铜钱有小孔，例以麻线贯串之）忽然不见，各处寻问，并向人吵闹，终不可得。隔一天，父亲于庭前桃树枝上发现之，心知是我自家遗忘，并不责斥，也不喊我来看。他却在纸条上写了一段文字，大略说：

> 一小儿在桃树下玩耍，偶将一小串钱挂于树枝而忘之。到处向人寻问，吵闹不休。次日，其父打扫庭院，见钱悬树上，乃指示之。小儿始自知其糊涂。……

写后交与我看，也不做声。我看了，马上省悟，跑去一探即得，不禁自怀惭意，即此事也见先父所给我教育之一斑。

到十四岁以后，我胸中渐渐自有思想见解，或发于言论，或见之行事。先父认为好的，他便明示或暗示鼓励；他不同意的，让我晓得他不同意而止，却从不干涉。十七八九岁的时候，有些关系颇大之事，他仍然不加干涉，而听我去。就在他不干涉之中，促成我的自学。那些事例，待后面即可叙述到。

三、 一个瘠弱而又呆笨的孩子

我自幼瘠弱而多病，气力微弱；未到天寒，手足已然不温。亲长皆觉得，此儿怕不会长命的。五六岁时，每患头晕目眩，一时天旋地转，坐立不稳，必须安卧始得。七八岁后，虽亦跳掷玩耍，总不如人家活泼勇健。在小学里读书，一次盘杠子跌下来，用药方才复苏，以后更不敢轻试。在中学时，常常看着同学打球踢球，而不能参加。人家打罢踢罢，我一个人方敢来试一试。又因为爱用思想，神情颜色皆不像一个少年。同学给我一个外号"小老哥"——广东人呼小孩，原如此的；但北京人说来，则是嘲笑话了。

却不料后来，年纪长大，倒很少生病。三十以后，愈见坚实；寒暖饥饱，不以为意。素食至今满三十年，也没有什么营养不足问题。每闻朋友同侪或患遗精，或患痔血，或胃病，或脚气病；在我一切都没有。若以体质精力来相较，反而为朋辈所不及。久别之友，十几年以至二十几年不相见者，每都说我现在还同从前一个样子，不见改变，因而人多称赞我有修养。其实我亦不知道我有什么修养，不过平生嗜欲最淡，一切无所好，同时，在生活习惯上，比较旁人多自己注意一点罢了。

小时候，我不但瘦弱，而且很呆笨的。约莫六岁了，自己还不会穿裤子。因裤上有带条，要从背后系到前面来，打一结扣，我不会。一次早起，母亲隔屋喊我："为何还不起床？"我大声气愤地说："妹妹不给我穿裤子呀！"招引得家里人都笑了。原来天天要妹妹替我打这结扣才行。

十岁前后，在小学里的课业成绩，比一些同学差。虽不是极劣，总是中等以下。到十四岁入中学，我的智力乃见发达，课业成绩间有在前三名者。大体说来，我只是平常资质，没有过人之才。在学校时，不算特别勤学；出学校后，亦未用过苦功。只平素心理上，自己总有对自己的一种要求，不让一天光阴马虎过去。

四、 经过两度家塾、 四个小学

我于六岁开始读书，是经一位孟老师在家里教的。那时课儿童，入手多是《三字经》《百家姓》。我在《三字经》之后，即读《地球韵言》，而没有读《四书》。《地球韵言》一书，现在恐已无处可寻得。内容多是一些欧罗巴、亚细亚、太平洋、大西洋之类；作于何人，我亦记不得了。

说起来好似一件奇特事，就是我对于《四书》《五经》至今没有诵读过，只看过而已。这在同我一般年纪的人，是很少有的。不读《四书》，而读《地球韵言》，当然是出于我父亲的意思。他是距今四十五年前，不主张儿童读经的人。这在当时自是一破例的事。考其所以然，大约由父亲平素关心国家大局，而中国当那些年间恰是外侮日逼。例如：

清咸丰十年（西历 1860 年），英法联军陷天津，清帝避走热河。

清光绪十年（1884 年），中法之战，安南（今越南）被法国占去。

清光绪十二年（1886 年），缅甸被英国侵占。

清光绪二十年（1894 年），中日之战，朝鲜被日本占去。

清光绪二十一年（1895 年），台湾割让给日本。

清光绪二十三年（1897 年），德国占胶州湾（青岛）。

清光绪二十四年（1898 年），俄国强索旅顺、大连。

在这一串事实之下，父亲心里激动很大。因此，他很早倾向维新。在日记中有这样一段话：

> 却有一种为清流所鄙，正人所斥，洋务西学新出各书，断不可以不看。盖天下无久而不变之局，我只力求实学，不能避人讥讪也。（光绪十年四月初六日记，《论读书次第缓急》）

到了光绪二十四年，就是我读书这一年，正赶上光绪帝变法维新。停科举，废八股，皆是他所赞成；不必读《四书》，似基于此。只惜当时尚无学校可入。而《地球韵言》也是便于儿童上口成诵，四字一句的韵文，其中略说世界大势，就认为很合用了。

次年我七岁，北京有一个"洋学堂"（当时市井人都如此称呼）出现，父亲便命我入学。这是一位福建陈先生（名字忘记）创办的，名曰"中西小学堂"。现在看来，这名字似颇好笑。大约当时系因其既念中文，又念英文之故。可惜我从那幼小时便习英文，而到现在也没有学得好。

八岁这一年，英文念不成了。这年闹"义和团"，我们只好将《英文初阶》《英文进阶》（当时课本）一齐烧毁。后来因欧美日本八国联军攻北京，清帝避走陕西，历史上称为"庚子之变"。

庚子变后，新势力又抬头，学堂复兴。九岁，我入"南横街公立小学堂"读书。十岁，改入"蒙养学堂"，读到十一岁。十二岁、十三岁，又改在家里读书，是联合几家亲戚的儿童，请一位刘先生教的。十三岁下半年到十四岁上半年，又进入"江苏小学堂"——这是江苏旅居北京同乡会所办的。

因此，我在小学时代前后经过两度家塾、四个小学。这种求学之不安定而顺序前进，是与当时社会之不安、学制之无定有关系的。

五、 从课外读物说到我的一位父执

我的自学，最得力于杂志、报纸。许多专门书或重要典籍之阅读，常是从杂志、报纸先引起兴趣和注意，然后方觅它来读的。即如中国的经书以至佛典，也都是如此。他如社会科学各门的书，更不待言。因为我所受正规教育，以上面说的小学及后面说的中学而止，而这些书籍，都是课程里所没有的，同时，我又从来不勉强自己去求学问，做学问家，所以非到引起兴趣和注意，我不去读它的——我之好学，是到真"好"才去"学"的，而对某方面学问之兴趣和注意，总是先借杂志、报纸引起来。

我的自学，作始于小学时代。奇怪的是，在那个新文化初开荒的时候，已有人为我准备了很好的课外读物。这是一种《启蒙画报》和一种《京话日报》，创办人是我的一位父执，而且是对于我关系深切的一位父执。他的事必须说一说。

他是彭翼仲先生（诒孙），苏州人而长大在北平。祖上状元宰相，为苏州世家巨族。他为人豪侠勇敢，其慷爽尤可爱。论体魄，论精神，俱不似苏州人，却能说苏州话。他是我的谱叔，因他与我父亲结为兄弟之交，而年纪小于我父。他又是我的姻丈，因我大哥是他的女婿，他的长女便是我的长嫂。他又是我的老师，因前说之启蒙学堂就是他主办的，我在那里从学于他。

从他的脾气为人（豪侠勇敢）和环境机缘（家住江南、邻近上海，得与外面世界相通），就使他必然成为一个爱国志士、维新先锋。距今四十年前（1902 年），他在当时全国首都——北京——创办了第一家报纸①。当时草创印刷厂，还是请来日本工人做工头的。蒙养学堂和报馆印刷厂都在一个大门里，内部也相通。我们小学生常喜欢去看他们印刷排版。

彭公手创报纸，计共三种。我所受益的是《启蒙画报》；影响于北方社会最大的，是《京话日报》；使他自身得祸的，则是《中华报》。

《启蒙画报》最先出版。它是给十岁上下的儿童阅看的。内容主要是科学常识，其次是历史掌故、名人轶事，再则如《伊索寓言》一类的东西也有；却少有今所谓"童话"者。例如天文、地理、博物、格致（"格物致知"之省文，当时用为物理、化学之总名称）、算学等各门都有。全是白话文，全有图画（木版雕刻无彩色），而且每每将科学撰成小故事来说明。讲到天象，或以小儿不明白，问他的父母，父母如何解答来讲。讲到蚂蚁社会，或用两兄弟在草地上玩耍所见来讲。算学题以一个人做买卖来讲。诸如此类，儿童极其爱看。历史如讲太平天国，讲平定新疆等等，剖讲甚详。名人轶事如司马光、范仲淹很多古人的事，以至外国如拿破仑、华盛顿、大彼得、俾斯麦、西乡隆盛等都有。那便是长篇连载的故事了。图画为永清刘炳堂

①严格讲，它是第二家。1901 年先有《顺天时报》出版。但《顺天时报》完完全全为日本人所办。就中国人自办者说，它是第一家，广东人朱淇所办《北京日报》为第二家。——原注。

先生所绘。刘先生极有绘画天才，而不是旧日文人所讲究之一派；没有学过西洋画，而他自能得西洋画写实之妙。所画西洋人尤为神肖，无须多笔细描而形象逼真。计出版首尾共有两年之久。我从那里面不但得了许多常识，并且启发我胸中很多道理，一直影响我到后来。我觉得近若干年所出儿童画报，都不及它。

《启蒙画报》出版不久，就从日刊改成旬刊（每册约三十多页），而别出一小型日报，就是《京话日报》，内容主要是新闻和论说。新闻以当地（北平）社会新闻占三分之二；还有三分之一是"紧要新闻"，包含国际国内重大事情。论说多半指摘社会病痛，或鼓吹一种运动，所以甚有力量，能产生很大影响，绝无敷衍篇幅之作。它以社会一般人为对象，而不是给"上流社会"看的。因为是白话，所以我们儿童亦能看，不过不如对《启蒙画报》之爱看。

当时风气未开，社会一般人都没有看报习惯。虽取价低廉，而一般人家总不乐增此一种开支。两报因此销数都不多。而报馆全部开支却不小。自那年（1902年）春天到年尾，从开办设备到经常费用，彭公家产已赔垫干净，并且负了许多债。年关到来，债主催逼，家中妇女怨谪，彭公忧煎之极，几乎上吊自缢。本来创办之初，我父亲实赞助其事，我家财物早已随着赔送在内；此时还只有我父亲援救他。后来从父亲日记中，见出当时艰难情形和他们做事动机之纯洁伟大——他们一心要开发民智，改良社会。这是由积年对社会腐败之不满，又加上庚子

（1900 年）亲见全国上下愚蠢迷信，不知世界大势，几乎招取亡国大祸所激动的。

这事业屡次要倒闭，终经他们坚持下去，最后居然得到亨通。第三年，报纸便发达起来了。然主要还是由于鼓吹几次运动，报纸乃随运动之扩大而发达。一次有东交民巷（各国使馆地界）一个外国兵，欺侮中国穷民，坐人力车不给钱，车夫索钱，反被打伤。《京话日报》一面在新闻栏详记其事，一面连日著论，表示某国兵营如何要惩戒、要赔偿才行，并且号召所有人力车夫联合起来，事情不了结，遇见某国兵就不给车子乘坐。事为某国军官所闻，派人来报馆查询，要那车夫前去质证。那车夫胆小不敢去，彭公即亲自送他去。某国军官居然惩戒兵丁而赔偿车夫。此事虽小，而街谈巷议，轰动全城，报纸销数骤增。一次是美国禁止华工入境，并对在美华工苛待。《京话日报》就提倡抵制美货运动。我还记得我们小学生也在通衢闹市散放传单，调查美货等等。此事在当时颇为新颖，人心殊见振奋，运动也扩延数月之久。最大一次运动，是国民捐运动。这是由报纸著论，引起读者来函讨论，酝酿颇久而后发动的。大意是为庚子赔款四万万分年偿付，为日愈延久，本息累积愈大；迟早总是要国民负担，不如全体国民自动一次拿出来。以全国四万万人口计算，刚好每人出一两银子，就可成功。这与后来民国初建时，南京留守黄克强（兴）先生所倡之"爱国捐"大致相似。此时报纸销路已广，其言论主张已屡得社会拥护。再标出这大题目来，笼罩到每一个人身上，其影响之大真是空前。

自车夫小贩、妇女儿童、工商百业以至文武大臣、皇室亲王，无不响应。后因彭公获罪，此事就消沉下去。然至辛亥革命时，在大清银行（今日中国银行之前身）尚存有国民捐九十几万银两。

报纸之发展，确是惊人。不看报的北平人，几乎变为家家看报，且发展到四乡了。北方各省各县都传播到像奉天、黑龙江（东），陕西、甘肃（西）那么远。同时也惊动了清廷。皇太后、皇帝都遣内侍传旨下来，要看这报。其所以这样发达，也是有缘故的。因这报纸的主义不外一是维新，二是爱国，浅近明白，正切合那时需要。社会上有些热心人士自动帮忙，或多购报纸沿街张贴，或出资设立"阅报所""讲报处"之类。还有被人呼为"醉郭"的一位老者，原以说书卖卜为生。他改行专门讲报，作义务宣传员。其他类此之事不少。

《中华报》最后出版。这是将《启蒙画报》停了才出的。在版式上，不是单张的而是成册的。内容以论政为主，文体是文言文。这与《京话日报》以"大众"为对象的，当然不同了。似乎当年彭公原无革命意识；而此报由其妹婿杭辛斋先生（慎修，海宁人）主笔，他却是革命党人。我当时学力不够看这个报，对它没有兴趣，所以现在不能记其言论主张如何。

到光绪三十二年（1907年），《中华报》出版有一年半以上，《京话日报》则届第五年，清政府逮捕彭、杭二公并封闭报馆。其实彭公被捕，此已是第二次，不过在我的自学史内不必叙他太多了。这次罪名，据巡警部（今之内政部）上奏清廷，是"妄论朝政，附和匪党"。杭公定罪是递解回籍，交地方官严加管束；彭公是发配新疆，监禁十年。其内幕真情，是为袁世凯在其北洋营务处（今之军法处）秘密诛杀党人，《中华报》刊出之故。

后来革命，民国成立，举行大赦，彭公才得从新疆回来。《京话日报》恢复出版。不料袁世凯帝制，彭公不肯附和，又被封闭。袁倒以后再出版。至民国十年，彭公病故，我因重视它的历史，还接办一个时期。

六、 自学的根本

在上边叙述了我的父亲，又叙述了我的一位父执。这是意在叙明我幼年之家庭环境和最切近之社会环境。关于这一环境，以上只是扼要叙述，未能周详。例如我母亲之温厚明通，赞助我父亲和彭公的维新运动，并提倡女学，自己参加北平初创第一间女学校（名"女学传习所"）担任教员等类事情都未及说到。然读者或也不难想象得之。就从这一环境，给我种下了自学的根本：一片向上心。

一面是从父亲和彭公他们的人格感召，使我幼稚的心灵隐然萌动对社会对国家的责任感，而鄙视那般世俗谋衣食、求利禄的"自了汉"生活；另一面是从那维新前进的空气中，自具一种超越世俗的见闻主张，使我认识到世俗之人虽不必是坏人，但缺乏眼光见识就是不行的，因此，一个人必须力争上游，即所谓一片向上心，大抵在当时便是如此。

这种心理，可能有其偏弊，至少不免流露一种高傲神情。若从好一方面来说，这里面固含蓄得一点正大之气和一点刚强之气——我不敢说得多，但至少各有一点点。我自省我终身受用者，似乎在此。

特别是自十三四岁开始，由于这向上心，我常有自课于自己的责任：不论何事，很少需要人督迫。并且有时某些事，觉得不合我意见，虽旁人要我做，我也不做。固然十岁时候爱看《启蒙画报》《京话日报》，几乎成瘾，已算是自学，但真的自学，必从这里做起。所谓自学，应当就是一个人整个生命的向上自强，要能在生活中有自觉。单是求智识，却不足以尽自学之能事。在整个生命向上自强之中，可以包括了求知识。求知识盖所以浚发我们的智慧识见，它并不是一种目的。有智慧识见发出来，就是生命向上自强之效验，就是善学。假若求知识以致废寝忘食，身体精神不健全，甚至所知愈多头脑愈昏，就不得为自学。有人说"活到老，学到老"一句话，这观念最正确。这个"学"，显然是自学；同时这个"学"，显然是说一切做人做事而不止于求知识。

自学最要紧的是在生活中有自觉。读书不是第一件事；第一件事，却是照顾自己身体而善用它——用它来做种种事情，读书则其一种。可惜这个道理，我只在今天方说得出，当时也不明白的。所以当时对于自己身体照顾不够，例如：爱静中思维，而不注意身体应当活动；饮食、睡眠、工作三种时间没有好的调整；不免有少年斫丧身体之不良习惯（手淫）。所幸者，从向上心稍知自爱，还不是全然不照顾。更因为有一点正大刚强之气，耳目心思向正面用去，下流毛病自然减少。我以一个孱弱多病的体质，到后来慢慢转强，很少生病，精力且每比旁人略优，其故似不外：

第一，我虽讲不到修养，然于身体少斫丧少浪费，虽至今对于身体仍愧照顾不够，但似比普通人略知照应。

第二，胸中恒有一段清闲之气，使外面病邪好像无隙可乘——反之，偶尔患病，细细想来，总是先由自己生命失其清明刚劲，有所疏忽而致。

又如我自幼呆笨，几乎全部小学时期皆不如人；自十四岁虽变得好些，也不怎样聪明。讲学问，又全无根底。乃后来也居然滥厕学者之林，终幸未至于庸劣下愚，倒反受到社会的过奖、过爱。此其故，要也不外：

第一，由于向上心，自知好学——虽没有用过苦功，也从不偷懒。

第二，环境好，机缘巧，总由我自主自动地去学，从没有被动地读过死书，或死读书。换句话说，无论旧教育（老式之书房教育）或新教育（欧美传来之学校教育），其毒害唯我受的最少。

总之，向上心是自学的根本，而所有今日的我，皆由自学得来。古书《中庸》上有"虽愚必明，虽柔必强"两句话，恰好借用来说我个人的自学经过（原文第二句不指身体而言，第一句意义也较专深，故只算借用）。

七、 五年半的中学

我于十四岁那一年（1906 年）的夏天，考入顺天中学堂（地址在地安门外兵将局）。此虽不是北平最先成立的一间中学，却是与那最先成立的五城中学堂为兄弟者。"五城"指北平的五个城，"顺天"指顺天府。福建人陈璧，先为五城御史，创五城中学；后为顺天府尹，又设顺天中学。两个学堂的洋文总教习，同由王劭廉先生（天津人，与伍光建一同留学英国海军）担任。汉文教习以福建人居多，例如五城以林纾（琴南）为主，我们则以一位跛腿陈先生（忘其名）为主。

当时以初设学校，学科程度无一定标准。许多小学比今日中学程度还高，而那时的中学与大学似也颇难分别。我的同班同学中竟有年纪长我一倍者——我十四岁，他二十七岁。有许多同学虽与我们年纪小的同班受课，其实可以为我们的老师而有余。他们诗赋、古文、四六骈体文都做得很好，进而讲求到"选学"（《昭明文选》）。不过因为求出路（贡生、举人、进士）非经过学堂不可，有的机会凑巧得入大学，有的不巧就入中学了。

今日学术界知名之士，如张申府（崧年）、汤用彤（锡予）各位，皆是我的老同学。论年级，他们尚稍后于我；论年岁，则三人皆相同。我在我那班级上是年龄最小的。

当时学堂里读书，大半集中于英、算两门。学生的精力和时间都用在这上边。年长诸同学很感觉费力，但我于此也曾实行过自学。在我那班上有四个人，彼此很要好。一廖福申（慰慈，福建），二王毓芬（梅庄，北平），三姚万里（伯鹏，广东），四就是我。我们四个都是年纪小的——廖与王稍长一两岁。在廖大哥领导之下，我们曾经结合起来自学。

这一结合，多出于廖大哥的好意。他看见年小同学爱玩耍，不知用功，特来勉励我们。以那少年时代的天真，结合之初，颇具热情。我记得经过一阵很起劲的谈话以后，四个人同出，到酒楼上吃螃蟹，大喝其酒。廖大哥提议彼此相称不用"大哥""二哥""三哥"那些俗气称谓，而主张以每个人的短处标出一字来，作为相呼之名，以资警惕。大家都赞成此议，就请他为我们一个个命名。他给王的名字，是"懦"；给姚的名字，是"暴"；而给我的，就是"傲"了。真的，这三个字都甚相当。我是傲，不必说了。那王确也懦弱有些妇人气；而姚则以赛跑、跳高和足球擅长，本是一个粗暴的体育大家。最后，他自名为"惰"。这却太谦了。他正是最勤学的一个！此大约因其所要求于自己的，总感觉不够之故；而从他自嫌其惰，正可见出其勤来了。

那时每一班有一专任洋文教习，所有这一班的英文、数学、外国地理都由他以英文原本教授。这些位洋文教习，全是天津水师学堂出身，王劭廉先生的门徒。我那一班是一位吕先生（富永）。他们秉承王先生的规矩，教课认真，做事有军人风格。当然课程进行得并不慢，但我们自学的进度，总还是超过他所教的。如英文读本 *Carpenter's Reader*（亚洲之一本），先生教到全书的一半时，廖已读完全书，我也能读到三分之二；《纳氏英文文法》，先生教第二册未完，我与廖研究第三册了；代数、几何、三角各书，经先生开一个头，廖即能自学下去，无待先生教了。我赶不上他那样快，但经他携带，总也走在先生前边。廖对于习题一个个都做，其所做算草非常清楚、整齐、悦目；我便不行了，本子上很多涂改，行款不齐，字迹潦草，比他显得忙乱，而进度反在他之后。廖自是一天才，非平常人之所及①。然当年那些经验，使我相信没有不能自学的功课。

同时廖还注意国文方面之自学。他在一个学期内，将一部《御批通鉴辑览》圈点完毕。因为洋版书（当时对于木版书外之铜印、铅印、石印各书均作此称）字小，而每天都是在晚饭前划出一点时间来做的，天光不足，所以到圈点完功，眼睛变得近视了。这是他不晓得照顾身体，很可惜的。这里我与他不同，我是不注意国文方面的。国文讲义我照例不看；国文先生所讲，我照例不听。我另有我所用的功夫，如后面所述，而很少看中国旧书。但我国文作文成绩还不错，偶然也被取为第一名。我总喜欢做翻案文章，不肯落俗套。有时能出奇制胜，有时也多半失败。记得一位王老师十分恼恨我。他在我作文卷后，严重地批着"好恶拂人之性，灾必逮夫身"的批语。而后来一位范先生偏赏识我，他给我的批语却是"语不惊人死不休"。

---

①廖君后来经清华送出游美学铁路工程，曾任国内各大铁路工程师。——原注。

十九岁那一年（1911年）冬天，我们毕业。前后共经五年半之久。本来没有五年半的中学制度，这是因为中间经过一度学制变更，使我们吃亏。

八、 中学时期之自学

在上面好像已叙述到我在中学时之自学，如自学英文、数学等课，但我所谓自学尚不在此。我曾说了：

　　由于向上心，我常有自课于自己的责任，不论什么事很少要人督迫……真的自学，必从这里说起。

　　自学就是一个人整个生命的向上自强，要紧在生活中有自觉。

所以上节所述只是当年中学里面一些应付课业的情形，还没有当真说到我的自学。

真的自学，是由于向上心驱使我在两个问题上追求不已：一是人生问题；二是社会问题，亦可云中国问题。此两个问题互有关联之处，不能截然分开，但仍以分别言之为方便。从人生问题之追求，使我出入于西洋哲学、印度宗教、中国周秦宋明诸学派间，而被人看作是哲学家。从社会问题之追求，使我参加了中国革命，并至今投身社会运动。今届五十之年，总论过去精力，无非用在这上面；今后当亦不出乎此。而说到我对此两问题如何追求，则在中学时期均已开其端。以下略述当年一些事实。

我很早就有我的人生思想。约十四岁光景，我胸中已有了一个价值标准，时时用以评判一切人和一切事。这就是看它于人有没有好处和其好处的大小。假使于群于己都没有好处，就是一件要不得的事了；掉转来，若于群于己都有顶大好处，便是天下第一等事。以后衡量一切并解释一切，似乎无往不通。若思之偶有扞格窒碍，必辗转求所以自圆其说者。一旦豁然复有所得，便不禁手舞足蹈，顾盼自喜。此时于西洋之"乐利主义""最大多数幸福主义""实用主义""工具主义"等等，尚无所闻。却是不期而然，恰与西洋功利派思想相近。

这思想，显然是受先父的启发。先父虽读儒书，服膺孔孟，实际上其思想和为人乃有极像墨子之处。他以为中国积弱全由念书人专务虚文，与事实隔得太远所误，因此，平素最看不起作诗词、做文章的人，而以"务实"二字为讨论任何问题之一贯的主张。务实之"实"，自然要以"实用""实利"为其主要含义。而专讲实用、实利之结果，当然流归到墨家思想。不论大事小事，这种意思在他一言一动之间到处流露。其影响到我，是不待言的。

不过我父只是有他的思想见解而已，他对于思想并没有兴趣。我则自少年时便喜欢用思想。所以就由这里追究上去，究竟何谓"有好处"，那便是追究"利"和"害"到底何所指，必欲分析它，确定它。于是就引到苦乐问题上来，又追究到底何谓苦，何谓乐。对于苦乐的研究，是使我深入中国儒家、印度佛家的钥匙，颇为重要。后来所作《究元决疑论》①中，有论苦乐的一段，尚可见一斑。而这一段话，却完全是十六七岁在中学时撰写的旧稿。在中学里，时时沉溺在思想中，亦时时记录其思想所得。这类积稿当时甚多，现在无存。

然在当时，感受中国问题的刺激和我对中国问题的热心，又远过于人生问题。同时在人生上，既以事功为尚，亦加重这倾向。

当时——光绪末年、宣统初年——似亦有当时的国难。当时的学生界，亦激于救国热潮而有自请练学生军的事，如"九一八"后各地学生之所为者。我记得我和同班雷国能兄，皆以热心这运动被推为代表，请求学堂监督给我们特聘军事教官，并发给枪支，于正课外加练军操。此是一例，像这类的事当然很多。

为了救国，自然注意政治而要求政治改造。像民主和法治等观念，以及英国式的政党政治，早在三十五年前就成为我的政治思想。后来所作《我们政治上第一个不通的路——欧洲近代民主政治的路》②，其中诠释近代政治的话，还不出中学时那点心得——的确，那时对于政治，自以为是大有心得的。

---

①《究元决疑论》为二十四岁时作，刊于《东方杂志》，后收为"东方文库"之单行小册。——原注。
②此文见于《中国民族自救运动之最后觉悟》，中华书局出版。——原注。

九、 自学资料及当年师友

无论在人生问题上或在中国问题上，我在当时已取得内地的中国人所可能有的最好的自学资料。我拥有梁任公先生主编之《新民丛报》壬寅、癸卯、甲辰三整年六巨册，和同是他编的《新小说》（杂志月刊）全年一巨册（以上约共五六百万言）——这都是从日本传递进来的。还有其他从日本传递进来的，或上海出版的书报甚多。此为初时（1907 年）之事。稍后（1910 年后）更有立宪派之《国风报》（旬刊或半月刊，在日本印行）、革命派之上海《民立报》（日报），按期陆续收阅——这都是当时内地寻常一个中学生所不能有的丰富财产。

《新民丛报》一开头有任公先生著的《新民说》，他自署名曰"中国之新民"。这是一面提示新人生观，一面又指出中国社会应该如何改造，恰与人生问题、中国问题为双关，切合我的需要，得益甚大。任公同时在报上又有许多介绍外国某家某家学说的著作，使我们得以领会近代西洋思想不少。还有关于古时周秦诸子以至近世明清大儒的许多论述，意趣新而笔调健，皆足以感发人。此外有《德育鉴》一书，以立志、省察、克己、涵养等分门别类，辑录先儒格言（以宋明为多），而任公自加按语跋识。我对中国古人学问之最初接触，实资于此。虽然现在看来，这书是无足取的，然而在当年却给我的助益很大。这助益，是在生活上，不徒在思想上。

《新民丛报》除任公先生自做文章外，还有其他人〔如蒋观云先生（智由）即其一］许多文章和国际国内时事记载等，约居十分之八，亦甚重要。这能助我系统地了解当日时局大势之过去背景。因其所记壬寅、癸卯、甲辰（1902—1904 年）之事，正在我读它时（1907—1909 年）之前也。由于注意时局，所以每日报纸如当地之《北京日报》《顺天时报》《帝国日报》等，外埠之《申报》《新闻报》《时报》等，都是我每天不可少的读物。谈起时局来，我都清楚，不像一个中学生。

《国风报》上以谈国会制度、责任内阁制度、选举制度、预算制度等文章为多；其他如国库、审计制度乃至银行、货币等问题，亦常谈到。这是因为当时清廷筹备立宪，各省咨议局亦有联合请愿开国会的运动，各省督抚暨驻外使节在政治上亦有许多建议，而梁任公一派人隐然居于指导地位，即以《国风报》为其机关报。我当时对此运动亦颇热心，并且学习了近代国家法制上许多知识。

革命派的出版物，不如立宪派的容易得到。然我终究亦得到一些。有《立宪派与革命派之论战》一厚册，是将梁任公和胡汉民（展堂）、汪精卫等争论中国应行革命共和抑君主立宪的许多文章搜集起来合印的，我反复读之甚熟。其他有些宣传品主于煽动排满感情的，我不喜读。

自学条件，书报资料固然重要，而朋友亦是重要的。在当时，我有两个朋友必须说一说。

一是郭人麟（一作仁林），字晓峰，河北乐亭县人。他年长于我二岁，而班级则次于我；并且他们一班是学法文的，我们则学英文。因此虽为一校同学，朝夕相见，却无往来。郭君颜貌如好女子，见者无不惊其美艳，而气敛神肃，眉宇间若有沉忧；我平素极自以为是，亦复神情孤峭。彼此一直到第三年方始交谈。但经一度交谈之后，竟使我思想上发生极大变化。

我那时自负要救国救民，建功立业，论胸襟气概似极其不凡，实则在人生思想上，是很浅陋的。对于人生许多较深问题，根本未曾理会到。对于古今哲人高明一些的思想，不但未曾理会，并且拒绝理会之。盖受先父影响，抱一种狭隘的功利见解，重事功而轻学问。具有实用价值的学问，还知注意；若文学，若哲学，则直认为误人骗人的东西而排斥它。对于人格修养的学问，感受《德育鉴》之启发，固然留意，但意念中却认为"要做大事必须有人格修养才行"，竟以人格修养做手段看了。似此偏激无当、浅薄无根的思想，早应当被推翻。无如一般人多半连这点偏激、浅薄的思想亦没有。尽管他们不同意我，乃至驳斥我，其力量不足以动摇我之自信。恰遇郭君，天资绝高，思想超脱，虽年不过十八九而学问几如老宿。他于老、庄、易经、佛典皆有心得，而最喜欢谭嗣同的"仁学"。其思想高于我，其精神亦足以笼罩我。他的谈话，有时嗤笑我，使我惘然如失；有时顺应我要做大事业的心理而诱进我，使我心悦诚服。我崇拜之极，尊之为郭师，课暇就去请教，记录他的谈话订成一巨册，题曰"郭师语录"。一般同学多半讥笑我们，号之为"梁贤人，郭圣人"。

自与郭君接近后，我一向狭隘的功利见解为之打破，对哲学始知尊重。在我的思想上，实为一大转进。那同时还有一位同学陈子方，年纪较我们都大，班级亦在前，与郭君为至好。我亦因郭而亲近之。他的思想见解、精神气魄，在当时亦是高于我的，我亦同受其影响。现在两君都不在人世了①。

另一朋友是甄元熙，字亮甫，广东台山县人②。他年纪约长我一二岁，与我为同班，却是末后插班进来的。本来陈与郭在中国问题上皆倾向革命，但不甚积极。甄君是1910年从广州、上海来北京的，似先已与革命派有关系。我们同是对时局积极的，不久成了很好的朋友。

但彼此政见不大相同。甄君当然是革命派；我只热心政治改造，而不同情排满。在政治改造上，我又以英国式政治为理想，否认君主国体、民主国体在政治改造上有什么等差不同，转而指摘民主制度，无论为法国式（内阁制）抑或美国式（总统制），皆不如英国政治之善——此即后来辛亥革命中，康有为所倡"虚君共和论"。在政治改造运动上，我认为可以用种种手段，而莫妙于俄国虚无党人的暗杀办法。这一面是很有效的，一面又破坏不大，免遭国际干涉。这些理论和主张，不待言是从立宪派得来的，然一点一滴皆经过我的往复思考，并非一种

①陈故去约二十多年，知其人者甚少。郭与李大钊（守常）为乡亲，亦甚友好，因曾在北大图书馆做事。张绍曾为国务总理时，曾一度引为国务院秘书。今故去亦有十年。——原注。

②甄君民国八九年间在广东曾任大元帅府秘书，后来去国到美洲，今似在旧金山办报。——原注。

学舌。我和甄君时常以此做笔战，亦仿佛梁（任公）、汪（精卫）之所为，不过他们在海外是公开的，我们则不敢让人知道。

后来清廷一天一天失去人心，许多立宪派人皆转而为革命派，我亦是这样。

十、 初入社会

按常例说，一个青年应当是由"求学"到"就业"，但在近几十年的中国，青年却每每是由"求学"而"革命"，我亦是其中之一个。我由学校出来，第一步踏入广大社会，不是就某一项职业，而是参加革命。现在回想起来，这真是一件太危险的事。

因为青年是社会的未成熟分子，其所以要求学，原是学习着如何参加社会，为社会之一员，以继成熟分子之后，却不料其求了学来革命。革命乃是改造社会。试问参加它尚虞能力不足，又焉得有改造它的能力？他此时缺乏社会经验，对于社会只有所见（书本上所得）和臆想，尚无认识。试问认识不足，又何从谈到怎样改造呢？这明明是不行的事！无奈中国革命不是社会内部自发的革命，没有如西洋那种第三阶级或第四阶级由历史孕育下来的革命主力。中国革命只是最先感受到世界潮流之新学分子对旧派之争，其革命主力，不是由历史孕育的，而全靠海外和沿海一带传播进来的世界思潮，以激动起一些热血青年，所以天然就是一种学生革命。幼稚、错误、失败都是天然不可免的事，无可奈何。

以我而说，那年不过刚足十八岁，自己的见识和举动，今日回想是很幼稚的。自己所亲看见的许多人、许多事，似都亦不免以天下大事为儿戏。不过做事比较天真，动机比较纯洁，则为后来这二三十年的人心所不及。——这是后来的感想，事实不具述。

清帝不久退位，暗杀、暴动一类的事，略可结束。同人等多半在天津办报，为公开之革命宣传。赵铁桥诸君所办者，名曰《民意报》；以甄亮甫为首的我们一班朋友，所办的报则名《民国报》。当时经费很充足，每日出三大张，规模之大为北方首创。总编辑为孙浚明兄（四川叙府人，十六年清党死于上海）；我亦充一名编辑，并且还做过外勤记者。今日所用"漱溟"二字，即是当时一笔名，而且出于孙先生所代拟。

新闻记者，似乎是社会上一项职业了。但其任务在指导社会，实亦非一个初入社会之青年学生所可胜任。我现在想来，还是觉得不妥的。这或者是我自幼志大言大，推演得来之结果吧！报馆原来馆址在天津，后又迁北京（顺治门外大街西面）。民国二年春间，中国同盟会改组，中国国民党成立，《民国报》改为党本部之机关报，以汤漪主其事，我们一些朋友便离去了。

做新闻记者约一年余，连参与革命工作算起来，亦不满两周年。在此期间内，读书少而活动多，书本上的知识未见长进。而以与社会接触频繁之故，渐晓得事实不尽如理想。对于"革命""政治""伟大人物"……皆有"不过如此"之感。有些下流行径、鄙俗心理以及尖刻、狠毒、凶暴之事，以前在家庭、在学校所遇不到的，此时却看见了，颇引起我对于人生感到厌倦和憎恶。

在此期间，接触最多者当然在政治方面。前此在中学读书时，便梦想议会政治，逢着资政院开会（宣统二年、三年两度开会），必辗转恳托介绍旁听。现在是新闻记者，持有长期旁听证，所有民元临时参议院、民二国会的两院，几乎无日不出入其间了。此外若同盟会本部和改组后的国民党本部，若国务院等处，亦是我踪迹最密的所在。还有共和建设讨论会（民主党之前身）和民主党（进步党的前身）的地方，我亦常去。当时议会内党派的离合，国务院的改组，袁世凯的操纵运用，皆映于吾目而了了于吾心。许多政治上人物，他不熟悉我，我却熟悉他。这些实际知识和经验，有助于我对中国问题之认识者不少。

三十一年十月

（《漱溟最近文录》）

陈衡哲（1893—1976），新文学运动中最早的女学者、作家、诗人，我国第一位女教授，有"一代才女"之称。1914年考入清华学堂留学生班，1918年获瓦沙女子大学文学学士学位，1920年获芝加哥大学硕士学位，同年应北大校长蔡元培之邀回国，先后任北京大学、四川大学、东南大学教授。1917年创作白话短篇小说《一日》，以"莎菲"的笔名发表于《留美学生季报》。著有短篇小说集《小雨点》《衡哲散文集》。

我幼时求学的经过

陈衡哲

进学校的一件事情，在三十年前——正当前清的末年——是一个破天荒。尤其是在那时女孩子的身命上。我是我家中第一个进学校的人，故所需要的努力更是特别的大。虽然后来在上海所进的学校绝对不曾于我有什么益处，但饮水思源，我的能免于成为一个官场里的候补少奶奶，因此终能获得出洋读书的机会，却不能不说是靠了这进学校的一点努力。而使我怀此进学校的愿望者，却是我的舅父武进庄思缄先生。

我的这位舅父是我尊亲中最宠爱我的一位。大约在我五六岁的时候，舅父便同了舅母和表兄表弟到广西去做官。但因为外祖母是住在武进原籍的，所以舅父也常常回到家来看望她。那时我家已把自己的大房子出赁了，搬到外祖母家的一所西院中去住着。

每逢舅舅回家省亲的时候，我总是一清早便起身，央求母亲让我去看舅舅。舅舅向来是喜欢睡晚觉的，我走到外祖母家时，总是向外祖母匆匆地问了安，便一口气跑到舅舅的房里去。舅舅总是躺在床上，拍拍床沿，叫我坐下来。"今天我再给你讲点什么呢？"舅舅常是这样说，因为他是最喜欢把他的思想和观察讲给我听的。那时他做官的地方，已经由广西改到广东。广东省城是一个通商大口岸，它给他很多机会看见欧美的文化，尤其是在药学方面。那时他很佩服西洋的科学和文化，更佩服那些到中国来服务的美国女子。他常常把他看见的西洋医院、学校和各种近代文化的生活情形，说给我听。最后的一句话，总是："你是一个有志气的女孩子，你应该努力地去学西洋的独立女子。"

我是一个最容易受感动的孩子，听到舅舅的最后一句话，常常是心跑到嘴里，热泪跑到眼里。我问他："我怎样方能学得像她们呢？"舅舅总是说："进学校呀！在广东省城里有一个女医学校，你应该去学医，你愿意跟我去学医吗？"

有时舅舅给我所讲的，是怎样地球是圆的，怎样美国是在我们的脚底下，怎样从我们的眼睛看下去，他们都是脚上头下地倒走着的！又怎样在我们站立的地方挖一个洞，挖着挖着，就可以跑到美国去了。有时他讲的，是中国以外的世界，世界上有什么国什么国，我常常是睁大了眼睛，张开了嘴听他讲话，又惊奇，又佩服。他见到我这个情形，便笑着说我是少见多怪。但在实际上，恐怕他心里是很高兴有这样一个忠诚的听者的。

有时我又问他："舅舅怎能知道这么多？"他便说："你以为我知道的事情多吗？我和欧美的有学问的人比起来，恐怕还差得远呢。"他又对我说，他希望我将来能得到他没有机会得到的学问——对于现代世界的了解，对于科学救人的智识，对于妇女新使命的认识等等。

"胜过舅舅吗？"天下哪有此事？我就在梦中也不敢作此妄想啊！但舅舅却说："胜过我们算什么？一个人必须能胜过他的父母尊长，方是有出息。没有出息的人，才要跟着他父母尊长的脚步走。"这样的说话，在当时真可以说是思想革命，它在我心灵上所产生的影响该是怎样地深刻！

我们这样地讲着讲着，常常直到外祖母叫舅舅起身吃早饭，方始停止。可是明天一早，我等不到天亮，又跑到舅舅那里去听他讲话了。这样，舅舅回家一次，我要进学校的念头便加深一层，后来竟成为我那时生命中的唯一梦想。

在我十三岁的那一年，我父亲被抽签到西南的一个省份去做官。我因为那地方来得僻远，去了恐走不出来，又因进学校的希望太热烈，便要求母亲，让我不到父亲那里去，却跟着舅舅到广东进学校去。那时父亲已经一个人先到做官的地方去了，母亲正在收拾行李，预备全家动身。她是一位贤明的母亲，知道我有上进的志愿，又知道舅舅爱我，舅母也是一位最慈爱的长者，故并不怎么反对。可是，又因为我年纪太小，又不怎么赞成我离开她。每当我要求她让我跟舅舅到广东去的时候，她总是说："让我想想看，慢慢地再说吧。"

　　那年秋天，舅父回来省亲之后，又要回到广东去了。临走的那一天，我跟着母亲送他到外祖母家的大门外，跟他说："请给舅母请安。"

　　舅舅说："你不是要到广东去吗？你自己亲身去请安吧。"

　　我回头问母亲："我真的能到广东去吗？"

　　母亲说："你自己想想能吗？"

　　我说："能。"

　　我就对舅舅说："我一定亲身到广东去给舅母请安。"

　　舅舅说："这是你自己说的啊，一个有志气的孩子，说了话是要作准的。"

　　我说："一定作准。"说完了这句话，我全身的热血都沸腾起来了，眼泪像潮水一般地流了下来。我立刻跑回到自己的卧室去，伏在桌子上哭了一大场。这哭是为着快乐呢，还是惊惧，自己也不知道。但现在想起来，大概是因为这个决议太重要了，太使我像一个成年的人了，它在一个不曾经过情感大冲动的稚弱心灵上，将发生怎样巨大的震荡啊！孩子们受到了这样的震荡，除了哭一场之外，还有什么别的方法呢？

　　就在那年的冬天，母亲同着我们一群孩子，离开了常州，先到上海，那时我们有一家亲戚正要到广东去，母亲便决定叫我跟着他们到舅舅家里去。在上海住了几天，母亲同着弟妹们上了长江的轮船，一直到父亲做官的地方去。我也跟着母亲上了船，坐在她的房舱内。母亲含着眼泪对我说："你是一个有上进心的孩子，将来当然有成就；不过，你究竟还是一个小孩子啊！到了广东之后，一切要听舅父舅母的话，一切要小心，至少每星期要给我和父亲写一封信来，好叫我放心。"我不待母亲说完，已经哭得转不过气来。母亲见了这个情形。便说："你若是愿意改变计划，仍旧跟我到父亲那里去，现在还来得及，轮船要到明天一早才开啊。"

现在回想起来，那时我心中的为难一定是很大的。可是对于这心灵上自相冲突的痕迹，现在却一点也记不得了。所记得的，是不知怎样地下了一个仍旧离开母亲的决心，一面哭泣着向母亲磕了一个头，一面糊里糊涂地跟着我的亲戚，仍旧回到那个小客栈里去。回去之后，整整地哭了一晚，后悔自己不曾听着母亲的话，仍旧跟着她去；但似乎又有一种力量，叫我前进，叫我去追求我的梦想。

舅母是我自小便认识的，因她和母亲的友好，我们和她都很亲热。但是，一位从前常常和我一同游玩的表兄和一位比我小两三岁的表弟，现在却都死了。我到广东的时候，舅舅的家庭中是有了三位我不曾见过的表妹和表弟，故我便做了他们的大姊姊。其中最大的一个是二小姐，下人们便把我叫作"大二小姐"——因为我自己也是行二——而他们三人也都叫我作"大二姊"。这一个称呼，看上去似乎无关轻重，实际上却代表了这个家庭对于我的亲爱。我不是表姊，而是两个二姊中的大的，这分明是舅父舅母把我当作自己的女儿看待了。这对于一个刚刚离开母亲的十三岁的女孩子，是给了多大的温情与安慰啊！至今舅母家的下人们，还是把我叫作"大二小姐"，表弟表妹们也仍旧把我叫作"大二姊"。而我每听到这个称呼时，也总要立刻回想到幼年在舅舅家住着时，所得到的那一段温情与亲爱。

因为这三位表弟妹都是生在广西的，舅母家的下人说的又都是桂林话，而小表弟的奶妈说的又是桂林化的湖南话，故我最初学习的第二方言，便是桂林化的国语。至今在我的蓝青官话中，常常还带有一种西南省份的口音，便是由于这个缘故。

我到广东不久，便央求舅母到医学校去报名，虽然在我的心中，我知道自己是绝对不喜欢学医的，但除了那个医学校以外，还有什么别的学校可进呢？有一个学校可进，不总比不进学校好一点吗？可是，自我到了广东之后，舅舅对于我进学校的一件事——他从前最热心的一件事——现在却不提起了。等我对他说起的时候，他却总是这样地回答："我看你恐怕太小了一点，过了一年再说好不好？在此一年之内，我可以自己教你读书。你要晓得，你的智识程度还是很低啊。并且我还可以给你请一位教师，来教你算学和其他近代的科学。这样不很好吗？"

舅舅的不愿意我立刻进学校，当然是由于爱护我，知道我年纪太小，还不到学医的时候，智识又太低，而立身处世的道理一点又不懂得。故他想用一年的工夫，给我打一点根基。后来想起来，这是多么可感的一点慈爱，不过那时我正是一个未经世故的莽孩子，对于尊长们为我的深谋远虑，是一点不能了解的。我所要求的仍是"进学校"。

后来舅母和舅父商量之后，只得把我带到医学校去，姑且去试一试。我同舅母一进学校的房子，便有一位女医生，叫作什么姑娘的出来招呼舅母，并笑着对我点点头。舅母对她说了几句广东话，那女医生就用广东话问我："今年十几岁了？"

我回答她："十三岁，过了年就算十四岁了。"

她摇摇头说："太小了，我们这里的学生起码要十八岁。"

这些话我当然都不能懂，都是舅母翻译给我听的。我就对舅母说："我虽然小，却愿意努力。请舅母替我求求她，让我先试一年，看行不行再说。可以不可以？"

舅母便把这话对她说了，她说："就是行，也得白读四五年，反正要到十八岁的时候才能算正科生。"她又用广东话问我："懂广东话呒懂？"

我也学了一句广东话回答她："呒懂！"又赶快接着说："可是我愿意学。"她听见我说"呒懂"两个字，笑了。她又对舅母说了一阵广东话，说完了，便大家站了起来。她给舅母说声再见，又笑着对我点点头，便走进去了。我只得跟着舅母带了一颗失望与受了伤的心，回到舅舅家里去。

晚上舅舅回家之后，舅母把白天的经过告诉了他，舅舅听了大笑，说："是不是？你不听我的话，现在怎样，你只得仍旧做我的学生了！"

舅舅是一位很喜欢教诲青年的人，这也不能不说是我的好运气，因为在那一年之内，他不但自己教我书，还请了一位在广东客籍学校教数学的杭州先生，来教我初步数学。不但如此，他又常常把做人处世的道理，以及新时代的卫生智识等讲给我听。我对于他也只有敬爱与崇拜，对于他说的话，没有一个字是不愿遵行的。比如说吧，他要我每晚在十时安睡，早上六时起身。但是，晚上是多么清静啊！舅舅是常常在外宴会的，舅母到了九时便要打瞌睡，表弟妹是早已睡着了，我自己也常是睡眼蒙眬。可是，因为舅舅有这么一个教训，我便怎样也不敢睡，非到十时不敢上床。

我到了广东不过三个月，舅舅便调到了廉州去，将文作武，去统带那里的新军了。我跟着舅母在广东又住了约有三个月，方大家搬到了廉州。舅舅的职务是很繁忙的，但每天下午，他总抽出一点功夫，回家来教我读书。他常穿着新军统领的服装，骑着马，后面跟着两个"哥什哈"，匆匆地回家，教我一小时的书，又匆匆地走了。有时连舅母自己做的点心也不暇吃。舅母是一位最慈爱的人，对此不但不失望，反常常笑着对我说："你看，舅舅是怎样地爱你，希望你成人啊！他忙得连点心也不吃，却一定要教你这个功课，你真应该努力呀！"

我不是木石，舅母即不说明，我心里也是明白，也是深刻感铭的。舅舅所教的，在书本方面，虽然不过是那时流行的两种教科书，叫作《普通新智识》和《国民读本》的，以及一些报章杂志的阅读，但他自己的旧学问是很有根基的，对于现代的常识，也比那时的任何尊长为丰富，故我从他谈话中所得到的智识与教训，可说比了从书本上得到的要充足与深刻得多。经过这样一年的教诲，我便不知不觉地，由一个孩子的小世界中，走到成人世界的边际了。我的智识已较前一年为丰富，自信力也比较坚固，而对于整个世界的情形，也有从井底下爬上井口的感想。

虽然一切是这样地顺适与安乐，但它们仍不能使我取消进学校的一个念头。后来舅舅被我纠缠不过，知道对于这一只羽毛未丰而又跃跃欲飞的鸟儿，是没有法子阻止她的冒险了。就在那年的冬天——正当我到舅舅家里的明年——乘舅母回籍省亲之便，舅舅便让她把我带到上海去。临走之时，又教训了我许多话，特别地指出我的两个大毛病——爱哭和不能忍耐——叫我改过。他说："我不愿在下次见你的时候，一动又是哭呀哭的，和一个平凡的女孩子一样。我是常常到上海去的，一定常去学校看你。但我愿下次再见你的时候，你已经是一个有坚忍力，能自制的大人了。别的我倒用不着操心。你是一个能'造命'的女孩子。"

舅舅叫我到上海进一个学校，叫作爱国女校的，因为那是他的朋友蔡子民先生创办的，成绩也很好。我正不愿意学医，听到这个真是十分高兴。到了上海之后，舅母便把我送到一个客栈里，那里有舅舅的一位朋友的家眷住着。舅母便把我交托了那位太太，自己回家去了。但那位太太是什么都不知道的，我只得拿了舅舅写给蔡先生的信，自己去碰。不幸那时正值年假，蔡先生不在上海，学校里也没有人管事，我只得忍耐着，在一个小客栈中，等候学校开门，校长回来。但是当爱国女校还不曾开门的时候，上海又产生了一个新的什么学校，因为种种的牵引，我就被拉了进去。这是后话了，现在不必去说它。

所可说的，是我在那里读书三年的成绩，除了一门英文功课外，可以说是一个大大的"零"字！但那位教英文的女士却是一位好教师。我跟着她读了三年英文，当时倒不觉得怎样，可是，过了几年之后，当清华在上海初次考取女生时，我对于许多英文试题，却都能回答了。后来我得考中，被派到美国去读书，不能不说是一半靠了这个英文的基础。

民国三年，我在上海考中了清华的留美学额，便写信去报告那时住在北京的舅舅。可是，他早已在报上看见我的名字了。他立刻写信给我，说："……清华招女生，吾知甥必去应考；既考，吾又知甥必取……吾甥积年求学之愿，于今得偿，舅氏之喜慰可知矣。……"

我自幼受了舅舅的启发，一心要进学校。从十三岁起，便一个人南北奔走，瞎碰莽撞，结果是一业未成。直到此次获得清华的官费后，方在美国读了六年书，这是我求学努力的唯一正面结果。但是，从反面看来，在我努力过程中所得到的经验，以及失败所给予我的教训，恐怕对于我人格的影响，比了正面所得的智识教育，还要重大而深刻。而督促我向上，拯救我于屡次灰心失望的深海之中，使我能重新鼓起那水湿了的稚弱翅膀，再向那生命的渺茫大洋前进者，舅舅实是这样爱我护我的两三位尊长中的一位。他常常对我说，世上的人对于命运有三种态度，其一是安命，其二是怨命，其三是造命。他希望我造命，他也相信我能造命，他也相信我能与恶劣的命运奋斗。

不但如此，舅舅对于我求学的动机，也是有深刻的认识的。

在他给我的信中，曾有过这样的几句："吾甥当初求学的动机，吾知其最为纯洁，最为专一。有欲效甥者，当劝其效甥之动机也。"有几个人是能这样的估计我，相信我，期望我的？

民国九年，我回国到北大当教授，舅舅那时也在北平，我常常去请安请教，很快乐地和他在同城住了一年，后来我就到南方去了。待我再到北京时，他又因时局不靖，而且身体渐见衰弱，不久便回到原籍去终养天年。隔了两三年，我曾在一个严寒的冬夜，到常州去看了他一次。却想不到那一次的拜访，即成为我们的永诀，因为不久舅舅就弃世了，年纪还不到七十呢！

我向来不会做对联，但得到舅舅死耗之后，那心中铅样的悲哀，竟逼我写了这么一副挽联来哭他！

知我，爱我，教我，诲我，如海深恩未得报；
病离，乱离，生离，死离，可怜一诀竟无缘。

这挽联做得虽不好，但它的每一个字却都是从我心头的悲哀深处流出来的，我希望它能表达出我对于这位舅父的敬爱与感铭于万一。

夏丏尊（1886—1946），名铸，字勉旃，号闷庵，别号丏尊。著名文学家、教育家、出版家，新文学运动的先驱。浙江上虞人。1901 年中秀才。1905 年东渡日本留学，1907 年辍学回国，先后在浙江、湖南、上海几所学校任教。1930 年与叶圣陶创办民国时期在莘莘学子中颇有口碑的《中学生》杂志。1933 年与叶圣陶合著出版小说体裁语文学习读本《文心》，其后 15 年间再版达 22 次。1936 年任《新少年》杂志社社长，同年被推为中国文艺家协会主席。

中学校时代

夏丏尊

中学校时代，在年龄上是指十三四岁至十八九岁的一段的。我今年四十六岁，我的中学校时代已是三十年以前的事了。那时正是由科举过渡到学校的当儿，学校未兴，私塾是唯一的学校。我自幼也从塾师读经书、学八股、考秀才，后来且考举人。及科举全废的前两三年，然后改进学校，可是却未曾在什么学校里毕过业，未曾得过卒业文凭。

我上代是经商的，父亲却是个秀才。在十岁以前，祖父的事业未倒，家境很不坏，兄弟五人之中据说我在八字上可以读书，于是祖父与父亲都期望我将来中举人、点翰林，光大门楣，不预备叫我去学生意。在我家坐馆的先生也另眼相看，我所读的功课是和我的兄弟们不同的。他们读毕《四书》，就读些《幼学琼林》和尺牍书类，而我却非读《左传》《诗经》《礼记》等等不可。他们不必做八股文，而我却非做八股文不可。因为我是要预备将来做读书人的。

十六岁那年我考得了秀才，以后不久，八股即废，改"以策论取士"。八股在戊戌政变时曾废过，不数月即恢复，至是时乃真废了。这改革使全国的读书人大起恐慌，当时的读书人大都是一味靠八股吃饭的，他们平日朝夕所读的是八股，案头所列的是闱墨或试帖诗，经史向不研究，"时务"更是茫然。我虽八股的积习未深，不曾感到很大的不平，但要从师，也无师可从。只是把《大题文府》等类搁起，换些《东莱博议》《读通鉴论》《古文观止》之类的东西来读，把白折纸废去，临摹碑帖，再把当时唯一的算术书《笔算数学》买来自修而已。

那时我家里的境况已大不如从前了。最初是祖父的事业失败，不久祖父即去世。父亲是少爷出身，舒服惯了的。兄弟们为家境所迫，都托亲友介绍，提早做商店学徒去了。五间三进的宽大而贫乏的家里，除了母亲和一个嫂子，就剩了父子两个老小秀才。父亲的书箱里，八股文以外，有一部《史记》，一部《前后汉书》，一部《韩昌黎集》，一部《唐诗三百首》，一部《通鉴纲目》，一部《文选》，一部《聊斋志异》，一部《红楼梦》，一部《西厢记》，一部《经策通纂》，一部《皇清经解》，还有几种唐人的碑帖，与《桐荫论画》等论书画的东西。父子把这些书作长日的消遣，父亲爱写字、种花、整洁居室，室里干净清静得如庵院一般。这样地过了约莫一年。

亲戚中从上海回来的，都来劝读外国书（即现在的所谓进学校）。当时内地无学校，要读外国书只有到上海。据说上海最有名的是梵王渡（即现在的圣约翰大学），如果在那里毕业，包定有饭吃。父母也觉得科举快将全废，长此下去究不是事，于是就叫我到上海去读外国书。当时读外国书的地方也并不多。外国人立的只有梵王渡、震旦与中西书院，中国人立的只有南洋公学。我是去读外国书的，当然要进外国人的学校。震旦是读法文的；梵王渡据说程度较高，要读过几年英文的才能进去；中西书院（即现在东吴大学的前身）入学比较容易些。我于是就进中西书院。

那时生活程度还甚低，可是学费却已并不便宜，中西书院每半年记得要缴费四十八元。家中境况已甚拮据，我的第一次半年的学费，还是母亲把首饰变卖了给我的。我便与友同伴到了上海，由大哥送我入中西书院。那时我年十七。

中西书院分为六年毕业，初等科三年，高等科三年，此外，还有特科若干年。我当然进初等科。那时功课不限定年级，是依学生的程度定的。英文是甲班的，算学如果有些根底就可入乙班。国文好的可以入丙班。我英文初读，入甲班，最初读的是《华英初阶》；算学乙班，读笔算数学；国文甲班。其余各科也参差不齐，记不清楚了。各种学科中，最被人看不起的是国文，上课与否可以随便，最注重的是英文。时间表很简单，每日上午全读英文，下午第一时板定是算学，其余各科则配搭在数学以后。监院（即校长）是美国人潘慎文，教习有史拜言、谢鸿赍等。同学一百多人，大多数是包车接送的富者之子；间有贫寒子弟，则系基督教徒，受有教会补助，读书不用花钱的。我的同学中，很有许多现今知名之士。记得名律师丁榕、经济大家马寅初，都是我的先辈的同学。

中西书院门禁森严，除通学生外，非得保证人来信不能出大门一步，并且星期日不能告假（因为要做礼拜），情形几等于现在的旧式女学校。告假限在星期六下午。我的保证人是我的大哥，他在商店做事，每月只来带我出去一次。有时他自己有事，也就不来领我，我在那里几乎等于笼鸟。尤其是礼拜日逃不掉做礼拜，觉得很苦。

礼拜真正多极。每日上课前要做礼拜，星期三晚上要做礼拜，星期日早晨要做礼拜，晚上又要做礼拜。每次礼拜有舍监来各房间查察，非去不可。每日早晨的礼拜约需三十分钟，其余的都要费一小时以上。唱赞美歌，祷告，讲经，厌倦非凡。这种麻烦，如果叫现今每周只做一次纪念周犹嫌费事的学生诸君去尝，不知能否忍耐呢。

读了一学期，学费无法继续，于是只好仍旧在家里。用《华英进阶》、《华英字典》（这是中国第一部英文字典，商务出版）、《代数备旨》等书自修。另外再作些策论《四书义》，请邑中的老先生评阅。秋间再去考乡试。举人当然无望，却从临时书肆（当时平日书店很少，一至考试时，试院附近临时书店如林）买了严译《原富》《天演论》等书回来，莫名其妙地翻阅。又因排满之呼声已起，我也向朋友那里借了《新民丛报》等来看，由是对于明末清初的故事与文章很有兴味，《明季稗史》《明夷待访录》《吴梅村集》《虞初新志》等书，都是我所耽读的。

十八岁那年，因了一位朋友的劝告，同到绍兴府学堂（即现在浙江第五中学的前身）上学，在那一二年中，内地学堂已成立了不少。当时办学概依奏定学堂章程，学制很划一。县有县学堂，性质为现在的高小程度；府学堂则相当于现在的中学；省学堂相当于大学预科；京师大学堂，即现在的所谓大学了。学堂的成立，并无一定顺序，我们绍兴是先有中学，后有小学的。府学堂学费不收，宿费更不需出，饭费只每月二元光景；并且学校由书院改设，书院制尚未全除，月考成绩若优，还有一元乃至几毛钱的"膏火"可得（膏火是书院时代的奖金名称，意思是灯油费）。读书不但可以不花钱，而且弄得好还有零用可获得的。

府学堂的科目记得为伦理、经学、国文、英文、史学、舆地、算学、格致（即现在的理化博物）、体操、测绘（用器画舆地图），功课亦依程度编级，一如中西书院的办法。我因英文已有每日三点钟半年及在家自修的成绩，居然大出风头，被排在程度顶高的一级里，算学与国文的班次也不低。同学之中，年龄老大的很多，班级皆低于我，我于是颇受师友的青睐。

国文是一位王先生教的，选读《皇朝经世文编》，作文题是"范文正公为秀才时便以天下为己任""士先器识而后文艺"之类。经学是徐先生①（即刺恩铭的徐烈士）担任的，他叫我们读《公羊传》，上课时大发挥其微言大义。测绘也由这位徐先生担任。体操教师是一位日本人，他不会讲中国话，口令是用日本语的，故于最初就由他教我们几句体操用的日本语，如"立正""向前"之类。伦理教师最奇特，他姓朱，是绍兴有名的理学家，有长长的须髯，走路踱方步，写字仿朱子。他教我们学"洒扫应对""居敬存诚"，还教我们舞佾，拿了鸡尾似的劳什子做种种把戏。据他的主张，上课时书应端执在右手，不应挟在腋下；上班退班，都须依照长幼之序"鱼贯而行"，不应作鸟兽散；见先生须作揖，表示敬意。我们虽不以为然，但却不去加以攻击，只以老古董相待罢了。

当时青年界激昂慷慨，充满着蓬勃的朝气，似乎都对于中国怀着相当的期待，不像现在的消沉幻灭。庚子事件经过不久，又当日俄战争，风云恶劣，大家都把一切罪恶归诸满人，以为只要满人推倒国事就有希望了。《新民丛报》《浙江潮》等杂志大受青年界的欢迎，报纸上的社论也大被注意阅读。那时恋爱尚未成为青年间的问题，出路的关心也不如现在的急切（因为读书人本来不大讲究出路）；三四朋友聚谈，动辄就把话题移到革命上去，而所谓革命者，内容就只是排满，并没有现在的复杂。见了留学生从日本回来，没有辫子，恨不得也去留学，可

---

①即徐锡麟（1873—1907），1907 年 7 月 6 日在安庆刺杀安徽巡抚邓恩铭，率领学生军起义，失败被捕，7 月 7 日惨遭杀害。——编者注。

以把辫子剪去（当时普通人是不许剪辫子的）。见了花翎颜色顶子的官吏，就暗中憎恶，以为这是奴隶的装束。卢梭、罗兰夫人、马志尼①等都因了《新民丛报》的介绍，在我们的心胸里成了令人神往的理想人物。罗兰夫人的"自由，自由！天下几多罪恶假汝之名以行！"已成了摇笔即来的文章的套语了。

我在这样的空气中过了半年中学生活，第二学期又辍学了。这次的辍学，并非由于拿不出学费，乃是为了要代替父亲坐馆。原来，父亲在一年来已在家授徒了，一则因邻近有许多小孩要请人教书，二则父亲嫌家里房屋太大，住了太寂寞，于是就在家里设起书塾来。来读的是几个族里与邻家的小孩。中途忽然有一位朋友要找父亲去替他帮忙，为了友谊与家计，都非去不可。书馆是不能中途解散的，家里又无男子，很不放心，于是就叫我辍学代庖。功课当然是我所教得来的。学生不多，时间很有余暇，于是一壁教书，一壁仍行自修。家里人颇思叫我永继父职，就长此教书下去；本乡小学校新立，也邀我去充教习，但我总觉得于心不甘。

恰好有一个亲戚的长辈从日本留学法政回来，说日本如何如何地好，求学如何如何地便利。我对于日本留学梦想已久了，听了他的话，心乃愈动。父母并不大反对，只是经费无着。乃遍访亲友借贷，很费力地集了五百元，冒险赴日。

———————————

①卢梭（1712—1778），法国启蒙思想家、哲学家、教育家、文学家。罗兰夫人（1754—1793），法国大革命时期著名的政治家。马志尼（1805—1872），意大利革命家，民族解放运动领袖。——编者注。

当时赴日留学，几成为一种风气。东京有一个宏文学院，就是专为中国留学生办的。普通科二年毕业；除教日语外，兼教中学课程。凡想进专门以上的学校的，大概都在那里预备。我因学费不足两年的用度，乃于最初数月请一日本人专教日文，中途插入宏文学院普通科去，总算我的自修有效，英、算各科居然尚能衔接赶上。在那里将毕业的前二三月，东京高等工业学校招考了，我不待毕业就去跨考，结果幸而被录。当时规定，入了官立专门学校，就有官费的。而浙江因人多不能照办，我入高工后快一年，犹领不到官费，家中为我已负债不少，结果乃又不得不中途辍学回国，谋职糊口。我的中学时代就此结束了。那时我年二十一岁。

总计我的中学时代，经过许多的周折，东补西凑，断续不成片段。我为了修得区区的中学课程，曾经过不少的磨难，空费过长期的光阴，这种困苦的经验，当时不但我个人有过，实可谓是一般的情形。现在的中学生，在这点上真足羡艳，真是幸福。

黄庐隐（1898—1934），作家。1917年从北平女子师范学校毕业，先后任教于北平公立女子中学、安徽安庆小学及河南女子师范学校。1919年考入北平高等女子师范学校。1921年加入文学研究会。1923年到北平师范大学附中任教。1926年到上海大夏大学教书。1931年起任上海工部局女子中学国文教师。1925年出版第一本小说集《海滨故人》。其作品还有《云欧情书集》《东京小品》《灵海潮汐》《曼丽》等。

中学时代的回忆

黄庐隐

　　我十三岁的时候，考进女子师范学校，读了五年。这五年中，我的生活也有许多值得写的。

　　第一，我变了童年时的拗傲孤独的坏脾气，大约是环境的关系吧。在学校里，我们是最低的一班，而我又是这班中最小的一个，不但岁数小，身材也小，因之我处处被优待——这时候的教育正是极力模仿日本的时代，学制上，学校设备上，甚至学生的装饰上，也都仿效日本。所以一切的学生，都梳着高棚式的日本头—— 我认为是最难看的一种装饰，穿着墨绿色爱国布的衣裙，这种布新的时候还罢了，如下过两次水后，便变成将枯萎的菜叶的颜色，穿得每一个都像从坟墓里挖出来的一样。我当时因为太小，不会梳头，就是倩人代梳，而那几根半长不短的头发，也实在梳不上去，后来学监和校长商议的结果，特别开恩，准许我仍梳两条辫子，可是绿布衣裙却非穿不可，这一来更把我打扮得三分不像人了。这虽是一件小事，但当时在我的精神上，实在感到压迫，每次走到整容镜前，我看了自己这种怪模怪样，有时竟伤心得哭了。此外学校里的规矩太严，不许这样，不准那样，我处身在这动辄得咎的环境中，简直比进牢狱还难过。每逢星期六放假回家去，就像罪人被赦般地欢喜；出了学校，觉得太阳都特别亮些。从前我是很不喜欢家庭的，这时候却完全变了，一方面固然是我妈妈待我好些，一方面也是因为学校压迫太狠了，先生们责备起人来，都是不许问所以然的，否则便要罪上加罪。

在家里像没有笼头的马般，高兴了一天。时光拼命地向前跑，星期六的下午和星期日的早上，似乎在一霎眼间就过去了。星期日下午四点钟以前，必定要回学校去。只在午饭吃完，我的心就开始紧张起来。"多么可怕的学校生活呀！"我心里总响着这种声音，我只希望我生病，便可借故躲一躲了。

学校里虽然到处布着罗网，可是我们仍然要偷偷摸摸地闯祸，因为无论如何，学监只有几个，他们总有看不到的时候，我们就借着这个机会捣乱、调皮——现在想想都是太没意义的事情。可是在孩子们的心里，都是一种绝大的欢喜，因为只有这时候她们是表现了个性，她们才领受了自由的快乐。

这时候我有五个朋友，年龄都相差不多。一天我们读历史，听先生讲到明季的六君子，我们竟大高兴起来。下了课，就躲到学校里去商量，把六个人的名字，按岁数、月份的大小排起，此后便自命为六君子。同班的同学们，最初是讥笑似的叫着，日久叫惯了，我们居然成了大名鼎鼎的六君子，不但是我们一班里的六君子，而且是全学校六君子了。

自从结成了这个小团体，我们调皮的花样更多了，最使人奈何我们不得的便是大笑，不论遇到哪个同学，只要她们的举动上、面孔上、衣服上有一些不平常的样子，我们就开始大笑，一个笑声接着一个，嘻嘻哈哈有时竟笑到半点钟还不歇，竟把那个人笑得要下泪才罢。因此人们见了我们六君子，都不禁要皱眉头，可是她们也不敢轻看我们：自然我们的团结力，可以吓倒她们；同时呢，我们虽然一天到晚地玩，但都有些小聪明，所以考起来，成绩都在中等以上。有时我们看见那些年龄大些的同学拿着书拼命地读，我们就使促狭，不是抢掉她的书，就是围着她嘻嘻哈哈地笑。

我们这几个捣乱分子，竟使这个死气沉沉的学校有了生气。我们不怒不叹气，永远只是笑——大笑狂笑，笑得人哭不得喜不得，就是先生们也拿我们没办法，我们并不曾犯校规，"难道我们笑也算犯罪吗？"学监只得罢了。同学们虽恨我们，可是又觉得我们是一群天真烂漫的孩子，并没有坏心肠，所以有几个还是喜欢招揽我们。

在中学一二年级的时候，就是这样快乐过去了，所以这个时期不但是我的年龄上的黄金时代，也是生活上的黄金时代。可惜好景不长，这个黄金时代仅仅只有三年，到了我十六岁的那一年，在我们六君子之间，发生了许多不幸的事情，尤其是我——因为这时候我认识了一位新同学叫作王岫岚。她是一个高身材的女子，两颊长着横肉。她有着可怕的笑的姿势——她们都告诉我她的是笑里藏刀的笑。不过我那时毫不把这些事放在心上，管她怎样，只要她和我好，我便也和她好，哪里晓得自从我同她做了朋友以后，我们六君子中的五君子都和我淡了，有时还一群一堆地窃窃地议论我，做许多怪难看的脸子给我看。我莫名其妙，可是心也不能不跳。

渐渐地，情形更不对了。她们冷言冷语，骂了我许多话；跟着我又接到一封名叫王汉生、素不相识的男子的来信，信上写着许多肉麻的话，又约我星期六到先农坛的树林里见面。这一来可把我吓昏了，我便把这信给王岫岚看，她便说道："这个人是我的亲戚，他很仰慕你，所以才写这封信给你，我想你就和他交交朋友也没有关系呀！"我听了这话，心里很不以为然，因为在那时候，一个女子和一个男人交朋友，那简直是自己找着送死，不但学校知道了要开除，就是家里知道了，也以为你做了见不得人的事，不处死，也要软禁起来的。所以我没有接受那个王岫岚的话，星期六回到家里，哭哭啼啼把信给哥哥们看了，他们幸好并没有怀疑我，这才放了心。到学校里王岫岚屡次地引诱我，又叫我到她家里去玩。我这时也有点疑心她不是个好人，想到她家里去探探虚实，因此便答应她。到了她家一所不整齐的破屋子，一看就知道不是上等人物。我坐了一坐就要走，她又带我到她干妈家去玩，那屋子比较好多了，但是那里面住着的人，除了一个四十多岁的妇人外，都是些年轻的女子，而且打扮得不三不四的。我虽然年纪小，但心里有点怕，总觉得这地方不妥当，所以便连忙告辞回去。

自从这一天后，同学们对我态度更不好了。我独自躺在寝室里哭，我立志再不同王岫岚往来，这样过了几天。那五君子的一个，她看看我太可怜，便悄悄地叫我去，告诉我说："王岫岚的干妈是开咸肉庄的，王岫岚也不是什么好东西，并且她在背后说你要同她的亲戚王某人结婚……我们因此都不理你了。"我听了这话才如梦初醒，想想自己原来处在这样危险的境地，禁不住伤心大哭。后来她们都知道我冤枉，才又同我和好，在这学期末果然听见王岫岚被开除的话。

自从我遇到这件事后，在我天真的心里，不免有了一些暗影。我不像从前爱笑了，而且在我家庭方面，母亲觉得我已经十七八岁的人了，眼看中学就快毕业，也应当想到我的终身大事，有时便同哥哥们谈起。哥哥有几个朋友，母亲很想在其中选择一个女婿；而我这时对于结婚，没有深切的观念，而且有点怕结婚，觉得这是一件太神秘的事，所以我看见母亲们越急于这个问题，我便越扫兴。

同时，我发现了看小说的趣味。每天除了应付功课外，所有的时间全用在看小说上。所以我这时候看的小说真多，中国几本出名的小说当然看了，就是林译①的三百多种小说，我也都看过了，后来连弹词如《笔生花》《来生福》一类的东西，也

----

①指林纾（1852—1924，近代文学家、翻译家）翻译的作品。——编者注。

搜罗尽尽。因此我便得了一个"小说迷"的绰号，便连家里的人也知道我爱看小说。就因看小说，我又无端惹起了风波。

这时候我母亲和姨母住在一所房子里，姨母有一个亲戚某君，新从东三省来，只有三十岁。他本来在日本读书，后来他父亲在黑龙江病重，喊他回来。他从日本回来不久，他父亲便作古了，因此他不能再到日本去读书，想在北京找些事做，所以投奔了姨母家来。我同他见过几次，偶尔也谈过几句话，他晓得我喜欢看小说，便把他新买来的一本《玉梨魂》借给我看——这里面所描写的事实，是一个多情而薄命的女郎的遭遇，情节非常悲婉，我看了竟淌了不少的眼泪。后来我把书还给他时，大约那上面还有斑斑泪痕吧。因此，他便从我妹妹那里探听，我看了这书是否哭过，妹妹便说："怎么没有哭……还有一天连饭都不曾吃呢。"

他听了这话，也许是觉得我心肠软，多半总是个多情人了，因此便写了一封信给我，那信里委婉地述说着他平生不幸的遭际：他是一个有志的青年，但幼年死了母亲……跟着父亲过着寂寞的生活；现在连父亲也死了，弄得自己成了一个天涯畸零人，就想读书也无人供给学费等等。幼小无知的我，那时节为了同情他，真流过不少的眼泪，所以我们渐渐亲密起来，不过我却不曾想到和他结婚的问题——因为那时对于结婚莫名其妙地憎恶和恐惧，当真曾打算独身，不过他却极力地向我要求，同时又请人向我母亲说，母亲觉得他太没有深造了，一个中学生将来能做什么事呢，所以便拒绝了他。并且又因为我哥哥另外正进行着别一方面的事，因此他简直是失败了，于是他写了一封非常悲哀的信给我，我看了之后，不免激起一腔义愤来。我觉得母亲们太小看人了，他又怎么见得一辈子不会发迹呢？我这样一想，觉得我有挺身仗义反对母亲、哥哥的必要，我也写了一封信给母亲说："我情愿嫁给他，将来命运如何，我都愿承受。"母亲和哥哥深知我是个拗傲人，无可奈何只得由我去，不过他们有一个条件，他非在大学毕业，我们不能举行婚礼。他当时接受了这条件，并且正式签了字，可是求学的经费大成问题，这使我们为难了很久，后来亲戚看见我意志这样坚强，倒不知不觉动了同情心，由一个亲戚拿出两千块钱来，放在银行里，作为某君大学的费用，我们便订了婚。

在这事件发生一年后，我在中学毕业了，我仅仅只有十八岁——这时候，没有女子大学，别的大学也不开放女禁，所以我的出路很少，同时又因为哥哥在外国读书，家里的用款已经动了本钱，母亲很希望我能找点钱，帮助家庭。

于是我结束了我中学生的生活，我开始在十字路口彷徨。

赵景深（1902—1985），现代作家、文学史家、文学翻译家。生于浙江丽水，少年时在安徽芜湖读书。酷爱文学，1922年从天津棉业专门学校毕业后，任天津《新民意报》文字副刊编辑，并任文学团体绿波社社长。1925年任上海大学教授；1927年任开明书局编辑；1930年起任复旦大学中文系教授，同时兼任北新书局总编辑。其著作和译作数量多、范围广，在学术界和教育界颇有影响。

南开中学的一年

赵景深

我在天津南开中学读过一年书，虽然一年，却得到不少的益处。那时是民国八年，我住在宇纬路的叔父家里，第一学期是走读。每天早晨，我从家里到金钢桥过去的电车站，再乘电车到南开站，又从南开站走到校内——要跑这样多的路，可是并不觉得累。午时就在校门口的小饭馆里进午餐，我所最爱吃而又价廉的是大饼摊蛋，觉得味道又香又甜。现在如果再要我吃，也许要像周容《芋老人传》所写的那样要感到"何向者祝渡老人之芋之香且甘也。"

我所最感到愉快的是各科的平均发展，不像教会学校那样的侧重英文。自然，我在教会学校所学到的英文给了我后日译书的根底，但给我一点普通常识的却是南开中学。我在这一年中，知道了一些植物、动物、卫生、历史、地理、数学各方面的常识。此时我病后身体复原，仿佛精神格外好。同时我也立下志愿刻苦勤学，所以对于各科都极兴奋。尤其是植物学，我因为爱花的缘故，也就爱上了这一门学问。记得当时我买了各书局的各种植物学来做参考，另外用一本练习簿来做笔记。凡与课文有关的都抄了下来。需要绘图的地方尤其高兴，因为我从小就是喜欢乱画的，借此我好过过绘图瘾。此外，如地理书需绘地图，国文中游记之类需用地图参考，我都画了起来。地理的参考用色彩来分别省界，五颜六色的，更加使我喜欢。我自以为色泽鲜艳，准可得 A，谁知结果却得了 B。我对师长颇为腹诽，以为像我这样画得好，怎么不给 A 呢？不知我所画的各地位置颇有出入，不很准确。我是误把实用地图看成美术图画了。

当时正在"五四"运动以后不久，同学们很快地接受了新思潮。我们的国文教师是洪北平先生，他选胡适、陈独秀、蔡元培、梁启超诸家的白话文给我们读，课外又讲《新文学与旧文学》给我们听。我从他那里第一次知道了浪漫主义和自然主义，也从他那里第一次知道了托尔斯泰、莫泊桑之类。

最使我记得清楚的是全体同学向省公署和警察厅请愿。自然还有别的许多学校参加。大家挨着饿和冷等候代表带回好消息来。途中行列里有人高举着梆子，另有一人敲一下、喊一声，最使幼稚的我感兴趣。有一次在省公署请愿，代表高踞在公署前的石狮子上，用传声筒向同学们说话，一会儿又从关着的大门底下的空隙处钻进去。隔了许久，又从大门底下钻进来，报告我们，说是我们的要求被拒绝了。于是群情大愤，一面吹号，一面用校旗来捣大门，吹一下捣一下，节奏井然。幼小的我又感到趣味了。谁知省署竟电保安队来驱逐我们，我看见四围都是马队，保安队用枪托子向我们乱击，我也挨了一枪托子，连忙从人群里逃了出来；幸亏还好，没有跌到省署旁的白河里去，总算是叨天之幸了。

在南开，我还学着过集团生活。我们一年七组的同学组成了一个级会，我被举为会长。一同尽力于这级会的是赵克章、乔友忠等。假期我为练习写信，常向他们通候，并且每次的信都录副留存。后来赵克章还与我合编过《中国童话集》，可怜他不久竟夭折了！我参与了送丧，不胜哀悼，曾经作过一首挽诗，因为作得太幼稚，所以我也就不做"誊文公"了。此外我还参加了青年会，被推为书记，同在会中服务的有董绍明、张采真等。后来董绍明与他的夫人蔡咏裳合译格拉德可夫的《士敏土》，张采真也译了莎士比亚的《如愿》（北新版，最近上海所演电影《皆大欢喜》即本此）和《怎样研究西方文学》及其他（大部分是小泉八云所作的）。十年前就听说张采真和他的夫人都为了他们的理想而逝去了。

南开很出了一些作家，如穆木天就是我们的老前辈。靳以原名章方叙，也是南开出来的，现在他已经成为名小说家了。

谢冰莹（1906—2000），中国历史上第一个女兵作家。1926年考入武汉中央军事政治学校，旋即开往北伐前线参战，在战地写成并发表《从军日记》。1931年从北平女师大毕业后，自费赴日留学。"七七"事变后，回国组织"战地妇女服务团"，自任团长，开往前线救助伤员，并写下了《抗战日记》。其一生出版的小说、散文、游记、书信等著作达80余种，代表作《女兵自传》被译成英、日等10多种文字。

我的中学生生活

谢冰莹

我没有升入中学，考的是湖南省立第一女子师范。

因为我还是高一的学生，所以有许多功课感到困难，也可说除了国文、史地而外什么都赶不上。好在同学们都对我很好，进去不久她们都和我成了好朋友。我们的生活，真像神仙般过得愉快。除了享受普通一般学生生活的快乐外，还有特别值得我们纪念的，那就是和蔼又能干的校长、完备的图书馆和城墙上的疯子。

我们仅仅在校五年，而校长换了二个。那两个娇滴滴的女校长（一个是×军阀的姨妹，一个是×博士的姨太太）且不要去管她，要说的是我们和蔼可亲的男校长——徐特立先生。

他真像一个慈善的母亲，我们全校都呼他为外婆，为的他太爱我们，完全将我们当作自己的外甥①般看待。学校里规则很严，却是校长对于我们的衣食住特别注意。他禁止我们穿小背心，去厨房里吃辣椒；晚上他不许我们看书，常常到一点钟他还没有睡，为的是要查每一间寝室是否有人讲话。假若有一个人上 W. C.，他也要问一声："为什么还不睡？宁可早点起，不要耽搁了瞌睡。"到考试时大家都害怕他。因为随便你站在哪个黑角里，他都要用手电照着催你去睡。许多同学为了不敢燃点预备功课，只好站到路灯下或者厕所里去看书，但没一次不被外婆赶走的。

"外婆，为什么三点了你还不去睡呢？"一天晚上我从厕所转来这样问他。

"不要说废话，赶快去睡。"

"你也去睡吧！"另一个同学在房内的声音。

"我不等你们一个个都睡着了，是不睡的。"他忙用手指着要我赶快走。我刚进门，别一个同学又跑出来了。她是我校有名的顽皮大王，她故意气他，约好了几个同学去看物理，害得外婆赶得要命，东边走到西边，西边又回到东边，一直到四点多钟她们才回寝室去睡。这次因为是故意的，所以她们都被记了一过。

冬天他要我们多穿衣，夏天替我们将每个窗户打开。尤其有趣的是他主张社交公开。因为他是法国的工读生，思想又完全是新俄的，因此他与旁的学校不同，从来不检查学生的书信。

---

①这里的"外甥"是方言，即"外孙"。——编者注。

"这检查它干什么？情感是没有方法禁止的，青年人要恋爱就让他去恋爱好了。"有次他这样对一位管理员说，骇得她忙吐出三寸长的舌头来。

外婆的女儿和人家恋爱，而且出了一部书叫《恋爱的悲惨》，一般思想腐化的人看了以为是外婆的耻辱，生这么一个不要礼教的女儿，谁知他反以为光荣。

"想我们的女儿是很开通的，不像你们一样忸忸怩怩。"他常常对一些娇滴滴的同学说着。

自然，这时候我们的思想都是很自由的，随便看什么书，或者研究什么学说，讨论什么主义，发起什么文艺、社会科学团体都随你的自由，只是那时我们还没有注意到课本以外的事情，因此除了上课、看点小说外，什么都没有想到。

我们的图书馆，可以说是全省最完备的一个，里面书籍很多，尤其是新出版的刊物或书籍，没有不尽量买来的。外婆常说，宁可一天不吃饭，但不可一天不读书，因为饭是时时吃得着的，而书不去早买来就没有了。因此他说牺牲学生一顿饭倒不要紧，但图书馆的书是非买不可的。

他请的教员也都是能跟着时代跑的，因此我们都很快乐地、自由地过着我们宝贵的黄金时代的生活。

体育教员也是值得我们纪念她的。无论是活泼的，呆笨的，她都以平等待遇。因此跳起舞来没有一个躲避的。不会跳的，她很细心地教，绝对不许会跳的讥笑她，打球也是一样。我那时不知为什么这样没有气力，打起队球来时总是发不过球，高栏我也跳不过，只有低栏还可跳七八个不致跌倒。持竿跳高我是摔过一次的，跳远倒是我的好手。许多同学都笑我：

"你只会写文章，哪配做个体育家。"

"你们不要有体育家的虚荣！"罗先生很严肃地纠正她们："应该以运动为强健身体而去努力。什么学问都要在学习与练习中去获得，打球也是一样。"

我真感激她给予我的教训，从此我更努力于体育，每次运动会都有我参加。呵，那时我是多么活泼而骄傲啊！

我们的教室靠近城墙，每天下午都可从窗户望到站在城墙上的疯子在叽里咕噜地说着。有时他指手叠脚不知讲些什么东西，有时流泪，有时号啕大哭，或者顿起脚来骂。据认识他的人说，他是英、法、德三国的留学生，同时兼懂日、俄等外国语，只是为了失恋就疯到了这个地步，他爱人①姓刘，因此常常伸起头来问我们："你们那里有刘小姐吗？我要刘小姐。只要她见我一面就好了！"

"没有，你不要发疯。"我们常常以恶脸回答他。而他仍苦求着："告诉我刘小姐在什么地方，我只要看她一眼。"他流下泪了，这时我们都替他感到难过。

"啊，刘小姐来了！你快看她吧。"一天我们的同班刘文走来，我们就这样介绍给疯子。

---

①原文如此，但其义应指爱恋之人，不是我们今天的"爱人"一词之通常含义。——编者注。

"不！不是我那个刘小姐。"他仍然哭着，而且比以前更哭得伤心。

为了每天有他在点缀我们的快乐，我们不知误了多少功课。每天下课后就去看疯子，因为他有时会说许多在外国的故事给我们听，有时他唱着很快乐或者悲壮的歌给我们听。但是假若遇到他正在烦闷而我们向他调戏时，他唯一抵抗的武器是脱裤子。这简直比什么子弹、刀箭等武器还来得厉害，只要他的手稍为提一下裤腰，骇得我们就拼命地从楼梯上滚下来了。有两天他完全裸体在大雨中淋着，害得我们上课时都不敢向外面张望。

疯子给予我们写文章或者谈话的材料很多，比方一个没有爱人的同学对一个有了爱人的总是取笑她说：

"你不要使你的爱人失恋，不然他会和疯子一样的。"

提起疯子，我们没有不笑痛肚子，但有时也替他感到悲哀、难过。

一、 第一次当编辑

这是出乎我意外的，同学举了我做《学校月刊》的编辑。我那时并没有发表过一篇文章，只是国文教员常称赞我的作品如何如何而已。我起初得到那个消息，简直骇得出了一身冷汗。我的心在狂跳，我简直说不出所以然来的恐惧。以一个对文艺毫无研究，学识缺乏，经验毫无的我去担任编辑的工作，这怎么行呢？虽然那时每班有一个编辑，但在编辑会议的时候，她们又举了我当总编辑。这更叫我害怕得几乎哭了起来。

"不! 我不能担任这件重大的工作 ! 无论如何我要辞职, 否则, 我宁可牺牲学校不读书了!"我向她们哀求。我请校长帮我解决这个困难问题, 但同学坚意不允, 校长也说着:

"这是给你练习办事的机会, 你不要辞掉, 没有什么可怕的, 要国文教员帮帮忙好了。"

有什么办法呢? 任你怎样苦求, 她们非要你负责不可。好在第一次出刊时, 有些稿件是周先生替我看的, 此后我就能够独自担任了。的确, 什么学问都是由经验得来的, 我这才更相信这话。

从此我除了上课、看文艺书籍外, 还不断地写了些小品文或小说、诗歌、杂感之类在各刊物及报纸上发表。我喜欢用假的名字而且装作男人口吻, 因此一般人都看不出我是女子。第一篇《刹那的印象》在《大公报》的副刊发表时, 竟得到了编辑先生意外的嘉奖, 他说我描写活泼而深刻动人, 结构、技巧各方面都像成名的作家一样来得高明。其实天知道我那时连什么都不懂, 我的学识贫乏得可怜, 我的笔锋更是幼稚得不堪入目, 他这样嘉奖我也许是鼓励我努力吧?

二、 拖朋友同性爱

同性爱这个名词我们那时还没有发现。只是很奇怪, 大家一对对地交起朋友来, 而且行坐不离, 慢慢地由相识而相爱, 由爱而结婚了 (她们同睡在一床, 我们谓之结婚)。我也有一个姓孙的朋友, 她很爱我而感情特别浓厚, 她简直是个失掉了理智的女子，一身都是爱。那时她正在爱我爱得发狂。人非木石，孰能无情，因此无形中我也就和她好了起来。但是我并没有和她睡过，只有一次我病了，她整整地在我床边守了四天三夜。她没有上课，也没有吃饭，每天陪着我，吃点我剩下的稀饭。她为了没请假出外替我买菜而受处罚，为我缺课，为我挨骂，我那时真难过，但她一切都能忍受，啊！为爱，为朋友而牺牲，我是第一次见到。

我也不知是什么缘故，许多同学都喜欢我，不！与其说喜欢，毋宁直截了当地说她们都爱我。像孙一般热爱我的人共有五个，我真莫可如何，有两个是同班的，三个是别班的。下了课后她们都想找我去玩，而我是一个人都不敢答应。因为我知道一次只能和一个人玩，而其余的都会吃醋，比方别班的她一定说着："你是高班生，我高攀不上，没有资格交你做朋友。"同班的她们更要说着："我没有文学的天才，你自然要去交别班有学问的朋友。"处在这样的环境当中，真叫我左右为难。因此，每次遇到她们喊我去玩或者吃东西时，我总回答："我此刻有事情，等一会儿来好吗？"

"你的事情是永远做不完的！"有一次黄君这样骂我，我只好笑而不答。

每天清早或者饭后，黄昏前总是有无数对的同学在操坪里散步，谈情话，看书，而我常常一个人拿着小说凭栏在看，有时蹲在池边，坐在草地上，总之我是一个人玩着。

"你为什么一个人坐在这里吹箫，没有朋友吗？"外婆笑嘻嘻地走来，他居然也知道我们内部的秘密。

"不！就是因为朋友太多，我不好同她们哪一个玩。"我也笑着回答他。

"可怜的孩子竟不知怎样应付好了，哈哈！"我们的谈话被一个立在松树后面的同学听见了，她忙跑出来取笑我。

"真的我没有办法应付，你看她们都喜欢吃醋，不然大家相爱是多么好啊！"我不但不怕她笑，反而正经地和她谈了起来。

"那是不可能的。"

"为什么？"

"我也不知道为什么，你去问她们去。"

就在这时我的那位孙女士来了，她以为我借故跑出寝室来到这里和一位新朋友谈情话，于是很不高兴地向我瞟了一眼。

"你不是说去写信吗？"

"信写完了，我在看书呢。"

"书？你看书是用嘴巴看的吗？"她气冲冲走上楼去了。

"唉！你看！"我对那位同学笑了一声，她马上一溜烟跑了。

"糟糕！我又不是你的朋友，害得她倒了满地酸醋。"她又回头来对我说着。

我真陷在苦痛中了，我没有办法对付。她们为什么要吃醋呢？大家相爱不好吗？甲的朋友可以介绍给乙，乙的朋友可以介绍给甲、给丙，而她们朋友的朋友又可以介绍给我们和我们的朋友。这样一来，大家全是朋友，全世界的人都能这样爱着，多么快乐幸福啊！可是理想尽管是理想，而事实并不能办到，这又叫我怎么办呢？

瑞和素是我两个特别要好的朋友，我们的相识完全在文学上。她俩很有文学的天才，写的东西特别深刻，但是她们的人生观是悲观的，阴森之气充满了字里行间。而我恰恰和她们相反，我是乐观的，每篇文字里都流露着天真活泼的愉快情感。但我喜欢她们的作品。有时感到自己的肤浅，不能像她们的能感动人。然而她们又正在喜欢我的东西。她们说和我在一块就有生气，有快乐，有青春！我们每个星期日都要出郊外旅行一次，岳麓山、水陆洲、湘江、余园还有许多不知名的山林里常有我们三人的足迹。起初同学们还不大知道，因为我不大去她们寝室，她们更不敢来我房里，每次出去都是先在一位先生房里约好了的。那位易先生就是我哥哥的朋友。慢慢地被她们知道了，于是大家一传十，十传百地说着我们如何亲爱，如果携着手在外面玩，如何共同努力写文章……她们赐我们以三角板的徽号（可怜那时还不知道说什么三角恋爱），我们只好掩耳不听。

"三角板也好，两脚规也好，管她的屁！"素是有些讨厌起来，但我只付之一笑。

孙渐渐有点对我怨恨起来，她说我的情感不专一，我想，我又不是她的爱人，要那样专一干什么？难道朋友不可以有一个两个以上的吗？我很老实地对她说要她去爱廖某，因为她是最爱孙的痴情的，正好配成一对。

"不！我永远只爱着，即使你不理我，我也是死爱着你的！"她坚决地说，而且哭了。

一个问题还没有解决，另一个又来了。

有天我从二哥那里回来，看到床上摆着一封没有贴邮票的信。字迹娟秀而活泼，一看就知道是个聪明的女孩子写的，我连忙拆开来看。

敬爱的鸣冈！

　　请你原谅我这冒昧的称呼。这是我一封写了很久而不敢给你的信，但到现在是忍无可忍了，我要大胆地亲自送来，但我希望你不在房里，因为当面交信，究竟有点难为情。

　　你的作品在我来校的那天就由我的同学也是你的朋友 L 君介绍给我读了，啊！多么美丽的文章啊！我为它而陶醉得昏迷了，由那天起我就认识了你，可是你只笑一笑走开了。但是鸣冈，请恕我第二次唐突，我时时在找你的影子，我时时想和你谈话，想和你接近，你愿意收留我这个无知小孩做你的第几等朋友吗？我在这里诚挚地等候你的回音！

　　　　　　　　　　　　　　　　　　爱慕你的昆上！

我是第一次接到这样的信，自然是受宠若惊。但我并不感到快活，我知道又多了一分麻烦。我自然很谦虚回了她一封信，以后我们就成了文字之交，我们没有在一块谈过话，可是信通了不少。她的作品在刊物上发表的也很多，她的确是个富有天才而又勤苦用功的孩子。我喜欢她，可是我并不愿和她多谈话，因为她的湘乡话实在叫人听了难受。

我的个性在那时是不同任何人睡的，自然对于她也是一样。

正在遭她们说我又多了一个文学家朋友的嘲笑的时候，我的第三个不幸的波浪又来了。原来十五班也有两个死爱着我的。一个姓单名叫秀霞的，她真是单恋，写了许多给我的诗都烧掉了，要不是她的同班李君看见跑来告诉我，我永世也不会知道。另一位陈君，她爱我还要比单厉害，除了大胆地在作文簿上写爱我的小说和诗词外，还对别人说："鸣冈真是个可爱的孩子，天真美丽，聪颖过人，而又做事负责。"这样一来，她们自然有了新的谈话材料，而且竟在一天晚上，她们来了几个如虎狼凶猛的同学，将我拖到陈的房里去了。

真的，我做梦也想不到会有这样的事发生，虽然她们是干惯了的玩意儿，常常在寝铃响了之后，一队队拖朋友地闹得一塌糊涂，但绝对没有想到会临到我的头上来。因为我自入校以来从没有和任何人睡过，知道我脾气的人是不会干这样无聊的事的。

"怎么？这是干什么？"我惊愕得大叫了起来。

"请你来玩玩。"一个不知道她姓名的同学说。

"玩？太晚了，我要去睡，明天再来玩吧。"我带央求的语气微笑着对她们说。

"今晚就请睡在这里。"李女士说时脸有点红了，她忙望了我一眼之后，又将视线落到陈的脸上。她忙低下头来，羞答答像新娘子初进洞房见到新郎一般地忸怩不安，两颊红得像血球一样，她忙转过身以背对着我。

"这里又不是我的房，为什么要我睡在这里？"我的语气加重了，因为我想用威吓的手段来对付她们。

"这里等于是你的房里。"

"那才怪！"

"因为陈的铺，就是你的铺啊！哈哈哈！"她们在动手替我脱鞋了，而且口里说着：

"你看密司陈多么想你啊！她的眼睛早已望到床上了。"

天啊！这是多么肉麻的话，我简直被羞得满脸发烧，我的心在狂跳，每个细胞里的血液都在沸腾，我害怕又感觉愤怒！

"这多无聊，为什么密司陈这样想我，我连认都不认识她！"我不怕陈听了难为情，只是任性地说。

"可是她早已认识你爱上你了，而且不知做了多少相思梦。"李女士说着又是一阵嬉笑声。

"碰鬼！"我开始听到陈的声音，她一定因我说得太过火才如此发怒的。

"不要发气，我们出去让你们好好谈情话吧。"她们临走时将我按在床上脱出了我的鞋子（这是她们对付每一个拖来的朋友唯一的武器），而且"砰"的一声将门搭上了。

"怎么办呢？等下从窗口跳下去吧！"我不知如何是好，默默地坐在床边。

猛然间电灯熄了，同房的还有四个，她们都在偷偷地静听我们是否在谈话，也有嗤嗤地发出轻微的笑声的。

"大胆说话吧，密司陈，我们都不会偷听的。"

"你们多说些吧，我是没有什么可说。"陈上床之后我还痴痴地坐了半个钟头才倒下。

我简直像睡在老虎窝里或强盗的床上一般害怕，我连呼吸都不敢重声，我紧靠着床边沿睡着，被也不敢拖来盖，我全身打着冷战。

"今晚怎么过去呢？我非从窗口跳出去不可！不然我一定睡不好，而明早又要考试生物，我还没有预备的……"想到这里我恨不得马上去爬窗户，又怕她们来追，又怕摔倒，而且鞋子也没有，牺牲袜子倒不要紧，最怕的是摔跤，因为窗口太高，跳下去无疑义有危险的。

"唉！"我轻轻地叹了一声，仍不敢翻身，听到管理室中的钟叮当地敲了十下，天啊！这漫漫长夜，我将何以度过呢？

陈也是和我一样地睡不着，她虽然和我睡在一头（到后来听到她的呼吸，我才发觉她就在我这头），可是两人背靠着背，中间隔一条鸿沟，简直连一个字的话都没有说过。

我不敢打开眼睛，仿佛我见到了她泪痕满面，我又好像听到她在抽抑。我太辜负她了！她是如此爱我，想念我，而我竟不睬她，而且如此对她冷淡，在她看来无异给她以莫大的侮辱。但是我不懂为什么她让人家来拖我，也许她事前不知道。"为什么要睡呢？又不是……"我常常怀疑她们的拖朋友睡，而始终得不到一个解答。

我想起了一个人和他的不相识或者不爱的妻子（女子也是一样）睡在一块的痛苦来。"啊！他们不是和我此时一样吗？"我简直将陈当作了我的仇敌，我怕她又恨她。"唉！假若不这样，也许我们会慢慢地好起来，给她们一拖，我就对你毫无情感了！"我只能想不敢做声。

这一夜我完全没有合眼，早晨五点多钟的时候我就想起来。可是在冬天那时还是漆黑一团，而且听到外面雨声渐沥，我更不敢往外跑。听到她在翻身，几次想鼓起勇气问她："昨夜你睡着没有？"或者安慰她一声："我太对不住你了！"然而我终于没有说出口来。好容易等到六点半钟起铃摇了之后，才有人替我送鞋子来。

"昨夜谈话到天明吧？"李望着我和陈媚笑。

"感谢你牺牲我一夜的睡眠！"我带着怨恨的口吻说了这声之后就一溜烟跑了！从此我连这门口都不敢经过了，去 W. C. 时总要绕一个大的弯子。在操场或在饭厅遇到陈时，两人不约而同地低下头来，她更是羞答答地走过，像回避未婚夫一般。我虽然没像她那样，可是总有点难为情。

我真不愿再写下去了，我的故事太多，凡是见过我的人总没有讨厌我的，都喜欢和我做朋友，这也许是因了我忠实、坦白而又和蔼的缘故吧。闲和克在当时也是我的好友。克是看了我的东西而爱上我，闲是我小时的朋友，自然更要亲密。我是天之骄子，幸福的安琪儿，那时的生活是多么值得骄傲啊！

三、 倒霉的情书

湖南是中国顶开通的区域，自从"五四"运动以后，恋爱的浪涛就滚到了城市中的每个学校、学校中的每个学生。但究竟女子还是整个地被封建思想所缚住。心里虽在爱着某人，口里总不敢表示，自然没有什么"进攻"的勇气。但是男子不然，他们只要有机会认识你，就写起情书来，不管你接受不接受，他写他的，倒有勇猛向前的精神可钦佩之至。

那时接情书的人多半是运动会中的选手，以及会写几句文章的人或者学生会的职员等等。每次我们开过运动会之后，总有一大批用红绿信封写的情书，由绿衣使者送来。几个会跳舞的密司和队球、篮球健将们是常常将信拿在手里撒娇：

"又是什么鄙子来信了！"

我也意外地接过两次信，第一次是在 1924 年的春季运动会，那时我和一位同班陈女士在编《运动特刊》，上面有我写的几节短文，还出席跳了一次花影舞和土风舞，因此，后来有人写信给我说什么轻身似蝶，妙舞如仙，才高道韫，学富五车。第二次是我们开新年同乐会的时候，我扮演《这是谁的错》一剧中的丫头——莹儿，因此别人看了一见拜倒，有人来信说全剧中只有我演得最好，又活泼又滑稽，言语流利，态度大方。其实那时我才生平第一次开始学习演剧，又因为练习的时间少，因此演得并不十分好，而那人是形容得天花乱坠，真叫人笑脱牙齿。

我倒并不觉得奇怪，他们写来的信我看了之后撕掉就完事，甚至有些同学接了那样的信像煞有介事般地送到训育部去，或者自己气得痛哭流涕，更好笑的是王君的一幕趣剧。

是在一个暑期考试开始的第一天，我在早晨五点半的时候就去操坪里读英文，猛然看见教务处的揭示处贴着几张粉红纸写蓝字的东西，被好奇心驱使，我连忙走近去看，原来是这么一封情书：

　　○○女士：

　　　　申江送别，苦海相思，恨流水之无情，载归舟而离我，喜落花之有意，祈并蒂于来生。人同此心，心同此爱，江山可改，此理难移。我本过来人，岂敢有他意于闺阁，徒以人间仙女，舍女士其谁与归？果从此结为文字之交，常寄爱情于笔墨，相见匪晚，愿共修来世之姻缘，女士得无笑我痴乎？抑将有以教我乎？江天在望，不尽依依，临颖神驰，诸维鉴谅。惠风有便，时赐佳音。

　　　　　　　　　　　　　　　　　　　　　○○顿首

　　奇怪，也不知是种什么在吸引我，居然我看了第二遍，而且高声朗诵着，正像一位八股先生念《孟子》《论语》般拖腔作调。这使得住在靠近揭示处寝室中的同学都走来看这到底是怎么一回事。渐渐地，同学越来越多了，他们没有一个不停住脚仔细地看一遍这封信的，甚至大半都喜欢念出声来。一时哼哼嗡嗡，正像夏天的蚊子闹黄昏一般。我读了两遍之后，就一个字不遗漏地能背诵，有许多从来不高兴看布告的同学，现在是个个都站到情书的面前来了。同学络绎不绝地来，一直到上课铃摇了第二遍后，才空出这条道路给教师走，以前的确是挤得水泄不通的。

　　读了这封情书后，大家的脑子里都不宁静起来，至少在各人的心意起了以下几个同样的疑问：（1）为什么要发表这信？（2）写信与收信的人是谁？（3）谁贴在揭示处的？收信人抑训育处？也许还有旁的其他疑问，总之，一直到试验纸发下时，大家还在叽里咕噜议论纷纷。

"静下来，用心答题！"教员站在台上高声喝了一声，随即监考的也睁着两眼看我们。我们都微笑回答他们。

"先生，顶好叫我们默写那封情书好吗？"一个顽皮的同学这样笑着向那位正在出题的先生问。

"不要说废话，好好地答吧！"

又是我们一阵笑声。

据说那位女士贴出那封信的原因有二：（1）表示她很纯洁，不愿意和男子们来往；（2）表示对她的朋友的忠诚。其实她接到这信可以私自给她朋友看一下就够了，何必一定使大家知道呢？少见多怪，真是可怜的封建信徒。

自这个风浪掀起了后，大家都有了新的谈话资料，见到同学们总是说："喜落花之有意，祈并蒂于来生。"或者说："女士得无笑我痴乎？抑将有以教我乎？"尤其是"我本过来人，岂敢有他意于闺阁，徒以人间仙女，舍女士其谁与归？"几句，为我们所常用。女孩子的确顽皮，现我想来，一切当日情形还历历在目。

四、 大文学家李青崖①先生

我们班上虽然换了三次先生，但每一次都是好的。

"现在我们请翻译家李青崖先生来教文科，希望你们特别对
于文学努力，李先生是翻译莫泊桑小说的，想必提到他大家都
知道……"教务主任这样介绍了之后，我们都表示着诚恳的敬
貌欢迎我们的李先生。

我们真感激教务主任，他自从分出文理两科后，对于我们
这班的国文教员特别注意。虽然那位周先生已经够好了，但他
还感觉不足，请了李先生来，自然是我们更感到快乐幸福的。
我们都希望他好好地教导我们，甚至平日不大喜欢小说的，都
想从此向小说方面努力。我更高兴，因为此后我可大胆地多创
作小说，李先生不但能替我修改，而且会告诉我怎样布局一篇
小说，结构、技巧、修辞……许多方面他都会尽量地告诉我。
因此第一次作文，我就写了一篇万余字的长篇小说给他，谁知
一月之后，卷子还是躺在他的抽屉里过着睡眠的生活。他并没
有去睬它。我几次质问他，才知贤者多劳，李先生担任了不少
的功课，每天包车叮当叮当地驰骋于学校、街头，归来儿女绕
膝乐叙天伦，又加之翻译忙碌，自然顾不了我们的歪文。

"先生，我的卷子还没有改吗？"我第六次这样质问他。

①李青崖（1886—1969），翻译家，致力于法国文学的翻译和介绍。——编
者注。

"实在没有功夫，真对不住！"他很谦和地回答。

"那么以后'永远'不要作文了吗？"

"三千字以内的我当然能改，否则，我不能负责。"

"那怎么办呢？我写文章，下笔就是三千，近来差不多最短的都在四千以外。"

"文章不在乎长，而在精彩。"

"可是要怎样才能达到精彩的地步，先生可以告诉我吗？"

"自己慢慢地去学习，写了文章，自己常常修改，就会走到好的方面去的。"

这是我一个人在他家里和他的谈话。我很难过，当我没精打采地从他的家里告别出来时，我悲哀地想着："为什么我不能遇到像福罗贝尔①一般的老师呢？虽然我没有莫泊桑的天才，可是难道命运是跟天才而转移的吗？为什么我不能遇到福罗贝尔一般的老师呢？为什么我没有莫泊桑的幸运呢？"我又反复地质问自己。

虽然李先生的住宅是如此清幽，院里有花园，有莲池，有一切美丽的花木，有怪石玲珑的假山，但我以后不再去了，即使同学苦苦要求我陪她去，我也不想去了。

李先生讲给我们读的是福罗贝尔的《波华荔夫人传》②，他每人送我们一本刊物，而且每期都有，这就代替了我们的讲义。

---

①今译福楼拜（1821—1880），法国批判现实主义作家，代表作有《包法利夫人》《情感教育》等。——编者注。

②今译《包法利夫人》，见上注。——编者注。

起初讲时，我们还聚精会神地谛听，后来不知为什么都感到兴味索然。本来我们希望于李先生的是他能多讲些理论方面的材料，尤其关于小说作法以及各国小说发达史，及其在文学上的价值等等，会讲些给我们听的，但结果使我们完全失望。这当然不能怪他，因为他哪里有时间来编讲义，哪里会想起我们这些孩子们的要求啊！

"怎么？你的作文是零分！"我的好友黄君叔坤这样惊惶地跑来告诉我这个出乎我甚至一切人意外的消息。

"学期分数你看到了吗？"我忙站了起来问她。

"仅仅看到国文一科，是刚才李青崖先生着人送来的，因为我们恰好在号房拿信，所以先偷着看了。"

"那才碰鬼，怎么会打零分，我不是交了一本作文吗？"

"他不看长文，只要短文的。"

"向他交涉去！"我那时一面感到害羞，一面又感到气愤。真的，零分是多么羞耻的一回事啊。

"还有一件事你不知道，知道了你一定会气死。"她停了一会儿又继续着说。

"气什么？你说吧，横竖没有关系，即使各科打零分，我都不会气死。我又不是为分数而来求学的。"

"你在一刻钟内替 S 打的草稿的那篇论文反打了八十五分，她这一学期仅仅只交这一篇文章。"

"那有什么关系呢？哈哈！我不是有了八十五分吗？怎么说是零分。"

于是她大笑了。她已经完全了解我说的是什么。

谢××作文分数打零分的消息传遍了全校。没有一个先生和同学不惊讶这件事的。

"怎么，你这学期完全没有写一个字的文章吗？"去年教我班的周先生微笑着问我。

"哪里，这学期写得特别多，有几本存在抽屉里，还有一本在李先生那里。"

"那么为什么打零分呢？"

"李先生不看长文，几百字或者千余字的文章我不高兴写，因此是零分。"

其实有什么关系呢？这样一件平淡的事，也值得他（她）们大惊小怪！

五、 可纪念的几次斗争

那是"六一"惨案①的第二天，长沙各校都停课结队游行，并全体向省政府请愿，要求政府缉拿"六一"惨案凶犯，并立刻取消日人在华享有一切利益，取消二十一条，抚恤死者家属。"赔命！"的口号更是特别喊得响亮。我们每人高举着旗帜大声喊"打倒日本帝国主义！""誓为死难烈士复仇！""收回租界！""取消二十一条！"……各校派出代表向赵省长②请愿，其余的

———————————

①1923年6月1日外交后援会调查员在长沙湘江码头检查日货，遭日舰水兵行凶开枪，打死二人，打伤数十人。——编者注。

②指时任湖南省省长赵恒惕（1880—1971）。——编者注。

都在外面。谁知不到十分钟，里面大嚷大叫，枪声隆隆，原来代表们都被请入牢狱了！我们气愤不过，蜂拥而入。又捕了百余人，越去越多，监狱里关不住了，只好大批地关在阶前狱吏的房里。后来又来得更多，只得关在操坪里，门外布置许多机关枪大刀队。但群众没有一个怕的，大家只顾向前冲进。赵的秘书见势不对，忙下令说："因为有许多事须待与代表商议，故留彼等在此，你们非代表的赶快回去。国事严重，自然有我们做主。你们只管努力读书就是。"

"释放代表！释放被捕同学！"我们的口号更来得激烈了，而且坚持着不达到目的不止的主张，这真为难那位秘书了，于是当场放了两百余人，还有百多人关在里面。我们回校时已经是晚上七点了。

自然这晚不能好好自修。回到学校，马上召集开全体学生会，选出代表参加各校组织的被捕同学后援会，连同"六一"惨案后援会、抵制日货委员会，共举出代表六人。我虽然因为不爱说话，没有站起来发表什么意见，没有被举为代表（的确，凡是在会场喜欢说话的，就有被举为代表的可能），可是我同其他的同学，比代表还忙。我们每天组织若干宣传队出外讲演，每队四人，我那时也是队长之一，天天在大街小巷找人多的地方讲演帝国主义无理压迫我们，惨杀同胞，以及赵恒惕怎样压迫我们，禁止我们援助"六一"惨案……我们说话时那种激昂慷慨的语气，使得群众都气愤填胸。男学生更比我们来得猛烈，他们竟有边说边下泪的，这使听的人愈加感动。

两天以后，代表陆续地释放了许多，可是重要分子还在铁窗内受罪。出来的同学告诉我一个从来没有听过的故事，那是铁大姐在监狱中大呼口号，大骂反动的当局。虽然这是大家都有的现象，但她一个人特别厉害，反抗的精神比谁都勇敢。最令我们吐舌的是她打破了数千年以来女子中的先例，当着大众的面前小便。

"怎么办呢？这里没有厕所，又不能出去，要解决紧急问题了，怎么办呢？"一个女同学这样问她。

"有怎么关系？要解决就解决好了。"大姐很自然地回答她。

"那怎么行？他们都是男子，又没有可遮的东西。"

"他们不也是人吗？"

"到底不好！"她的脸红了。

"那你就永远不要屎尿吧。"大姐说话本身就不像一班娇滴滴的女子一般温柔，她有像男人一般洪大粗暴的声音。要不是见到她，只听见她的声音，一定以为是男子。这时她对于那位胆小的密司，更不耐烦地发起气了，别人只好忍住不说了。

快要到黄昏的时候了，大家肚子里饿得咕咕咕地叫了起来。没有水喝，口更是渴得要命。酷热的六月天里，百余人挤在一处，由各人身上发出来的汗臭味，以及大小便的臭气允满了每人的鼻孔，这时有害病晕倒的，有呕吐的，有头痛的，总之很少有人不病而能好好地坐着的。

快要到黄昏时候了，大姐突然也要解决问题。她不管三七二十一，在众目闪闪当中为所欲为，男女同学忙吐出舌头来，转过头去不敢望她，他们都惊讶这位超人的女性。狱吏更是以惊奇、侮辱、耻笑的眼光望她，而且哈哈大笑。

"笑什么？你不是人吗？"大姐向笑的人瞠眼。

哈哈哈，又是一阵笑声。

这更使得大家注意她了。大家开始背过脸去轻轻地议论她，窃窃私语像蚕子吃桑叶一般响了起来。

快到半夜了，大家因为天热而又蚊子咬人，连眼睛都不能好好闭一下，大姐乘这机会大演其讲，起初低声用谈话的方式引得大家倾听，后来就像在大庭广众之间演讲起来，这引得所有的人都精神兴奋、毫无倦意了。

她知道这里所有在座的青年都是革命的先锋，自然用不着旁的革命理论，她所注意的是提出在狱的要求——要饭吃，要水喝，要铺睡……——否则就大家打出去。充其量也不过杀几个头；但这算得什么，我们死了，还有无数万的生者会踏着我们的血迹前进；我们坚信，最后的胜利一定是属于我们的！她又同大家拟好了出狱时的口号。果然在第三天返校的途中（那时政府用汽车送他们出来，真是威风），实现了她的一切计划。从此每一个狱吏，督署中的每个办事员，每个学校的学生，每个群众（因她曾在教育会坪的台上向数万群众演讲过），都在打听她的名姓，大姐的出名就从此始。

我开始认识这位穿破鞋、烂袜、蓝布大褂的伟大的女性也在这时，她的影子每天在我的眼里掠过时，我的全身都要紧张，同时我惭愧我自己太渺小了，我简直不敢同她谈话。别人都责备她不好好读书，只知道整天在外面闹，我却知道她不是读死书的呆子，一定有她的背景在的。

1926 年的上期，正是革命军兴起的时候。叶开鑫那时是唐生智的死对头，他的军队进城后，就大抢大杀，我校同学被打伤的有七八人，小姐手上的订婚戒指都被抢去，学校里更是抢得一空如洗。他们对于我校特别注意，因为有人告发我校是过激党的机关，事实根据是我校同学每次都热烈地参加群众斗争，又有像铁大姐一般思想的多人。因此学校就无形中解散了。

从这以后，大家认识了军阀的罪恶；亲身受到的压迫，总比听来的要深刻得多。因此我开始感到革命的需要，我下了参加革命的决心。暑假陪二哥在麓山养病时，我因他的介绍而看了好几部革命理论方面的书，就在这年的下期我考上了中央军事政治学校。

天真、快活像黄金时代的中学生生活就如此结束了。

谢冰莹（1906—2000），中国历史上第一个女兵作家。1926年考入武汉中央军事政治学校，旋即开往北伐前线参战，在战地写成并发表《从军日记》。1931年从北平女师大毕业后，自费赴日留学。"七七"事变后，回国组织"战地妇女服务团"，自任团长，开往前线救助伤员，并写下了《抗战日记》。其一生出版的小说、散文、游记、书信等著作达80余种，代表作《女兵自传》被译成英、日等10多种文字。

大学生活的一断片

谢冰莹

我能够到北平女师大去升学，首先就要感谢我那位允许负担我费用的三哥，他因为看到我在上海的流浪生活太穷困了，所以劝我到北平去升学。我知道他的苦心与用意。艺大同学被捕，学校被帝国主义者解散，法租界电车仍然在继续罢工的时候，他就要我立刻离开上海。那时的环境是很严酷的，他生怕我闹出什么乱子来，但我始终不愿离开上海。虽然穷到连四天吃一顿饭，每天吃两个烧饼都不可能，我仍然愿意留在上海喝马路上的西北风，而不接受他的津贴到北平去。

我的强硬的个性，引起了三哥的反感，他第二次和我断绝兄妹关系。我反而觉得很高兴，一个人不受别人的限制，自由自在，多么痛快！而且，我相信社会就是一所大学校，只要我能刻苦用功，总可以求到一些知识，何必一定要进大学呢？

后来不知怎的，三哥又自动地和我讲和了，他再三劝我到北平去。曼文说："你这人实在太古怪了，有机会读书，为什么要放弃？"

我被她这几句话说服了。我终于登上了开往天津的海船。记得很清楚，那天是"五一"劳动节，送行的只有一个好友宋君青平。

到了北平，最初住在河北省妇女协会，一星期后就搬到《民国日报》去了。我和小鹿合编副刊。谁知不到两个月，报又被禁止出版，只好又回到妇女协会去住，每天尽看些文艺方面的书，并没有预备投考的功课。

记得那时，我最喜欢跑去喇叭书店买书，这是杨春洲先生兄弟开的，专售新文艺书籍。辉远先生曾向我宣传要买我《从军日记》看，后来我们终于成了朋友。

女师大的生活开始了，过了半年很平安的日子。这里是不收学费的。膳费、书籍费、零用，三哥都为我准备好了；而且有一件我梦想不到的事，他还替我做了一件大衣，虽然这是一件并不怎样能御寒的外套，但比起在上海下雪天也只有一件破旧的薄棉袄（而且是王莹送给我的）穿在身上来，不知温暖到什么地步了。

似乎命运注定了我生来就要受苦似的，三哥突然要回长沙教课。因为他每月的收入没有在北平的多，他停止供给我求学的费用。这打击使我不知如何是好。不读书吧，又觉得丢掉一个机会实在太可惜了；读吧，即使卖文章可以弄到每月的吃饭钱，而穿衣、买书以及零用从什么地方来呢？何况我那时还要帮助一个男人的家庭生活，自己又有孩子了。幸而好，有两个朋友，他们见我穷得太可怜，于是自己让出功课来给我教。我还记得安徽中学是每小时一元，大中中学却只有七毛五。我每星期担任十二小时的国文，改作文簿九十五本。一面读书，一面教课。有人说这是教学相长，对于自己很有益处，然而我那时觉得这就是一句话而已，实际上是非常痛苦的。自己牺牲了功课不上，去教人家，已经损失很大了，何况改卷子这件事是最麻烦的事，常常改到半夜还不能睡。说也奇怪，我那时的身体简直像铁打的那么结实，一连十多夜不睡，也不感到疲倦。为了有一次半夜爬起来去偷开电灯的总机关而触电，此后就买了很多洋蜡烛来点着工作。我的习惯是这样：晚上十二点以前改卷子，十二点以后整个的宿舍都寂静了，我就开始写文章。提到文章，实在太可怜了，为了言论过激，一些大报纸的特刊都不敢登我的作品，有位在《华北日报》当编辑的友人曾经好几次对我说："你写一点软性的与革命毫无关系的文章不可以吗？"

"笑话！我离开革命还能生存吗？"这是我给他的答复。

那时只有一家小报欢迎我写稿，但是可怜得很，每千字只有五毛的代价，不过从不拖欠，按月有发。我当时的笔名很多，如紫英、乡饱姥、英子、格雷、林娜等等，从不用冰莹两个字。有时写得多，每月也可拿到十五元的稿费，连薪水合计起来有四十多元一月的收入。从表面看来，我的生活应该还可以过得去，但是光就车费一项来说，就得花七八元一月，还要雇老妈带孩子，还要寄钱去维持三个人的生活费。我自己当时的生活情形是怎样的呢？

超人、云仙和我三个人同住在一间寝室，每次吃饭都是一同到食堂里去。为了我们的食量太大（我那时除了每餐吃三碗饭之外，还要吃两个馒头，为生平最能吃饭的时期）而又没有这么多钱付饭钱，只好做出不道德的剥削厨房的事来。每回吃完了饭，照例要喊厨房算账（这是零食部，每顿结算一次，有的当时给钱，有的写在账簿上）。

"几碗饭？"

"五碗饭，两碗稀饭。"

"喝，三个人吃得那么少？"

矮子厨房老是带着讥笑与怀疑的口吻说。

"什么话？难道吃了你的饭还少报吗？"

究竟是我们威风，他终于含着冤气低着头走开了。

大概像我们一样揩厨房油的小姐、太太们不在少数，所以忽然有一天发现食堂里每只饭桶旁边都有一个人在站岗了。起初大家都不知道这是怎么回事，等我们拿着空碗走近饭桶时，立刻这岗警就恭恭敬敬地将你手里的碗接过来盛饭，这时大家才恍然大悟了。

"他们真厉害，明天我们去买个大碗来吧！"

超人说着，我们笑得连饭都喷了出来。

有一次我欠了厨房七块多钱，他天天跟在我的后面讨债，为了害怕他，我连食堂门口都不敢经过，一连过了四天吃红薯和烧饼的生活。

那是1930年的阴历年，我偷偷地跑到朋友静芬那里去躲债。回来云仙告诉我，厨房已来找过我三十多次，他甚至要陈妈把我的箱子搬给他，后来经她担保我回来就有还的，他才不闹了。其实，他哪里知道我的箱子更只有几件破衣，一些稿件和书信呢。

冬天，雪花飘满了大地。

女师大的会客室里，挤满了手提溜冰鞋的西装少年，他们在恭候着小姐们出来一同去北海公园溜冰。我呢，缩着颈，夹着讲义在冰道上候着电车。雪下得更大了，全身都变成了白色，鼻孔里流下的清水立刻变成了两条小冰柱。有时连电车也不能开行了，就一步一步地踏着雪走去。晚上，小姐们都围着暖气管替情人织绒线衫，开留声机，唱"Dream Lover"，打哈哈；我呢，几颗蚕豆，一杯白开水，喝着，嚼着，也自有无穷的乐趣。

夜深了，她们都入了甜蜜的梦乡，只听到我的笔在纸上沙沙地响。

写，拼命地写吧，为了生活，我像一只骆驼那么负着重担在沙漠里挣扎着前进……

叶圣陶（1894—1988），现代著名作家、语文教育家，中国第一位童话作家。1911 年中学毕业。1915 年到上海尚公小学任教，同时为商务印书馆编写小学国文课本。1923 年任商务印书馆编辑，1927 年代理主编《小说月报》，1931 年主编《中学生》杂志。著有小说、散文集、童话集及语文教育论著多部，编辑课本数十种。其中童话集《稻草人》是具有开拓意义的作品，长篇小说《倪焕之》被誉为划时代的扛鼎之作。

过去随谈

叶圣陶

一

在中学校毕业是辛亥那一年。并不曾有升学的想头，理由很简单，因为家里没有供我升学的钱。那时的中学毕业生当然也有"出路问题"，不过像现在的社会评论家、杂志编辑者那时还不多，所以没有现在这样闹嚷嚷地。偶然的机缘，我就当了初等小学的教员，与二年级的小学生做伴。钻营请托的况味没有尝过；依通常说，这是幸运。在以后的朋友中间，有这么个：因在学校毕了业，将与所谓社会者对面，路途太多，何去何从，引起了甚深的怅惘；有一回偶游园林，看见澄清如镜的池塘，忽然心酸起来，强烈地萌生着就此跳下去完事的欲望。这样生帖孟脱的青年心情我却没有：小学教员是值得当的，我何妨当当；依实际说，这又是幸运。

小学教员一连当了十年，换过两次学校，在后面的两个学校里，都当高等班的级任；但也兼过半年幼稚班的课——幼稚班者，还够不上初等一年级，而又不像幼稚园儿童那样的被训练着，是学校里一个马马虎虎的班次。职业的兴趣是越到后来越好，这因为后来的几年中听到一些外来的教育理论同方法，自家也零星悟到一点，就拿来施行，而同事又是几个熟朋友的缘故。当时对于一般不知振作的同业颇有点看不起，以为他们德性上有着污点，倘若大家能去掉污点，教育界一定会大放光彩的。

民国十年暑假后开始教中学生。那被邀请的理由是很滑稽的。我曾写一些短篇小说刊载在杂志上，人家以为能作小说就是善于作文，善于作文当然也能教文，于是，我仿佛是颇适宜的国文教师了。这情形到现在仍旧不衰，作过一些小说之类的往往被聘为国文教师，两者之间的距离似乎还不曾经人切实注意过。至于我舍小学而就中学的缘故，那是不言而喻的。

直到今年，曾在五处中学、三处大学做教，教的都是国文；这大半是兼务，正业是书局编辑，连续七年有余了。大学教员我是不敢当的——我知道自己怎样没有学问，我知道大学教员应该怎样教他的科目，两相比并，不敢是真情。人家却说了："现在的大学！名而已。你何必拘拘？"我想这固然不错，但从"尽其在我"的意义着想，不能因大学不像大学，我就不妨去当不像大学教员的大学教员。所惜守志不严，牵于友情，竟尔破戒。今年在某大学教"历代文选"。劳动节的那天，接到用红铅笔署名 L 的警告信，大约说我教那些古旧的文篇，徒然助长反动势力，于学者全无益处，请即自动辞职，免讨没趣云云。我看了颇愤愤。若说我没有学问，我承认；却说我助长反动势力，我恨反动势力恐怕比这位 L 先生更相切些呢；或者以为教古旧的文篇便是助长反动势力的实证，更不用问对于文篇的态度如何，那么他该叫学校当局变更课程，不该怪到我。后来知道这是学校波澜的一个弧痕，同系的教员都接到 L 先生的警告信，措辞比给我的信更严重，我才像看到丑角的丑脸那样笑了。从此辞去不教；愿以后谨守所志，"直到永远"。

自知就所有的一些常识以及好嬉肯动的少年心情，当当小学或初中的教员大概还适宜的。这自然是不往根底里想去的说法；如往根底里想去，教育对于社会的真实意义（不是世俗所认的那些意义）是什么，与教育相关的基本科学内容是怎样，从事教育技术上的训练该有哪些项目。关于这些，我就同大多数的教员一样，知道得太少了。

二

作小说的兴趣可说由中学校时代读华盛顿·欧文的《见闻录》引起的。那种诗味的描写，谐趣的风格，似乎不曾在读过的一些中国文学里接触过；因而这样想，作文要如此才佳妙呢。开头作小说记得是民国三年——投寄给小说周刊《礼拜六》，被登载了，便继续作了好多篇。到后来礼拜六派是文学界中一个卑污的名称，无异海派、黑幕派、鸳鸯蝴蝶派等等。我当时的小说多写平凡的人生故事，同后来的相仿佛，浅薄诚有之，如何恶劣却未必，虽然所用的工具是文言，也不免贪懒用一些成语古典。作了一年多，便停笔了，直到民国九年才又动手。是颉刚君提示的，他说在北京的朋友将办一种杂志，作一篇小说付去吧。从此每年写成几篇，一直不曾间断，只今年是例外，眼前是十月将尽了，还不曾写过一篇呢。

豫先布局，成后修饰，这一类 ABC 里所诏示的项目，总算尽可能的力实做的。可是不行，作小说的基本要项在乎有一双透彻观世的眼睛，而我的眼睛够不上；所以人家问我哪一篇最惬心时，我简直不能回答。为要作小说而训练自己的眼睛固可不必，但眼睛的训练实在是生活的补剂，因此我愿意在这上边致力。如果致力而有进益，由这进益而能写出些比较可观的文字，自是我的欢喜。

为什么近来渐渐少作，到今年连一篇也没有作呢？有一个浅近的比喻，想来倒很确切的。一个人新买一具照相器，不离手地对光、扳机、捲干片，一会儿一打干片完了，便装进一打，重又对光、扳机、捲干片。那时候什么对象都是很好的摄影题材：小妹妹靠在窗沿憨笑，这有天真之趣，摄它一张；老母亲捧着水烟袋抽吸，这有古朴之致，摄它一张；出外游览，遇到高桥、流水、农夫、牧童，颇浓的感兴立刻涌起，当然不肯放过，也就逐一摄它一张。洗出来时果能成一张像样的，照相与否似乎不很关紧要，最热心的是"搭"地一扳：面前是一个对象，对着它"搭"地扳了，这就很满足了。但是，到后来却有相度了一番终于收起镜箱来的时候。爱惜干片么？也可以说是，然而不是。只因希求于照相的条件比以前多了，意味要深长，构图要适宜，明暗要美妙，更有其他等等，相度下来如果不能应合这些条件，必可收起镜箱了事——这时候徒然一扳是被视为无意义的了。我从前多写只是热心于一扳，现在却到了动辄收起镜箱的境界，是自然的历程。

三

我很惭愧，自计到今为止，没有像模像样读过书，只因机缘与嗜好，随时取一些书来看罢了。书既没有系统，自家又并无分析的、综合的识力，不能从书的方面多得到什么是显然的。外国文字呢？日文曾读过葛祖兰氏的《自修读本》两册，但是像劣等的学生一样，现在都还给教师了。至于英文，中学时代不算读得浅，读本是文学名著，文法读到纳司非尔的第四册呢；然而结果是半通不通，到今看电影字幕还未能完全明白。（我觉得读英文而结果如此的实在太多了。多少的精神、时间，终于不能完全看明白电影字幕！正在教英文、读英文的可以反省一下了。）不去彻底修习，弄一个全通真通，当然是自家的不是，可是学校对于学生修习的各项科目都应定一个毕业最低的限度，一味胡教而不问学生果否达到了最低限度，这不能不怪到学校了。外国文字这项工具既不能使用，要接触一些外国的东西只好看看译品，这就与专待喂饲的婴孩同样的可怜，人家不翻译，你就没法想。讲到译品，等类颇多。有些是译者实力不充而硬欲翻译的，弄来满盘都错，使人怀疑何以外国人的思想话语会这样奇怪不依规矩。有些据说为欲忠实，不肯稍事变更原文文法上的排列，就成为中国文字写的外国文。这类译品若请专读线装书的先生们去看，一定回答"字是个个识得的，但不懂得这些字凑合在一起讲些什么"。我总算能够硬看下去，而且大概有点懂，这不能不归功到读过两种读如未读的外国文。最近看到东华君译的《文学之社会学的批评》，清楚流畅，义无隐晦，以为译品像这个样子，庶几便于读者。声明一句，我不是说这本书就是翻译的模范作；我没有这样狂妄，会自认有判定译品高下的能力。

说起读书，十年来颇看到一些人，开口闭口总是读书，"我只想好好儿念一点书。""某地方一个图书馆都没有，我简直过不下去。""什么事都不管，只要有书读，我满足了。"这一类话时时送到我的耳边；我起初肃然生敬，既而却未免生厌。那种为读书而读书的虚矫，那种认别的什么都不屑一做的傲慢，简直自封为人间的特殊阶级，同时给予旁人一种压迫，仿佛唯有他们是人间的智慧的葆爱者。读书只是至平常的事而已，犹如吃饭睡觉，何必作为一种口号，唯恐不遑地到处宣传。况且所以要读书，自全凭观念的玄学以至真凭实据的动植矿，就广义说，无非要改进人间的生活。单只是"读"，绝非终极的目的。而那些开口闭口"读书""读书"的先生们似乎以为单只是"读"很了不起的，生活云云，不在范围以内——这也引起我的反感。我颇想标榜"读书非究竟义谛主义"——当然只是想想罢了，宣言之类是不曾做的。或者有懂得心理分析的人能够说明我之所以有这种反感，在于自家的头脑太俭了，对于书太疏阔了，因此引起了嫉妒，而怎样怎样的理由是非意识地文饰那嫉妒的丑脸的。如果被判定如此，我也不想辩解，总之我确然曾有了这样的反感。至于那些将读书做口号的先生们果否真个读书，我不得而知；只有一层，从其中若干人的现况上看，我的直觉的评判成为客观的真实了。他们果然相信自己是人间智学的宝库，无所不知，无所不能，得便时抛开了为读书而读书的招牌，就不妨包办一切；他们俨然承认自己是人间的特殊阶级，虽在极微细的一谈笑之顷，总要表示外国人提出来的"高等华人"的态度。读书的口号，包办一切，"高等华人"，这期间仿佛有互相纠缠的关系；若请希圣君解释，一定能头头是道的。

四

我与妻结婚是由人家做媒的。结婚以前没有会过面，也不曾通过信。结婚以后两情颇投合。那时大家当教员，分开在两地，一来一往的信在半途中碰头，写信、等信成为盘踞心窝的两件大事。到现在十四年了，依然很爱好。对方怎样的好是彼此都说不出的，只觉很适合，更适合的情形不能想象，如是而已。

这样打彩票式的结婚当然很危险的。我与妻能够爱好也只是偶然；迷信一点说，全凭西湖白云庵那月下老人。但是我得到一种便宜，不会为求偶而眠思梦想，神魂颠倒；不会沉溺于恋爱里头，备尝甜酸苦辣各种味道。图得这种便宜而去冒打彩票式的结婚的险，值得不值得固难断言；至少，青年期的许多心力和时间是挪移了过来，可以去应付别的事情了。

现在一般人不愿冒打彩票式的结婚的险是显然的，先恋爱后结婚成为普遍的信念。我不菲薄这一种信念，它的流行能有所谓"必然"。我只想说那些恋爱至上主义者，他们得意时谈心、写信、作诗、看电影、游名胜，失意时伤心、流泪、作诗（充满了惊叹号），说人间至不幸的只有他们，甚至想投黄浦江；像这样把整个儿生命交给恋爱未免可议。这种恋爱只配资本家的公子"名门"的小姐去玩的。他们享用的是他们的父亲祖先剥削得来的钱，他们在社会上的地位在未入母腹时早就排定，他们看看世界非常太平，一点没有问题——闲暇到这样子却也有点难受。他们于是去做恋爱的题目，弄出一些悲欢哀乐来，总算在他们的空白的生活录写上了几行。如果是并不闲暇到这样子的青年，而也想学步，那唯有障碍自己的进路，减损自己的力量而已。

人类不灭，恋爱也永存。但恋爱有各色各样。像公子小姐们玩的恋爱，让它"没落"吧！

1930 年 10 月 29 日

穆木天（1900—1971），现代诗人、翻译家，中国象征派诗歌理论的奠基者。1918 年毕业于南开中学。1920年赴日留学，同年在《新潮》发表处女作《蔷薇花》。1926 年毕业于日本东京大学。回国后曾任中山大学、同济大学、暨南大学等校教授。1933 年创办旬刊《新诗歌》。1937 年参加中华全国文艺界抗敌协会，主编诗刊《时调》和《五月》。著有诗集《旅心》《流亡者之歌》《新的旅途》等。

学校生活断片

穆木天

我是不想回忆到过去的。回忆到过去只是落得一场空虚和寂寞。过去的生活只是羞辱，野蛮。过去的影戏，只是一幕一幕的血痕。而对于我，更是那样了。为没落的大家族，日趋破产的大地主的子弟的我，在学校里除了做了牺牲品之外，只是得到了孤独罢了。

我先要说，我是没入过小学的。从七岁到十四岁的那一段最快活的、最可以玩的生命，我，差不多是自己一个人，在一个塾师的旁边过去了。苦楚倒是没得到苦楚，可是，应发展、应开拓出来的儿童的创造力，在无形中被击溃，那是毫无疑义的了。可是，当时——光绪三十二年——就是入学校，结果不还是一样吗？私塾变相的学校，弄一个塾师变相的教员，招几个街溜儿做学生，结果，或怕比在家塾所受的牺牲还大都不行。

当时，倒是有一个学校在我们的院子里的，是租的我们东院的五间房子，可是，我当时也好像丝毫未想去入学校似的。当时的学校，除了叫我永不忘的那几个大个的学生而外，就是给了我一个如下的印象：巡警队与洋学生，这是当时的二横。我永远不忘的，就是那些学生好打人，就是军警都怕他们呀。学校门口，挂着两根红漆的军棍和四个虎头牌子。所谓虎头牌子者，是一个长方形的木板，上边画着一个横横势势的虎头，下边是四个红圆圈，每圈里是一个大大的黑字。那四个虎头牌子上的字语是："学堂重地，禁止喧哗，倘敢故违，定行究办。"每天，学生大概是不读书，除"一二一二"地下体操而外，就是聚在门口，一边吵闹着，窥视着行人。如果有人走过来——当然，对士绅们，学生是不敢问津的——学生就开玩笑，说屁话儿，如果反抗，或者是不能静而受之的话，那他们可真是要"究办"了。几个学生按着，乒乓地就是二十军棍啊！但，那学校不几个月就没有了。以后，直到我到省城入中学的那年，我们镇里才重设了学校。

我在私塾，寂寞虽是寂寞，可是没感受着苦楚。我的父亲，因为读书时挨烟袋锅挨得太多了，被打得头上都生疮，是非常反对打头的。东北地方，因满洲人的习俗，人大致没有不抽叶子烟的，无论男男女女都有一个烟袋。在地里做工的人们当然是用小烟袋，而妇女们和有闲的先生是用长烟袋杆的。我们关东城，来客进屋，人就给递烟袋。现在称之为东北，和某省统治阶级自欺欺人地用为号召称之为东三省的那个地方，以先，在当时，还被人称作关东城的，因为是在山海关外。那个名词，是大半由昌（昌黎县）、滦（滦县）、乐（乐亭县）人——那我们通称之为"老坦儿"——所起的吧。"老坦儿"到我们那里营商，供给于我们好多的谈笑的资料啊。关于"老坦儿"的故事，是多乎其多；"老坦儿"的故事和滦州影，是内容很丰富的民间艺术呢。

现在，搁下"老坦儿"吧，待我再回到我的读书上。我的那几位先生都是乡中有名望的。我读过六七年的私塾，可是没有就过山东先生，也没有遇过厉害先生。也许是到那个年月，关东城文风稍开了，那些海南来的先生就不敢去了。至于厉害先生，大概是我父亲不肯请吧。以先的私塾的先生，真是厉害啊。有的外号叫张剥皮，有的叫李瞎打，有的叫王大烟袋，真是名不虚传啊！那个长烟袋大烟袋锅，若你背不会书时，往出一甩，那绝不会有鞭长莫及之叹的。此外，为封建社会的反映的那"大学长"的威权也是可怕的。可是我对于"长烟袋杆"和"大学长"的压迫都是未受过的。我除了读书以外，就是和同伴的学友下棋。下棋总是输的，输了总是哭的。哭完还要下，下完还是输，结果人让我赢一盘算完事。我的在家塾的读书，是千日一律地如此这般了。除了看伴读的学伴背不出书时的滑稽，平日是再没有别的令我开胃的了。

有几件事是可注意的。那几件事，实给我引起很大的羡慕。也许那几件事，在当时是有意义的。

在我在家塾的时节，正是军国主义的思想流行的时代。"军国民教育！"等等的口号，在到处喧嚷着。同时，为政者一方在热闹地办议事会，一方在孳孳地办警察。当时警官——区官或巡官——是非常威武啊。而为一县的警察的官长者，出巡时，地方的士民远接迎送，较古来天子巡狩或有过无不及者，而当时的区巡官中很有些读过书者。我们那区的警察所就住在我们的东院。区官是常常到我们学房来的。历任的区官中，有一个姓宋的，是一个没落的大家庭堕落的后裔，生着两缕仁丹式的黑胡儿，我们管他叫作宋小胡子。宋小胡子差不多公暇时，就到我们学房同先生闲谈。他谈话的时候，我在旁边耸耳听着。他谈到当代流行的《说部丛书》、林译小说，他拿了好些《说部丛书》给我们看。《说部丛书》当时很吸引我。什么《天际落花》等等，我都像看过。以先，我的先生叫我看《列国志》，可是我现在又看到这种玩意了。《说部丛书》和《饮冰室壬寅癸卯全集》，是那时刺激我的读书欲的两部书。《饮冰室》是由于什么原因令我读到，我则不记得了。

当时，留日之风是很流行的。哪家有一个留日的洋学生，那可是惊动一方了。那大概是在宣统年间吧，一日，我们的对门的店里人说来了洋学生了，大家像看耍猴子似地到店里去看热闹。洋学生正在吃饭呢，在我去的时候。他是一个秃子，穿着一身和尚衣服，浑身上下同和尚一样。大家都纷纷议论着。可是，我是很羡慕那秃子的。因为小辫里虱子太多啦，而且梳的时候又疼。因为各种刺激，武汉革命的声浪波到了我们家里，我就先剪了发。可是家人把我的辫子给我钉在帽头儿上，说是

"秃子过来磕头不好看",时时强逼我戴。因为当时谣言四起,彗星迭见,如"宣统回了朝,小秃开了瓢""五色旗没有边,中华民国不几天"一类的民谣,当时是不一而足的。

在家塾里,只有这几点令人快意的。在中学里,快意的事是没有了。我在本省的中学住了二年半,在南开住了三年,我的中学的五年生活是可以分作这两段说的。南开时代,的确给我指了些路;可是吉林的两年半,是完全做了牺牲了。

当时,吉林的学校是坏极了。在宿舍里公然聚赌,赌完了就大吃二嗑,高声叉拳,弄得翻天覆地,学监当然是不敢管的。我那时只十四岁(满十三岁),我对那些当然是莫名其妙了。我除了读书上课之外,就是一个人玩。我的那些同班的,有三十多岁的,有二十多岁的,年龄小的也有十七八岁。我跟他们是处不来的。不只学生如此,先生也是同样。有时,先生同学生还一同冶游呢。除了有时拿我做枪使而外,别的同学是不理我的。当时罢考,递白卷,闹馆厅,罚厨子,打教员,是司空见惯的。当时的学校可想而知了,那种腐乱的样子,怎能容我这样的一个幼弱的心灵呢?我同时感到寂寞,感到没落,所以,想去上海未有成功,就跑到南开去了。

我在吉省的时候,对于南开只有一个字的概念:难。"南开者,难开也。"在我以前,吉省中学转南开的很多。有一个中学卒业的宋君,一考考入了南开的补习班,因多少人关说着,学校为顾全吉省中学的体面,特许他入了中一。因此,"难"字就传遍了吉省了。我以先也倒想转过,可是没敢问津。令我转的最大动机，是当时我们中学聘了一个上海南洋中学卒业石君教我们班的英文。他对我加了很大的鼓励，对我学英文的欲望加上了很大的刺激；加之，青年会的英文班又给我引起了好些的憧憬——有一点我要告诉的，就是当时我还在青年会习世界语，但现在是完全忘了——使我感到英文不好不会有出路。我本想到上海来，因家中之不许，所以，借到奉天为名，打二上跑到南开了。我打的那时候，是 1915 年的 10 月，恰巧当时还有一次入学试验。人问我入什么班，我说不知道，其实是真不知道的。榜出，被录取出为二年一期。

入学之日，正赶是学周年纪念。当时，正赶演新剧《一元钱》。那出为封建观念形态代表的剧，在当时很给人一种刺激。一切令我觉得新颖，令我目眩神迷。因此，对南开起了非常的满意了。我当时甚至认南开是正当的青年的指导者。我入南开的那个时候，正是中国资本主义抬头的时代，新兴的布尔乔亚①是一切的指导，南开就是布尔乔亚的智识分子苦心经营的学校。当时，对美国的狂热崇拜，对实业的提倡，是不遗余力的。所以，我也被裹入浪中了。我在南开中学，固定了自己的志望。虽然我那种志望是合于我的性近，然究竟还是当时的时代潮流的力量大啊。我当时因而决定把一生献给科学——数学，或是化学。一件事我要顺便告诉人的，一部高小的算术是我自己悟会的，未有经过先生教。当时，一般的青年都是看不起文化科

---

①法语 bourgeoisie 之音译，今译资产阶级。——编者注。

学，特别是法律、政治，而有聪明的学生，大半是倾向于理科的。因为是新兴布尔乔亚的要求，是它的宣传的结果罢了。当时，一般人是承认只有资本主义可以救中国的。我决定了专攻科学，我宣言了不做官，而同时，在1917年我皈依了基督教。

在南开时，我做了两年的学校青年会干事。现在想起，是滑稽透了。可是，对会务是非常热心呢。有时领祈祷会，有时领查经班，是非常高兴的啊。我在那时，自然在校报、各学会刊物上撰稿，但我不承认那是我的中心工作。在第四年级，经新由美国归来的空想的布尔乔亚的智识家 P. C. 先生把中四分为文、理、商三科，我入了理科，我的前途，因更确定了。在南开我可以说，完全是受的布尔乔亚的教育，在大致上，现在觉得还好。我在快卒业的时候，学校请过胡适先生讲过"新国家与新文学"。胡先生的讲演的印象，还历历可见，可是当时的新文学，我是宁抱反感的。

我为什么东渡呢？当然是朋友的劝诱啦。还有一个要点，就是日本科学还不坏。当时想：去不起美国，去日本也好啦。此外，就是日本考上就有官费。所以就到日本去了。到日本我的志望，当然第一是数学，第二是化学啦。预备了几个月，考高工失了败，又预备三个月。所以，结果在我去了第二年暑假考入一高了。当然考的是理科啦。但第二年，就是"五四"运动的最热闹的一年，并且，因为眼睛关系，不能画机械图，所以就转科了。当时被日本一般的浪漫的思潮驱使着，而且那种思潮正时同流浪异国的孤独的情调是一致的，所以，当时自己俨然以文学青年自命了。由一高特别预科入了三高。不知为什么入了法文科。京都的那种孤独的背景，加上了我的孤独，所以，在那个时代，我若是不要脸，可以把"孤独的散步者"的头衔加在自己身上。夜饭已毕，或步东山下之小径，由银阁寺到若王寺，或由丸太町巡狩一下丸善书店，或徘徊于方城绿树之故宫，或逍遥于大原的田野之中，或在狮子谷俯瞰落日，登吉田山而望真如堂。当时，嗜谈沙陀普里昂、圣彼得的作品，而特别更嗜 A. France，"红百合"等，真给我一时的陶醉呀。在这种田园中，在那种耽醉的空气中，病态地、孤独地生活了两年半。当时除与同学 T 君往来以外，又没朋友。有时彻夜读书，有时终日睡觉。那二年，完全在孤独中过活了。我的文学根底是那时栽培的。在三高时代，体操是不及格的。因为我不大上操，一门不及格亦不致落第的。

十二年入了大学，那完全归辰野隆先生的支配了。那年，辰野隆教授是刚从巴黎回来的。他为我们讲十九世纪的法国文学思想和 Fr. de Curel 的戏曲。他的"精神孤独愁"的中心思想和他那种辩才、那种姿势是非常捉人的。Ohermann, Rere Adolphe, Julien Sorel, Joseph Delorme, Chatterton, Rolla 等等的面影，不住地晃漾在我们的眼前，激动在我们的心中。于是引起我的忧闷，我的孤独了。那时，我的心灵像真有了法悦①似的。在那种酒醉的空气中我待了三年。它把我做成了一个内面

①法悦，谓从信仰中得到的欢悦。——编者注。

的生活者，一个冥想者、沉思者，当然，我的环境是早有所预备了。在那种孤独中，我作了我的《旅心》。就是在那种孤独中，我读了 Vign, Samain, Verlaine, H. de Regnicr, Ch. Guerin, Gourmont 等等的诗集。在同时，我起了都市爱好与田园爱好的斗争。结果都市胜利了，《旅心》也没了。《旅心》是大半在伊东河边和不忍池畔，在薄雾中，在朦胧月色里，在雨丝之间，所结晶出来的呀。但结果我在象征的空气中住不住了。有半年来的样子，我做了都市街道上的彷徨者。我以后爱上了 Gibe，那是我回国前后的情形。我对社会不是不爱的，我也不是不喜欢社会革命的，可是，就是我有那种要求，那也是观念的，冥想的。因为我对中国社会一点都不认识啊。小泉八云说：诗人要孤独。可是，孤独是自杀啊。孤独是做了我的无出路。孤独使我弄得对一切都感空虚。现在我感到那时是错而且大错了。现在回想到当时的孤独，那种可怕的黄光，是可怕又可憎了。那冥想和逛书摊的生活呀！

　　以上是我二十年学校生活的里面，结果都是空虚。欲避没落，却又转入没落。全是错路，全是血痕。或者是幸福都不定，但是奴隶的幸福啊。现在有时我悔恨我没学数学，有时，我悔恨就是学文学也不该深入于孤独中。

1931 年 5 月 11 日

陆费逵（1886—1941），字伯鸿，幼名沧生。著名出版家、教育家，中华书局创始人。祖籍浙江桐乡，生于陕西汉中，后随父迁至江西南昌。1898 年入南昌英语学塾就读。1906 年主编《图书月报》，1908 年入商务印书馆任国文部编辑，次年升任出版部部长。1912 年创立中华书局并任局长。在其任内，中华书局编辑出版《聚珍仿宋版二十四史》《中华大字典》《辞海》，重印《四部备要》和《古今图书集成》等大部头书籍。

我的青年时代

陆费逵

俞庆棠女士在《申报月刊》二卷一期谈话，将我和爱迭生①、高尔基、叶澄衷②、杨斯盛③四人举出，认为自己挣扎的模范。其实我不但不敢和爱、高二先生比拟，并且也比不上叶、杨二先生之万一。不过我在小小环境中曾自己挣扎过罢了。

最近有人要我做自传，但是我现在身体仍未十分健全，且还有职务上的事要办，一时无从写长篇的自传，故先做就这篇

①今译爱迪生。——编者注。
②叶澄衷（1840—1899），字成忠，浙江镇海人，清末沪上巨贾，人称"五金大王"。——编者注。
③杨斯盛（1851—1908），十三岁到上海学习泥水匠技艺，1880 年创设杨瑞泰营造厂，是我国近代著名的营造专家。他"破家兴学"，被胡适誉为"中国第一伟人"。——编者注。

《我的青年时代》以应，并以实《新中华》。

现在青年最痛苦的有五端：求学问题，职业问题，生活问题，婚姻问题，政治问题。我现在就将我青年时代的这五个问题略微谈谈。

一、 我的求学

我幼时母教五年，父教一年，师教一年半，我一生只付过十二元的学费。到十三岁，读过《四书》《诗经》《书经》《易经》《左传》《唐诗三百首》六部书，没有造过句，没有做过文。因为先母主张多读多看，反对挖空心思做八股，并反对做疏空的论说；却学过珠算，看过《纲鉴》。我十三岁正是戊戌年，我那时勉强能看日报和《时务报》，有点新思想了，和先父的思想不免冲突；先母却赞成我的主张，于是便不照老式子读书，自己研究古文、地理；后来居然自习算学，并读格致书了。那时随侍在南昌，有一个阅书报社开办，我隔日去一次，午前九时去，午后五时出来；带一点大饼馒头做午餐。初时尚有阅者二三十人，后来常常只剩我一人，管理员也熟了，他便将钥匙交给我，五大间的藏书好像是我的了。这三年中，把当时新出的书籍、杂志差不多完全看过，旧书也看了许多。遇欢喜的，便摘抄于簿子上；遇不懂的，也记出来，以便查书或问人。不上阅书报社的那天，便在家里用功。那时订阅中外日报，有时看《申报》《沪报》，报上遇着地名，便去查地图，所以我对于地理一科格外有兴趣。照这样做了三年，学问渐渐进步，文理渐渐通顺，常识渐渐丰富。十七岁——实在未满十六岁——便教书。从十七岁到二十六岁，每日早六时至八时，一定自修，晚间也差不多总是自修或编著。十九岁著《岳武穆传》（未刊，至今存箧中）、《恨海花》（小说）、《正则东语》（教科书）。二十岁为汉口《楚报》撰论文小说。二十一岁著《本国地理》，为《申报》《南方报》做论说；后来编教科书，主持教育杂志和师范讲义——自己编著的有文明的《修身》《国文》《算术》，商务的《简明修身》《最新商务修身讲义》《论理学讲义》《学校管理法讲义》等。二十七岁以后，职务繁忙，不能从事编书，但计划编辑、校阅稿件和做论文，却永不间断。每日总有一二小时读书、阅杂志。我以为青年人只要识得二三千字，能阅粗浅书报，便有自修力量。

二、 我的职业

我十七岁教书，是几个小朋友一时的兴奋，捐集经费二十三元开办一个小学校。他们渐渐不过问，我一人支持了八个月。我不但不支薪水，反回家吃饭；二十七个学生，有八个是免费的。每月学费可收五、六元，作为房租及一切开销。一个校役，是我父原用的小当差，他积蓄有数十元，情愿不要工钱充校役，要求我每日为他讲书一小时；他已有二三年程度，我为他讲《饮冰室自由书》和《黑奴吁天录》。后来结束，不但没有亏空，还剩四元几角。我十八岁春天，吕星如先生约我到武昌，叫我教他三个弟弟的国文、算学，他教我们日文，供我膳宿，彼此不出学费。

十九岁有几个朋友要在武昌开一小书店，有人说："伯鸿干，我来股；伯鸿不干，我不来。"于是推我任副经理。后因意见不合，股东分家，另开一店，举我任经理，前半年只支月薪六元，后半年支十元。做了一年，居然盈余一千余元。店屋朝西，夏天热得身上出油——最热一百十六度①——店后一小间，半间做经理室，办事睡眠都在这里。半间做厨房，煤灰和油气弄不清楚。店内没有厕所，日间到隔壁客栈便溺，夜间要走半里路转三个弯去上街厕。但是我一切都忍耐着，从不说一句苦。

二十岁的秋天，吴趼人先生《楚报》合同期满，不继续了。报馆请我和张汉杰、冯特民去接办，我的薪水每月五十元。我和特民轮值，今日编新闻，明日著论说，居然很受阅者欢迎；后来为宣布粤汉铁路借款合同，被官厅迫得停刊了。我到上海任昌明公司支店经理一年，任文明书局××一年半——文明书局职务无名目，但编辑、印刷、发行件件都管，仿佛现在通行的襄理。每日工作常至十余小时，增加经验不少——兼文明小学校长。在商务印书馆办事三年半，前半年任编辑员，后三年任出版部长兼交通部长、教育杂志主任、师范讲义主任。总之我不怕多办事，职务尽管加重，我还是悠然自得的，知我者恭维我善调度，不知者说我不做事，自己看报谈天，却指挥助手，像煞有介事。二十七岁任中华书局总经理以至于今。中间经过

---

①华氏温度。——编者注。

无数的波折痛苦，恕我不愿详述了。

我有一件事可自豪的，就是：入世三十二年，从未赋闲。我对旧职业略有不满，便有人来请。最可感的，是民六中华书局风潮时，范静生先生要我去教育部帮忙，先外舅高子益先生要我在外交上任事，《新闻报》馆汪汉溪先生要请我任总主笔，还有其他方面殷勤劝驾，我抱定有始有终的宗旨，不肯中途离开，心中却是十分感谢的。

三、 我的生活

我生活很简单，一切事体都会做。煮饭、烧菜、补衣、梳辫——前清男子都有辫子，普通隔一二天叫剃头匠梳，我十三四岁时父亲便叫我自己梳——自己都干。一般人看见中华书局总经理吃大菜，不知民十以前，我在书局吃饭，有时无暇，便吃几片冷面包；或买二十文的粥，十文的萝卜干，也就是一顿。后来局中不供膳，我才回家吃饭。

我的用度很俭省：不看戏，不看电影，不至跳舞场。我从前偶做叶子戏①，近年也不弹此调了。家中没有厨子，没有男仆，有时女佣买菜，有时主妇买菜。我不在外面吃点心，家人几年上一次菜馆；衣服也很随便，新的衣服总不愿意穿，常常放在箱子里，放旧了才穿；小孩子布衣布鞋，女扮男装，妹妹好穿哥哥嫌小的衣服。……唯其如此，所以我能不为生活所屈，

---

①源于唐代的一种纸牌游戏。——编者注。

自行其是。

　　我的最大用度，除应酬、买书外，早年是两弟读书，并补助亲友子弟读书，以及父母的养生送死。最近有担任仲弟遗孤的教养费。现在一般提高生活的议论，实在害人害己。吃得好，未必卫生；着得好，不过做衣服的奴隶；游戏更有害无益。我们穷国穷人，学苏俄的刻苦经营，或有出头的日子；若学富国的舒适，那便是自寻死路了。

四、　婚姻问题

　　我们弟兄幼时，都未订婚。有人做媒，先母总拒绝说："我的儿子好，不怕没有媳妇；我的儿子不好，何必害人家的女儿。人家女儿好，不怕没有女婿；人家女儿不好，不犯着早定来害我的儿子。"我入世以后，薄有虚名，做媒的不必说了；有富翁要我招赘，我不允；族兄某要代我完婚，生一子嗣彼，我也不允。有一极相得的女友，但事实障碍，势难结合，我便处处小心，避免深谈。我对于男女间有两见解：一则爱之不可害之，二则爱人不可害己。所以我常说：爱是一件事，为我有又是一件事；若爱便一定要为我所有，那就走入魔道了。况且一个人责任很多，怎可为婚姻问题牺牲一切？我后来能自立，方才婚于高氏。元配断弦，续娶杨氏。都觉着非常美满。妻子也信任我，毫无误会。信用要从家庭立起，家人不信用，怎能得社会信用呢？

五、 我的政治思想

我十二岁时，很想做画家；十四岁想做文学家、报馆主笔；十六岁研究算学最热心的时候，想做科学家；十七岁革命思想大盛，十八岁到湖北，便与党人往来。后来组织日知会①，我是干部之一。会章便是我起草的。当时所开的小书铺，大卖其《警世钟》《猛回头》《革命军》等书。同志入狱，他人都不过问，我时时接济入狱的一点费用。但是看见党人倾轧卖友，能力薄弱，知道个人非有学问有修养，不能成事；社会非有教育、有风纪，不能有为。后来便努力自修，努力工作，仅从旁赞助革命了。辛亥三月黄花岗之役，我助学生吕烈曜赴粤，事败回来，匿我处，我又助其行。民五讨袁，及袁死后，调和唐（绍仪）②、梁（启超），也曾与范静生③共同努力。我是一个有政治思想而不喜政治生活的人，所以到现在虽然没有什么政治上的成就，却仍喜谈政治，然因政治思想浓厚的缘故，对于现实政治不满，不免增加痛苦。但是我们要明白思想比现实高一步，方有进步；然而痛苦便永不会免的了。

这五个问题，大致说过了，总括一句话，便是要努力、节

①清末湖北革命团体，由刘静庵、曹亚伯等发起，1906 年 2 月在武昌正式成立，会内设干事、评议两部，陆费逵等为评议员。——编者注。

②唐绍仪（1862—1938），清末民初著名政治活动家、外交家。——编者注。

③即范源濂（1875—1927），字静生，著名教育家，曾任民国政府教育总长、北京师范大学首任校长，与张伯苓等一起创办南开大学。——编者注。

俭、有信用。具此三条件，没有不能求的学问，没有不能干的事业。生活自无问题，家庭也有幸福了。政治上的痛苦，不到天下大同，永远不会消灭的。因为政治在过去、在现在，只有比较的好坏，没有绝对的好坏。而且现实进一步，思想更进一步；现实不能追上思想——况且思想不止一种——便不能不痛苦。试问哪一国有思想的人满意他国的政治？我人对于政治可做种种研究，可做种种运动，但如因思想与现实冲突而苦痛过甚，而心灰意懒，或有轨外行动，那便不是了解政治的人呀！

柳亚子（1887—1958），出身书香门第，少从母亲学唐诗，并受父亲影响，赞成变法维新。1909年创办并主持文学团体南社。曾任孙中山总统府秘书、中国国民党中央监察委员、上海通志馆馆长。抗战期间与宋庆龄、何香凝等从事抗日民主活动，曾任中国国民党革命委员会中央常务委员兼监察委员会主席、三民主义同志联合会中央常务理事、中国民主同盟中央执行委员。1949年出席中国人民政治协商会议第一届全体会议。

自传

柳亚子

1887年阳历5月26日（即旧历丁未年闰四月六日）生于江苏吴江县太湖流域北舍区大胜村，原名慰高，号安如；改名人权，号亚卢；再改名弃疾，号亚子；现在便把亚子当作统一的名号了。我的家庭，可算是一个文学的家庭。从高祖起，好几代有诗文集行世。我诞生的时候，祖父已经去世了，但曾祖父却健在。他和曾祖母都是最溺爱我的，他俩是一对好心肠的老人。祖母寡居善病，常年在卧榻中，对我的感情也很好。父亲是一个秀才，研究过《说文》和《文选》，对于文艺有相当的认识。叔父是研究算学的，书法和酒量都很出名。母亲也略通文字，极爱我，却管教得很严厉；《唐诗三百首》和《中庸》《大学》等，都是她自己教我的。

1898年，在中国思想史上是大变动的一年，就是有名的戊戌政变时代。我此时是十二岁，已能作五七言的旧体诗和写洋洋万余言的史论文字了。曾祖父母和祖母相继去世，家庭状况变化得很厉害。一方面又因为农村经济破产，地方治安不能维持，乡间很多抢劫的事情，于是父亲便搬到同县的黎里镇上居住，以后就变成黎里人。戊戌政变对我颇有影响。因为父亲是赞成变法的，所以我写的文章，也就惋惜谭、林，希望康、梁，而痛骂那拉后了。1900 年义和团事起，全镇的知识分子都表同情于扶清灭洋，但我和父亲却从所谓维新党的立场上，绝对反对他们（在现在讲起来，这种立场当然也是很幼稚的）。1902年，我考取了秀才，思想却渐渐变化，从维新走上了革命之路。1903 年到上海爱国学社读书，认识了章太炎、邹威丹①。威丹的《革命军》还是我和蔡子民、陶亚魂几个人拿钱出来帮他出版的。为了爱国学社和中国教育会的内讧和分裂，我是站在中国教育会方面的，便也辍学返乡。不多时，《苏报》被封，章、邹入狱，爱国学社也瓦解，这是我精神上很苦闷的一个年头。1904 年，到同县的同里镇自治学生社去读书，一住两年。1906年，到上海理化速成科，学化学未毕业，认识了陈陶遗、高天梅、朱少屏，被他们拉到健行公学去教书，便加入了中国同盟会。同时又编辑《复报》，在日本出版，寄还上海发行。到旧历中秋，外边风声很紧，说两江总督端方要禁报拿人，封闭学校，

---

①即邹容（1885—1905），字蔚丹（威丹）。中国近代著名革命宣传家，《革命军》一书的作者。——编者注。

一方面又因为闹恋爱失败，于是我就逃回黎里，和我现在的妻子郑佩宜结婚去了。这样便结束了我二十岁以前的生活。

在家里读了几年旧书，终静极思动。1909 年，和陈去病、高天梅两人发起了南社，以文学来鼓吹民族革命。同盟会是提倡三民主义的，但实际上，不消说大家对于民生主义都是莫明其妙，连民权主义也不过装装幌子而已。一般半新不旧的书生们，挟着赵宋、朱明的夙恨，和清朝好像不共戴天，所以最卖力的还是狭义的民族主义。南社就是把这一个狭义的民族主义来做出发点的。不过我个人在当时一方面崇拜人权论，自称为亚洲的卢梭，一方面又受刘光汉《天义报》的影响，颇倾向于安那其主义①的划除贫富论，已不是最狭隘的民族主义能够范围我的思想了。

1911 年，武昌革命军起，我在上海做了革命的旁观者。1912 年阳历元旦，南京临时大总统府成立，雷铁崖拉我去当秘书；终于过不惯这种紊乱的生活，不到三天，就托病逃还上海。这时候，我父亲不赞成我在上海住，对于经济方面接济很少，我不得不自己去找饭吃。靠了朋友的介绍，做过了《天铎》《民声》《太平洋》三个报馆的主笔，在《天铎报》署名青兕，反对南北议和，排击北洋军阀，风头最健。后来南京政府取消，孙中山先生退位，我觉得憋不住这一口鸟气，索性"沉饮韬精"，和苏曼殊、叶楚伧鬼混在窑子里过日子。这一年的夏天，还到黎里。阳历 8 月 4 日，父亲就去世了。家务的麻烦，幸亏由

---

①即无政府主义（英文 Anarchism）。——编者注。

叔父照顾着。1913 年，我忽然醉心于新剧运动，和冯春航、陆子美交际，出版了《春航集》和《子美集》。但不到几年，子美夭折，春航脱离剧界，我对于戏剧的关系，也就中断了。

1918 年因叔父去世，要我照顾他的家务。他家不住黎里，另外住在吴县的周庄镇，我常常来往两地。我还有一位姑母，是和我从小就最讲得来的，她住在同县的平望镇，我也常去望她。这时候，我还在搅南社，但搅得也有点厌了。后来社中起了内讧，我便辞去主任之职，洗手不干。此时我又在发狂地收买旧书，凡是吴江人的著作，从古时到近代，不论精粗好歹，一律收藏。这样便花去了一万多块钱，还加上其他的挥霍，渐渐觉得有"床头金尽"的感慨起来。1923 年，思想又起变化，和邵力子、陈望道等发起新南社，我做社长，提倡新文学和社会革命，出版过一册社刊。1924 年，中国国民党改组，我以同盟会会员资格重新加入，成立了吴江县党部。1925 年，成立江苏省党部，被选为执行委员会常务委员兼宣传部部长。1926 年，第二次全国代表大会开幕，被选为中央监察委员，仍负管理江苏党务的使命。这一年的 5 月，我去广州出席二中全会，觉得印象不好，很不高兴，同时接着了家里的电报，说母亲在生病，于是就还到黎里，决定了消极的计划。双十节前后，孙传芳要抓我，又逃到上海来，改姓名为唐隐芝，埋头做研究苏曼殊的工作。这样，又结束了我四十岁以前的生活。

1927 年，国民革命军到达东南，我却为了特殊的关系，谢绝了武汉、南京两方面江苏省政府委员的任命，在 5 月 15 日那一天，亡命而去日本。仍用唐隐芝的假名，和西京名画家桥本关雪一行人往来酬唱。《乘桴集》一卷，就是当时的产物。后来又转往东京，住在市外北多摩郡武藏野村井之头公园旁边的三间小楼内，自己挂了一块小木牌，叫是"乐天庐"。同住在那儿的，佩宜以外，有女儿无非、无垢俩。我的儿子无忌那一年毕业清华，放洋赴美，也在这"乐天庐"内留住了两个月。异国的家庭，总算有所安慰。后来宁汉合作，1928 年的清明节，我就还到中国来，仍在上海居住。从此一住五年，以后将成为上海的市民了。

关于我的著作，有旧诗几千首，文言文几百篇，语体文几十篇；但除《乘桴集》一集以外，都没有时间来整理印行。我编辑的书籍和刊物，有《复报》一至十一期，《南社诗文词集》一至二十册，《周实丹烈士集》，《阮梦桃烈士集》，《邹亚云流霞书屋遗集》，《陈蜕厂诗文词集》，《宁太一遗书》，《庞蘖子遗集》，《陈勒生烈士遗集》，《孙竹丹烈士遗事》，《春航集》，《子美集》，《迷楼集》，《乐园吟》，《迷楼续集》，《吴根越角集》，《新南社》社刊，《新黎里》半月刊，《三五》半月刊，《曼殊全集》，《曼殊余集》，《曼殊遗迹》，《张秋石女士遗文》，《女弟侠侬遗文》，《女弟英侬遗诗》等，共计二十余种。没有出版的，内中也有五六种吧。

平凡而落伍的我，在世上虚生了四十六年（照中国旧习惯计算），本来哪里有做自传的资格，承神州国光社编译所的不弃，厕我于中国现代名人之列，要我写一篇自传出来。我起初写了篇文言的，恰值无忌从欧美还来，给他一看，他说这是行述，不是自传。于是又另起炉灶，写成一篇语体的东西，究竟像自传与否，我也不得而知了。

尢墨君（1885—1971），江苏吴江人，名翔，字玄父、玄甫，笔名槁蝉，号墨君。南社社友，旧派小说家，文学造诣深厚，在民国时期的文坛颇有名望。曾先后在衢州师范学校、台州海门第六中学、绍兴稽山中学、杭州师范学校、上海浦东中学等校从事语文教学，与弘一法师（李叔同）交往颇深。在《小说月报》《中华小说界》等民国早期文学刊物上发表过不少文章，著有《国学述要》《碧玉串》《写作的疾病与治疗》等。

珍奇的杂忆及其他

尢墨君

"中学生时代"，在我的小传中最可宝贵的一章里——于今思之——犹觉得恋恋呢。

一、 投考中学的经过

这是二十五年前的事。苏州府中学堂（以下简称府中）招收学生了。那时我还在第一民立小学堂里读书，每年学费和膳宿费，记得要用去父亲的心血钱六十四元之巨。假使我做了中学生呢，我可以免费入学，因为官办学堂当时都不收一切费用；而府中也是官办的，这是我投考府中的原因。然我敢说，那次我即考不取，父亲年年也断不会吝出此一笔巨款的。他早失学，期望于我者甚大。

在那时的青年，能识得几句英文，已经有"洋学生"的资格，何况我读了英文已近三年。往府中报名时，我遂犯了夸大狂，写上英文曾读过四年。那时考试全凭学力，故报名无须经过验文凭的手续，而且照片也无须缴，费也不用纳，只要请府学教谕保得"身家清白"就行了。考试只注重中文，英、算可考可不考，什么"各科常识"，在那时还没有这新奇的名称呢。

初试的中文题目是："《易》与天地准，故能弥纶天地之道义。"须作三百字方为完卷。这题，假使在今日有人要请我做成一篇什么"义"，我只好交白卷了。可是我当时如何完卷，自己也不知道。我只知这题出于《易经》。

大概时隔半月，有位私塾里的同学许君来告我说："府中初试，你已录取，你为什么不去复试？那日复试，县办（即校长）许太尊亲临点名。他见你不到，并且还说，他的学堂开办才逾二年，学生的英文程度也不过只有二年多呢！"许君又告诉我，那日因复试报到者很少，所以府中已择地某日，续行补考。

我怀着一种又惊又喜的心理去应复试：喜的是，初试我居然录取；惊的是，英文考试我恐怕要丢脸。那日的中文试题是"王珪以师道自居论"。下午英文考试时，一辈监试及与试的员生对我都很注目。李君磐先生（府中的英文正教习，当时教员称教习）口问我读过什么读本和文法后，即指着《字林西报》上的一则路透电命我朗诵解释，那报本执在他手中的。然后我退坐在指定的地方听候笔试。李先生真要难我，他就把《字林西报》上的一则火警新闻译成中文，再命我还原——译成英文。还有，一位英文副教习陈保之先生说："英文究竟有几年程度，只消他一动笔，便可试出啦！"我想，我真要丢脸了。李先生和颜悦色地在旁监视着。我才译得一半，他即说："好了！"同时他还估价似的断定我的英文程度只有二年半。主试宋委员——许总办的代表——便提起硃笔，在我的中文试卷面上批道："英文有二年半程度，甚好！"他还笑嘻嘻地把批语给我看。那张胖胖的脸儿上，夹着几点麻点，我现在还有些记得哩。

府中揭晓了，学生正取二十名，我侥幸取在倒数第一！

二、 我是中学生

入学手续很是简单。报到后，我在书办处（即书记室）具了一张值洋五角的"结"（即志愿书）。这五角是那书办的缮写费，也是他们的特别收入。

"府中的校舍是多么宏大而深邃呀！"我走进我的自习室（现称自修室）里时，这么奇异地想着。一位姓沙的同学指导我备了红帖。我于是随了斋夫（即校工）往东往西地拜谒老师。

等到一切手续办竣，我俨然是个中学生了！

三、 我的中学生生活

府中里学生分级是如此的：中、英、算程度哪种高的，编入"前堂"；次的，编入"后堂"（那时府中里的教室共有二间：一在前进，一在后进）。中文和算学，我初俱在后堂上课；英文则编入前堂"甲组"听讲（这甲组的名称，还是我今日自定的，因为那时在前堂听讲的同学分有二组故）。这倒颇如现在小学的复式编制，也很合现在中学的能力分组。

第一天上中文课，那位张孚襄先生踱进课堂时，各同学齐都起立向他作了一个揖，他也还揖。我才知道，中学生待老师的礼节要这样隆重。讲义发下后，我才第一次看到真笔版的油印讲义。

作文的题目，无非是什么"《四书》义"和什么"史论"。做得最好的，每次至多不过得十二分。我初做中学生，作文分数常得到九分以上。有时我得着十二分，那篇文章，我真不厌百回读啦！十三分我没有得着过，便是各同学也没有得着过！

历史和地理亦是张先生教的。我们每课至少要做札记一则，发表心得。做得最好的，每次可得四分。

后来我升入前堂上课了。那位王鹤琴老师，道貌尊严，须发皤然，我们都称他为"府中之大老"。他教我们作文须朴实说理，力避浮辞滥调；又教我们《说文》；又教我们破体字和俗字一概不许写。当他高坐在讲坛之上替我们改文卷时，我对了他生出无限敬意。没有他，我怎知什么字有破体、俗体之别，又怎知什么《说文》，又怎知什么作文要避浮辞滥调呢？

英文呢，我初读的是《巴德温氏读本》三集和《纳氏文法》二集。李君磐先生对我们同学非常和蔼。他常取报纸上的地方新闻或摘录《阅微草堂笔记》，命我们试做翻译。有时我们也学写信，或作短文。分数多少，他不发表的；我们当时也少注意到它。

算术从命分（即分数）授起，教我们的教习是王强之先生。

他不用课本，不用讲义，全用口授。当他背了我们在黑板上演算之际，我看到漆黑的黑板上衬着雪白的白字，式既整齐，字又漂亮，如读完好之碑帖，不禁大羡。可是我屡要学他，终学不像。除黑板演习之外，我们在夜里还要做习题。学到百分法，我们升入前堂乙组了。翟得龙先生异常严厉。一次黑板演习算不出，他便要天天叫着你！我初次演习，总算被我逃过一重难关。此后，他也不常叫着我了。例题，每夜自习时，我们常要做到三十题以上；分数呢，亦至多不过十二分。算术授完了，他教代数，并告诉我们这有"大""小"之别。

在那时，有位外国人或留学生来做中学教习，是值得重视的。博物、理化教习叶基桢先生曾留学日本。我们都目他为崭新的人物，常请他讲些日本的政教风俗。他并谙催眠术——据彼自云——我们屡次请他一试，他总不允。图画一科是一位日本村井先生教授，叶先生做译人。我还记得第一次画铅笔画，我们临摹的是一把茶壶。这二位先生上课时，向他们作揖的敬礼始改为鞠躬。

体操教习屡屡易人，故我已不记得他们的姓名了。上操时，对教习的敬礼是"举手"。逢雨天，我们也要上操，因为有一间在当时所视为很人的雨天操场可以容我们操徒手，所以没法可以避免。什么课余运动也是有的，踢足球，盘杠子，跳木马，走天桥，都可随个人的所好而大玩一下。

课余，我们又可自由出入。府中面对沧浪亭，中隔清流。亭外假山，嶙峋可数。我常优游其间，大有徜徉湖山之乐。

夜里自习，最是辛苦。我做札记，做翻译，演算草，连《红楼梦》和《革命军》都无暇偷看。

四、 我的收入

中学生是分利者，我有什么收入呢？是不是投稿卖文？不，完全没有这回事。即有，我恐亦不敢做此妄想。我的收入是"分数钱"和奖金。

府中注重绩分：中、英、算三科的分数，按月一结。成绩优者可得奖金，我们称它为"分数钱"。"分数钱"的支配，操在各教习之手；得奖的标准，他们各自为政，从不公布的。体操一次不缺课，"分数钱"亦可得洋五六角。我每月平均可有四五元的收入，零用及置办衣服等费都取给于此。犹忆某年初夏，我做了一件黑羽纱长衫和一件铁线纱马褂，几耗去我一月多的"分数钱"——同学们见我有这种鲜衣华服，无不啧啧称羡哩。

还有会考的奖金。府中每隔一月或二月，举行中、英、算各科会考。名次取得高的可以得奖。每次我可得洋四五元或六七元不等。

五、 中学生时代的终了

我在府中读了二年多。右邻可园里忽大兴土木，奏准设立的游学预备科已择定那园作为校址了。府中奉到一纸公文命保送优等生若干名与试。那时学堂已改做绅办，"总办"也改称"监督"。监督江霄怀先生便派定朱、秦、杨三位同学和我四人前往应考。我们知道了，人人都忧形于色，因为游学预备科是造就出洋人才的专校，入学考试一定不易；而且有官费出洋的希望，投考的人一定很多；倘使考试失败，我们又何以副学堂保送之望呢？

一天，我们上罢英文课，王鹤琴老师笑逐颜开地走来向李君磐先生说道："我们保送的四人都已录取了。"李先生问道："谁的名最高？"王老师说："墨君列在第六名。"

我的小传中最可宝贵的一章——中学生时代——于是要告结束了。瞿得龙先生护送我们入游学预备科，并填写保证书。我们每人应缴的保证金五元，亦由府中缴付的。

我初入学时，眼高于顶，以为我的学问至少可以够得上"预备出洋"四字了。哪知名次比我低的同学还要胜我几倍。

六、 珍奇的杂忆

我入中学，仅花了洋五角。

我在中学，每月可得"分数钱"。

官办时，校长称"总办"；绅办时，校长称"监督"。"校长"二字，我未曾听到过。

上课，退课；起身，就寝——摇铃为号。吃饭则敲梆。"一声梆子响，蜂拥上饭堂。"这是何等的情状啊！

对老师致敬分三种：（1）作揖；（2）鞠躬；（3）举手。

每逢初一与十五，我们须谒圣（即拜孔子）。

忙里偷闲，我亦曾执了一本《革命军》，高声读道："忍令上国衣冠，沦于夷狄；相率中原豪杰，还我河山。""呜呼，刀架我颈，枪指我胸，我敢曰，贼满人之虐待我！"

戴上金边的平顶陆军帽，穿上镶边的黑布操衣，我徜徉于市，有人指着我说，这是洋学生！

夜里自修点灯是"油盏"，我们每月可领"火油钱"四百文。

作文、札记、算草各簿，每隔一月发一次。同学见我有余，愿以洋烛和我交换。

若说我是中学毕业生，我却未曾取得一张文凭；若说我未曾毕业，游学预备科却承认我有考试资格！

徐懋庸（1911—1977），现代作家、文学翻译家。浙江上虞人。1921年高小毕业后辍学。1922年后成为小学教师。1930年到浙江临海中学任教。1933年回到上海，开始写杂文并向《申报·自由谈》投稿，同年参加中国左翼作家联盟。1938年赴延安，后任抗日军政大学政教科长、晋冀鲁豫边区文联主任、冀察热辽联大校长等职。著有《徐懋庸杂文集》《徐懋庸回忆录》等。

一个"知识界的乞丐"的自白

徐懋庸

现在的情形也许已经大不相同，在十年以前，则读书人还是"人上人"，而且中学生在小学生之上，大学生又在中学生之上，阶级划然，在上者是可以骄下的。

我于十三岁的那一年，在小学里毕了业，因为家贫，不曾进中学读书，在家里帮父亲做些手工，闲时也借些书看。书的借处，是吾乡几个热心教育的小学教师所创办的图书馆。这图书馆设立已久，我在十岁的时候就开始从它借些《征东传》《征西传》《三国志》《水浒》之类的章回小说看；到这时候，则已在借阅古代的诗文集子和新文学的书报了。看了这些书之后，我自己以为能够懂，所以也喜欢谈论。但在平时，谈论的对手是没有的。待到年终放寒假的时候，许多在外面中学里读书的旧同学回乡，我就高兴起来，以为可以跟他们谈谈了。

那一年正是泰戈尔得诺贝尔文学奖金的一年。有一位中学生的网篮里，便装着许多泰戈尔的作品的译本。我是也曾在《小说月报》上看过几篇介绍泰戈尔的文章和泰戈尔的作品的译文的，所以我就对那位中学生谈起泰戈尔，问他对于泰戈尔的作品的意见如何。不料他听了我的问话之后，并不答复，反而白着眼问我道：

"泰戈尔？你知道泰戈尔是哪一国人吗？"

"这是我知道的，他是印度人。"

"对了，印度人，但是你知道他叫什么名字吗？"

我其时还不曾知道外国人的姓名的分别，以为"泰戈尔"就是泰戈尔的名字，所以说道：

"他的名字不是叫作泰戈尔吗？"

"哼！不是的。他的名字是 Rabindranth，Tagore 是他的姓。他姓 Tagore. Ta-go-re，泰戈尔就是 Tagore 的译音，但是 Go 译作戈是不对的，照英文应该念作 Ta-go-re。照这样看来，可知中国的翻译之靠不住了。Tagore 的作品，翻译的都是不对的，我们要欣赏他的作品，非读原本不可。"

被他这样一说，我完全气馁了，不敢再同他谈泰戈尔。我连泰戈尔的姓名都弄不清楚。"戈"字又念得不对，所读的作品又只是不可靠的译本，哪里配谈呢！听他的口气，他一定是读过 Tagore 的原本的，但看他的神气，似乎对我已很轻视，不屑跟我谈，即使请教他也徒然了。

我垂头丧气地离开他之后，第一次深深地感到家贫不能升学的悲哀。譬如这位中学生，在小学的时候本是和我同班的，排名成绩还在我之下，国文、英文两项，和我尤其差得远。如今仅隔半年，只因为他在中学研究，我却在家自修，就反而远不如他了。若再隔两年三年，那不是要天差地远，我将愈加被看不起了吗？

又隔了半年，我果然受到另一个中学生的更大的侮辱。

我对于十年前吾乡的一群小学教员，实在非常佩服。他们对于教育事业的忠实和努力，远非现在的办者所能及。他们于创办图书馆、平民夜校、新剧团之外，每逢暑假，还办一个油印的刊物，供一般知识分子发表舆论、交换知识。这种刊物，对于吾乡的社会确曾发生很大的影响。有时候，那上面也登些意见不同互相论难的文字。当我十四岁的那一年，便因某一个问题和一位中学生论战了起来。论战到末了，是那位中学生做了一篇嵌着许多英文使我看不懂的文字收场，那篇文章的结语是："你这知识界的乞丐，配说什么呢？"

对于"知识界的乞丐"这一个衔头，我在当时感到莫大的耻辱。但后来仔细一想，觉得这于我实很切合。我和那些中学生们的确是有乞丐和大少爷之别的。大少爷之所以为大少爷，就是因为有现成的饭可吃，现成的衣服可穿，现成的教育可受；而乞丐，却是·无所有，种种都要向人们去求讨。像我这样进不起学校的人，本来是不应该有智识的，即使有一点，也不过是苦苦讨得来的残羹冷肴罢了，怎么配跟大少爷们去瞎说山珍海味的滋味呢？

明白了自己实在是个乞丐之后，我的求知欲反而愈加强烈起来，因而我的求乞也更勤了。此后的三四年中，我真像一个饿得不论草根树皮都吃下去的乞丐似的，把能够借到的一切书报——古的、新的、科学的、文学的，杂乱无章地看进去，看进去。另一方面，又怀着像想混进富家的厨房饱吃一顿的心愿，兀自寻觅着进学校的机会。

侥幸的是，民国十六年的秋季，上海办起了一个不花钱可以读书的劳动大学，我就如愿以偿地考进这学校的中学部了。

进了中学之后，我还是贪婪地乱读一切。于各种教科书之外，读得最多的是杂志。日本文学家厨川白村曾论"杂志学问"之非道：

> 日本的读者总想靠了新闻杂志的智识求学问。我想，现代的日本人的对于学艺和知识，是怎样轻浮、浅薄、冷淡，这就证明了。学艺者，何待再说，倘不是去看这一门的学者的讲义，或者细读相当的书籍，是肯定得不到真的理解的。纵使将所谓"杂志学问"这一些薄薄的知识作为基址，张开逾量的嘴来，也不过是招识者的嗤笑。因为有统一的系统的组织的头脑，靠着杂志和新闻是得不到的。

这话当然是对的。我在中学的开初的一年多中，就是因为乱读杂志，把头脑弄得凌乱不堪。智识既没有系统，思想也找不到径路，所以愈读愈觉得迷惘，愈感到烦闷，幸而后来遇到了两个救星，我的头脑才在它们的指导之下组织化起来。

那两位救星便是"数学"和"历史"。数学的训练使我具有组织的能力，历史的启示使我得到系统的概念。从此我对于种种学术和智识，方有一点真的理解。不过我对历史的理解，却是一本讲文艺思潮的书——本间久雄的《欧洲近代文艺思潮论》所促进的。我在《读书生活杂忆》一文中记着这一回事：

> 化学上面说着有几种作为触媒（Catalyst）的物质，在它的接触之下，它自身并不起变化，却能完成别的两种物质的化合。《欧洲近代文艺思潮论》这书，对我也生了"触媒"的作用。我在读此书以前，也曾乱翻些哲学的、社会科学的专书或杂志论文，然而我不能理解，即使有自以为懂得了的，其实连一知半解也谈不上。直待读了本间久雄的这本著作之后，我才豁然贯通了哲学和社会科学上的许多问题。
>
> 从《欧洲近代文艺思潮论》，我认识了社会进化的铁则，从《欧洲近代文艺思潮论》，我解悟了唯物辩证法的公式……这些道理，都是这本书中所不曾讲到的，但我却由此旁通了。所以我说这书是"触媒"，它影响了我，却并不使我更加倾向文艺，而使我的脑子跟哲学和社会的科学的知识相化合。
>
> 从此以后，我就系统地阅读了许多哲学和社会科学的著作，由此更进，我又注意到自然科学。在劳动大学的中等科的最后一年，我是专习理科的。

但是因为注意的范围太广，就不能深入，所以我在各种学艺上都没有成就，至今还是一个不学无术的人，只能写些"杂文"，在文化界打杂而已。有些知道我的历史的人，说我已经由"知识界的乞丐"升作"文化界的短工"。但我以为这话是不对的。在知识上说，今日的我还是一个乞丐，因为我自己感到的不足如故，而求得也仍然不易也。

和我同样的"知识界的乞丐"，一定是很多的。但看近几年来的情形，从学校里正途出身的大少爷们，已不似先前那样的趾高气扬，自以为了不起而任意侮辱学校以外的求知者了。文化界对于一般失学青年的教育又颇加注意，读书的指导，于生活有用的学艺的通俗的介绍，都很努力。这在我们这些乞丐，实在比侥幸进了学校还要好得多哩。

元人翁森作《四时读书乐》时，得尽大少爷们读书之乐，例如那咏春天读书的一首道：

山光照槛水绕廊，舞雩归咏春风香。
好鸟枝头亦朋友，落花水面皆文章。
蹉跎莫遗韶光老，人生唯有读书好！
读书之乐乐何如？绿满窗前草不除。

这种乐趣，当然不是我们做乞丐的所能领略的。但是我们时常也感到一种读书的乐趣：那是当书中所说的话使我们悟得了存在于我们的现实生活里面的种种社会的和历史的真理，使我们对于将来的光明发生希望的时候。

章乃器（1897—1977），银行家、经济学家、政治活动家。1918年毕业于浙江省立甲种商业学校。1932年创办信用调查机构中国征信所并出任董事长。1935年被聘为光华大学、沪江大学教授。1938年出任安徽省政府秘书长，后又任财政厅长。1945年作为中国民主建国会创始人之一当选为常务理事。1949年出席中国人民政治协商会议第一届全体会议。所著《中国货币金融问题》等是民国时期研究中国经济的权威性著作。

我的研究动机和研究经历

章乃器

有舒服生活可过的人，可以很逍遥地说：人是为生活而生活的。过不了生活的人，他们的观念两样了。他们一定会想到：倘使他们不过是为着生活而生活，那倒不如不生活。

本来，倘使人类不过是为着生活而生活，目下的人类就应该和其他的动物一样。是因为人类有比生活更高一些的人生意义——有进化的企求，然后，目下的人类才能有超越一切其他动物的威力。说得详细一些：饱暖是一切的动物都需要的；所差的，是人类除了饱暖之外，还需要一个进化，而其他的动物，需求却止于饱暖，于是，它们就自然而然地落伍了。

为了人类要有进化的企求，所以我们说：人们要负起来历史的使命——人们应该不断地推进文化。然而，所谓文化云者，它的意义是必须加以解释的。在人群里的矛盾十分尖锐的今日，有一部分人是惯以文化消灭文化的。这种事情，自然是古代也已经有，不过不像今日那样厉害罢了。比方，意大利最近是向阿比西尼亚①去"宣扬文化"去了；它的"文化"，是杀人的飞机和大炮。这是推进文化呢，还是以文化消灭文化？这一套的"文化"，我们应该让它发展吗？

除了这一套反动的"文化"以外，社会上装着文化的招牌，执行杀人不见血的代少数人剥削多数人的任务的，正多着呢！一种文化倘使不以大众的利益为基础，那结果是很危险的。一个从事于文化的人，倘使不站在大众的立场，那结果必然要变成人类的蟊贼。像无线电发明家马可尼，现在是在帮助墨索里尼去杀戮阿比西尼亚人民去了。

在文化上，"为研究而研究"的态度，本来也只有吃饱了饭没事做的人，才可能采取的。他们比"为生活而生活"的人，自然是高一些——他们自己总以为已经负起来历史的使命了。然而，他们的危险性是很大的，倒不如醉生梦死的"为生活而生活"的人，不至于伤害人类。"为研究而研究"的人，便可能做以文化消灭文化的人，也可能做代少数人设法剥削多数人的人，因为他们根本不曾想到大众的利益，所以我们说，文化是必然要以大众的利益为基础的。

凡是一个有志气的人，不管他所抱负的是社会主义或者是个人主义，不管他所受的是旧教育或者是新教育，都必然要发

①今译埃塞俄比亚。——编者注。

生一些"志不在温饱"的感想。所以，"为生活而生活"，就是在温饱的阶层中，也会有许多人觉得是不够的。这一些不够的感觉，已经是一个人生哲学的问题，不过还是很粗浅的罢了。

为了"志不在温饱"，于是，"为研究而研究"的态度就要出来了。只有在体会到劳苦大众的可怜生活之后，才会觉得"为研究而研究"依然不是做人的法则；于是，才会进一步到了"为大众利益而研究"的态度。这种种的曲折，在一个小资产阶级层里的知识分子，往往是必然要经过的。但是，假如他所有的，只止于一些"恻隐之心"，而不能把人类的历史和社会制度做一个明白的分析，再从社会制度的改革方面找出一条自然的大道，他就要变成一个慈善家或者一个宗教的社会主义者。那样，他的志趣是可嘉许的，然而，他的行动却依然要错误。为了他自己还不曾了解改革社会、提高人类幸福的大道，他所指导别人的，当然也是一条错路。那样，他在本意上固然是谋大众的利益，而结果或者反而要妨碍大众的利益了。

历史所指示给我们的大道是什么呢？这话说来很长，详细的只可到社会科学的书本上去找。简单地说，历史告诉我们：人类进化到了某一阶段时，社会上会形成少数人压迫而且剥削多数人的状况；这多数人假如想从那压迫和剥削中间解放出来，他们只好用革命手段和少数人抗争；那样，他们一定可以以多胜少而达到解放的目的；此外一切哀求、磋商……的方法，结果是第①于"与虎谋皮"，是没有用的。上面所说的某一阶段，是指历史上某一种社会制度到了衰老的阶段。

上面说了一大篇，还没有说到本题，不过是说明一般人所应当采取的研究态度罢了。以下说一些关于我自己的研究态度。

我是一个生长在"差堪温饱"的"乡绅"家庭里的人，很幼少的时候，就不知不觉地上私塾读书去了。当时读的，自然还是"古人之书"；"大丈夫志不在温饱"的一代圣贤、英雄思想，自然是有人会灌输给我的。又因为我的天资比较的高，许多师长也赞许我并不是一个止于温饱的人。受了这种圣贤、英雄思想的驱使，在"出人头地""显亲扬名"的企图之下，"为生活而生活"的没出息思想，大概是从少就不曾有过。但是，所谓推进文化的历史的使命，那时还是完全没有懂得；我之所以要读书，唯一的目的就在个人的"功名"，和人类毫不相干。研究兴趣也谈不到，因为当时的读物，如《三字经》《四书》《千家诗》……之类，我根本就不十分懂得那中间的意义，哪里还谈得到研究呢？我那时所感兴趣的，是图画和手工，但是师长是不许我做的，几次都因为画人像和做玩具，被师长处罚。

后来慢慢地长大了，"古人之书"中的意义，才渐渐得了解，于是我在"国文"一科上，就起了研究兴趣。我除了会模仿"唐宋八大家"的古文辞以外，还曾经玩过"赋诗""填词"一套的"风雅"把戏。假使我那时候就是这样地努力下去，也

①原文如此，疑"第"字应为"等"字之误。——编者注。

许我现在要做"存文会"里面的一尊古董呢。

然而，我那时已经在"学堂"里面了。英文的学习，使我知道世界上还有语言和文字一致的人类。相形之下，使我感觉到这满纸"古人之言"的中国文，实在是太艰难；在一张"国文"占着很多时间的课程表上面，我觉到中国人真太苦了——读好了"国文"差不多没有余力研究有用的科学了。

这种感觉和研究"国文"的兴趣，成了一个矛盾。大概就是这种矛盾的发展，使我后来很早地在"五四"运动之前，就倾向语体文，而把那费过苦功的"诗、词、歌、赋"一脚踢开。

对于发明家的偶像崇拜，在当时的"学堂"里也已经很热烈了。因此，我在少年的时代，便常常有做发明家的幻想。那时候我心目中的发明家，自然也只是很神秘的一件东西——神秘得和圣贤、英雄一样。所以，这种幻想，和"大丈夫"的志愿，实在是"殊途同归"的。我在十六岁那一年，我父亲叫我进商业学校的时候，心里很不高兴，因为这和我做发明家的志愿不符。进了商业学校以后，我除了依旧用功于"国文"以外，对于算学也十分用心，准备能找到一个机会改去研究自然科学，因为那时候，以为只有自然科学里可能有发明。我还记得我曾经用了许多工夫发明两条几何学上关于多角形诸内角之和的定理，在《学生杂志》上发表。当时我的算学教师，都很肯定地说这是我的发明。我后来渐渐地脱离自然科学的研究了，这个"发明权"的下落，也就不去注意了。这一个谜，到现在我还希望有人来解答。在中国社会里——甚至在许多资本主义社会里，发明权往往是被少数人独占，而大多数人的发明是会被埋没的。

我进商业学校的第二年，就开始读一本薄薄的《经济学》。当然，现在看来，那本书不单是简略，而且是肤浅。可是在当时，我读到绪论里"通商大埠，常位于大江大河下游"一句话，就十分倾倒，觉得它能够表示我一切古书里找不到的知识。以后再读到"以最少劳费取得最大效果"的经济原则，更是赞叹不已。读者也许要奇怪我当时何以那样幼稚。其实呢，"读死书"出身的我，做文章要使别人不懂，脑海中还记着"行不由径"的古训；对于经济学，自然是要惊奇的。

于是我对于经济学就起了研究的兴趣了。自然，研究所得到的，还是十分浅薄的。商业学校毕业以后，为了家庭负担不起学费，我就到金融界里去做事了。这又是十分违反我的"圣贤、英雄"思想的；我对于打算盘、记账簿……一类的"市侩生活"，自来是十分鄙视的。记得在校时有一位先生告诉我应该多练习写字和珠算，我就想反问他：难道我应该希望自己将来做书记、做账房吗？联想到目下许多青年，到了社会里去之后，不是向"升官发财"的路上去做"政治投机"，便是想脱离社会去学"出家革命"——这自然是封建社会的反映，然而，圣贤、英雄思想的教育，也负着很大的责任。我想，目下觉悟的青年，一定会明白：我们固然要负起对于民族和社会的责任——历史的使命，然而是要在做书记、做账房甚至做劳工的当中来负起这种责任的。我们一离开了工作，就离开了现社会，就不会了解现社会。不了解现社会的人，而要高谈改造现社会，那就是所谓"闭门造车"。这都是圣贤、英雄思想所传给我们的领袖欲、风雅欲以至享乐欲所造成的错误，觉悟的青年们是万万不能再上它们的当的。

一个圣贤、英雄思想所熏陶出来的青年到社会里去，往往要觉得"不得志"，甚至觉得"无处容身"——除非是极少数的得"祖先余荫"的人们。社会上的"领袖人物"，毕竟是为数无几；公私机关里的"小领袖"，也是为数不多；哪里能够容纳这许多圣贤、英雄思想的青年呢？而且，一个初到社会里去的青年，凭什么能力去做领袖呢？在政治方面，少数得"祖先余荫"的人，的确有时可以"青年得志"，做长官去"草菅人命"——然而，那是几多的糟？多数不能"青年得志"的人们，有的就只好向仆役、人力车夫……一类劳苦大众摆架子，以发泄他们的领袖欲，有的就只好悲观、失望、发牢骚。

我到了社会以后，初期就在"饮酒赋诗"、发牢骚中间过生活，经济学的研究也停止了许多时。毕竟为了敌不过生活的压迫，事实教训我还只有从新修养一些吃饭的技术——服务金融界的偏于技术的知识。在那几年中间，我除了练习珠算、簿记和英语以外，对于金融市场、银行组织、银行业务、商业法规等，的确是研究得很多。业务接触上所给我的经验，着实也不少。我的金融界里一些学术地位，还是那时候打下基础的。

大概，从零碎的对于某一经济部门的了解，联系到整个的经济组织，已经不是很容易的事；再从经济联系到政治，也需要适当的时间；而从经济、政治的研究再联系到哲学，更是比较的繁难。反之，研究过哲学理论的人，要把那种理论联系到现实的经济、政治现象上去，再很精微地联系到经济、政治的各部门——能够在任何的部门当中找出哲学的意义，也要经过较长的过程。比方"人是为什么生活的？"一个问题，答复起来还比较容易。"我们为什么要找职业？""我们对于职业应该取什么态度？"……一类问题，就比较不容易答复了。"米价涨了究竟是怎么的一回事？我们从正确的经济学观点上，应该给它怎样一个了解？"这个问题，就更加复杂了。假如你是站在形而上的哲学的观点，你也许要说：这种吃饭、穿衣的小事情和你不相干。假如你是站在为少数人谋利益的哲学的观点，你也许要说：这伴着一般物价的高涨而高涨的米价，可以使经济回复繁荣，是很好的一件事。假如你是很机械地站在为大众谋利益的哲学观点上，你也许要说：米是农产物，农产物的涨价是对于百分之八十以上的农民有利益的。只有你是很辩证地站在为大众谋利益的哲学观点上，你才会进一步地研究：目下米的所有者到底是大多数的农民，还是少数的居间商；即使农产物涨价，如果农民所消费的工业品涨价涨得还要多，农民是不是反而要吃亏？

实践和理论，是不能分离的。但是社会上有许多人只知道吃饭、做工——只知道实践，而不知道他们为什么要吃饭、做工。他们成了为生活而生活的工具，成了和猫、狗一样的动物。另外一方面，便有许多人整天地躲在研究室里，埋头读书，不问外事——只知道理论，而忘记了实践。他们成了为研究而研究的书呆子。这两种人都没有懂得做人的道理：前一种人变成了普通的动物，而后一种人变成了新式的"僧道之流"。

我呢，为了生活的缘故，不能不工作；而为了圣贤、英雄思想的深入，又不能不研究。然而，工作和研究——实践和理论——的联系，就很困难了。把偏于技术的理论应用到工作上面，是比较容易的；但是这种纯技术的理论和实践的联系，结果不过造成了高等工具的地位，在人生的意义上，是万万不够的。许多在技术方面有高深的造诣的人，不但不能替人类谋利益，反而成了一个以文化消灭文化的罪人。这是什么缘故呢？就因为他们只能在技术方面做到一部分的理论和实践的联系，而不能在哲学方面，做到整个的理论和实践的联系。然而，这个答案依然不够。因为如果他们所认识的哲学是为少数人谋利益的哲学，在那种哲学下，整个的理论和实践的联系是十分危险的。政治舞台上许多大人物，他们都不是工具，他们都十分了解哲学——为少数人谋利益的哲学，然而他们是人类最大的害物——有意识的反动者。墨索里尼、希特勒和马可尼，便是这一类人的代表。

圣贤、英雄思想发动我的研究兴趣，圣贤、英雄思想启示我应该为大众谋利益，然而它却使我走错了研究的路线。为了要为大众谋利益——"关心民间疾苦"，我那时候觉得我不能专在技术方面做研究工作，而应该注意到政治。但是，在圣贤、英雄思想之下，技术和政治是无关的，甚至社会经济也和政治无关——政治是只需凭少数人的贤明理想和英雄行动，而可以不问环境、不顾事实地硬干起来的。在这种错误的观念之下，我不能不认定政治的研究是神圣的，而技术的研究是卑鄙的。我初期的政治论文，就往往对于经济很忽略。以后渐渐能够把政治和一般经济联系起来了；然而，对于比较专门的经济部门——如同和我的职业有关系的金融，我依然弄不清楚它的政治意义。那时有人要求我写一些专门关于金融的论文，我往往要觉得没有兴趣而加以拒绝。即使写了，也依然是为技术而技术的，一点都不能在那中间提出我的政治主张——有时反而违背我的政治主张。许多人批评我：一谈到和本身利害有关系的金融，我的态度就改变了。这一点，我是承认的，但我要声明：这是不自觉的。大概，处在某一种环境之中，思想就不能不有所宥蔽吧？

1935 年春天，我写了一篇《货币金融所反映出来的中国社会》，发表在《文化季刊》上面，才算把和我的职业有关的货币、金融问题弄个清楚。在那篇文字里，我用我所知道的事实，解释帝国主义和封建两种势力在货币、金融中的成分。从表面看来，这种工作是不难做的；但是，在事实上，中国许多对于社会性问题的论文，一部分是从农村经济着眼，另一部分是从都市里的工商业资本着眼，很少着眼于货币、金融问题的。即使有人写了一些，然而，毕竟因为他在这问题上的认识不够、资料不充分，不能解释得十分透彻。而我呢，恰好是在写那篇文字的时候，才能够把平时关于货币、金融的研究和政治见解统一起来，很明确地认识帝国主义和封建势力是到处存在着，所以，我当时是觉得十分快活的。

哲学上的方法论，我是不曾用过很大的苦功的——其实，对于整个的哲学，我所读的书也很少。我读过了二三本篇幅不多的关于唯物辩证法的书籍，另外随时在杂志上看了几篇关于唯物辩证法的论文，脑海里只有了一些很基本的印象。是在以后的写作和辩论当中，才慢慢地把我对于唯物辩证法的了解提高起来。换一句话说，我是在实际当中得着更高的理论的——我对于唯物辩证法的了解，也正是依着辩证法的法则而发展的。

有一次，我正在写一段关于帝国主义和封建势力的文字。在上半段，我指出这两种势力是互相勾结，向中国民族压迫的。到下半段，我写到中国各地封建性的货币的存在，在华外商也十分痛恨——帝国主义和封建势力又是互相冲突了。这样，我就遭遇到了一个困难：前后文自相矛盾，而无以自圆其说。在这时候，我如果只懂得形式逻辑，我或者只好抹杀后一种事实，而很武断地一口咬定：帝国主义和封建势力中间只有勾结，而绝对没有妥洽。自然，这种理论是很虚弱的，因为只要有人指出一些帝国主义和封建势力冲突的事实，我的理论就要完全惨败了；而在事实上，我又变成一个抹杀事实、自欺欺人的人。同时，如果我是一个相对论者，我也许要下一个结论：帝国主义和封建势力的勾结，是相对的；它们也许可以勾结，然而也许可以发生冲突。究竟是冲突还是勾结，我就处在"游移两可"之间了。

很侥幸地，我刚在这时候找到了一个有力的工具——唯物辩证法。我运用"统一的对立"的法则，解决了形式逻辑所不能解决的问题。我再运用了"必然性和偶然性"的法则，纠正了相对论者的"游移两可"态度。我得着一个正确的结论：帝国主义和封建势力的勾结是必然的，而它们的冲突是偶然的；它们中间的冲突是"统一的对立"这种对立的发展，是依着"正、反、合"的法则，而成为另外的一个统一——就是所谓"合"的阶段。那就是更有利于帝国主义的中国新币制吧？

这样的一个领悟，是会使人雀跃的，我在和别人辩论遇到困难的时候，往往得着唯物辩证法的一支生力军，使我取得了胜利。限于篇幅，恕我不能一一列举了。

我在上文已经指出：我对于金融问题的研究，初时是和我的政治思想对立的。这一个对立的统一，使我的思想发展到更成熟的一个阶段——这个发展，本身就是辩证法的。

现在还留下来一个问题，就是：我们为什么要修养技术？我们是为吃饭而修养技术吗？许多后进的青年都在这样地问。

自然，饭是不能不吃的。不过，倘使专为吃饭而修养技术，那也逃不出是工具主义。那不单是可耻，而且也可怜。

我看了苏联的电影《生路》，使我对于这问题得着了答复。因在《生路》中，一个小偷儿能够用很高的剪绺技术，窃取一位太太皮大衣的后面一块。后来，这个小偷儿被政府捉到皮鞋工厂里做工去了；他就运用他的剪绺技术，裁剪皮鞋坯子，而得着很好的工作成绩。原来，连剪绺的技术都可能运用在建设的工作上面的呀！

我提出这一段剧情，当然不是说，青年尽可学偷儿的剪绺技术；而是说，旧社会里一切的技术，到了新社会里去很科学地改变了意义之后，都有很大的贡献。比方，在现社会里，有专以谄媚、侍候少数权贵的技术求富贵的人，他们到了新社会里去之后，假如同样地能运用他们的熟练的谄媚、侍候技术到医院里去博取疾病大众的欢心，那个意义自然也是很大的。你想，这一套卑鄙的技术，到新社会里去都居然会有利于大众，其余的就可想而知了。

本来，新社会的建设，就靠着旧社会的遗荫。把旧社会里一切为少数人谋利益的设备和行动改变为替大众谋利益的手段，便是建设新社会的条件。这种条件的取得，自然是要经过极大的斗争，而绝不是空想所能达到的。

苏联目下建设的成功，它的基础，是由斗争取得的；而技术、工具以致文化，却是旧社会留给它的。比方，旧社会留给它的蒸汽机，它就无论如何都不能放弃。

所以，修养一些技术，为自己打算，是希望可以解决目前的吃饭问题；为大众打算，是准备着将来更有意义的贡献给新社会；为人类历史打算，无疑的也是提高了文化水准。就是因为在目下不合理的社会当中，有了很好技术的人不见得能够解决吃饭问题，即使能解决了个人的吃饭问题，也绝对不见得有利于人众，而现社会里种种一切的矛盾更要阻遏技术的修养和文化的提高，所以我们主张改造社会制度。我们应该是为了技术和文化的缘故努力社会的改造，而不能因为社会之不改放弃了技术的修养。

以上很拉杂地写了一些，写的时候也很想写得容易懂。当然，这是不够详细的，然而至少希望读者能得一些研究经济学和修养技术的意义。

最后，我希望青年们不要做为生活而生活的人，也不要做为研究而研究的人，更不要做因不满生活而不愿研究的人。为了大众的利益，为了历史的使命，我们不能不研究。

金仲华（1907—1968），著名国际问题评论家。毕业于杭州之江大学。1928年进入商务印书馆，任《妇女杂志》助编。1932年任《东方杂志》编辑，同年任苏联塔斯社上海分社电讯翻译，开始研究国际问题。1933年到开明书店编辑《中学生》杂志。1935年任生活书店编辑主任。1936年任《世界知识》杂志主编。著有《国际新闻读法》《妇女问题》《青年与生活》等。

我曾经想做一个体育家

金仲华

开头我要提出一点：我以为每个人生来都具有运动的本能，所以对于体育的爱好，是出于天然的。有些青年学生对于体育运动竟会摇摇头，说"素性不喜欢"，其实不是"素性"如此，而是早先的家庭环境给他们造成了这种变态。我国旧时的所谓读书人家，子弟必须教养得"文质彬彬"，以为跑跑跳跳乃是野孩子的行径；这样的家庭环境便会使一个活泼的少年变得体质脆弱，动作迟慢，对于广大场地上的奔跑、跳跃感到可怕甚至厌恶。我小时就是生活在这样的　个家庭中，但幸而我家前门对着街市，后门却通到野外，家庭的教养虽然使我变得文弱，不敢多往大门外张望，而有时静蹑蹑地独个子溜出后门去，看见许多"野孩子"打擂台、掷石子、放纸鸢，都曾使体内潜藏着的运动本能偷偷地发动起来。我也曾用竹骨和韧纸糊成一个

"鳌鱼鹞"，趁父亲出外时往后门去偷放一回；夏晚往野外乘凉，也会预先把捕蝉的"蜘棒"和笼子藏在后门角内，临时秘密地带出去应用。这种野外生活的尝试，现在我知道了是有着体育运动的意味在里边。我对于体育的本能兴趣没有给家庭环境摧残完尽，就是靠了这样的"秘密活动"。

稍稍长大，我被送进私塾。私塾本来是"野孩子"活动的大本营，但因为塾师是我父亲的好友，他把我特别看待，称赞我是一个"文质彬彬"的好孩子，这样的诱惑倒使我把体内的运动本能勉强地压下来。不过回家以后，我在后门外的"秘密活动"还是继续着的。幸而私塾生活过得不久，我又进入县立小学；那在乡下的小县城是被称为"大学堂"的，有着一个不算小的大操场，这环境很是可爱的。那时先生们也把我当作文弱的孩子看待，但我对于操场上的活动已敢自动去参加了。有时我出人不意地踢了一脚高球，居然会博得先生们的喝彩。踢球之外，掷砖头是我个人的拿手好戏，因为这种本领是可以一个人静静地练习的；我常常在家中后门外和操场上用劲练习，在十二三岁时便能把薄薄的砖瓦掷到两个球门间的距离那么远了。

小学毕业了，到嘉兴的一个中学升学，我就带了这两种随身本领去。中学学校的操场比小学的大得多。还有一个旧的明伦堂改成一个雨操场，可以风雨无间地运动。那时我只有十三岁，在同级中算最幼小，上球场实在太容易吃亏；但我总是任着自己的兴趣参与着。明伦堂的高耸的屋顶又给我发现了一个练习掷砖的好环境，我每天总有几次约了同学去比赛，看谁能立在远处把砖瓦掷过这大堂的屋顶。这项"基本训练"后来我在各种运动上得到了广大的应用：我在棒球场上会玩几手，我得过乙组掷标枪的锦标，我能够把篮球掷得很准。后来进了大学，我喜打网球，打得很有力，也是靠了这样练成的臂力。掷砖的本领也给我练成了一种有趣味的小玩意，就是所谓"削水片"——把薄薄的瓦片"削"在水面，能一跳跳地在水面跳起到一二十次，有时成为一个大的弧形旋进，着实好看。当时掷砖的最大收获，是暑假回家在邻家后园外大树下掷中一只喜鹊，捉回来杀了烧"五香鸟屑"吃；自己捉来的东西，就是一只蟹，一条二三寸的鱼已经可供大嚼，何况一只大喜鹊呢！当时似乎以为这种本领也可以换饭吃了，可是那次以后，一连几夜去打喜鹊，都无所得，这种幼稚的想头也就冷淡下来。在中学时代我所喜欢的另一种运动是划船。那是一种身体很狭两头尖长的划船，当时叫作"洋船"，每只船上四把长桨，四个人划，一个人把舵，船身差不多和水面齐平，要赤足穿短裤才能上去划。船的进展速度极快，转动也非常锐敏，不会游泳的人都不大敢去尝试，而我的兴趣却极高，常喜欢跟人划了到三塔、烟雨楼等地方去游玩。

从中学升入大学，我便带了比较熟练的运动技巧去，只是我的年纪总是一级中最小的，进入大学时我还是给人家看作小孩子。我只配平时在运动场上跑跑跳跳，要正式参与比赛就没有资格。在学校中练习体育，似乎目的不在于锻炼身体，而在于能成为选手。运动选手在学校内被优待，在学校外也被看重，这种虚荣也是引导许多学生到运动上去拼命练习的力量。当时我多少也受着这种虚荣的诱惑。我在中学四年级做过一次足球选手，但因为气力小，吃了不少亏，因为我和人家的身体一碰，总是自己被弹了远去。入大学以后，我就放开了需要强力的运动，而练习网球、排球；这两种运动需要较少的体力，趣味却也很好。我靠了早先练好的臂力，在四年中把网球打得很纯熟。平时兴致高的时候，星期日会打个整半天，并不觉得吃力。当时我们进的大学在杭州的一座山上，网球打得野了，飞向山边去。在茅草、荆棘长满的山坡上寻球，也是苦中寻乐的一种意外乐趣。我的排球技术因为靠了臂力，也练得还可以，后来居然做了选手到外地去比过一阵。在这两项运动之外，那时我也开始了游泳的玩意；学校所在的山下就是钱塘江，我学习游泳的最初洗礼是在这条大江中举行的，现在回想起来，颇有一点自豪。

上面只是啰杂地讲了我在学校时代练习运动的经过，实在很少意义；若要拿这经过情形来说明一点道理，就是每个人的运动本能只要不受环境的过分限制，都会自然发展起来的。我在大学的几年身体很康健，粗糙的饭食可以吃到四五碗，还常常觉得饥饿，身段高长，肢骨发达。我把预备功课和休息睡眠的时间都分配得很好。现在每逢身体不好，想起那时真是我身心发育的黄金时代。

在学校的时候，因为对于体育兴趣的浓厚，很想日后可以做一个体育家。我当时最大的愿望是成为一个网球家。但是自从离开学校以后，和我那心爱的网拍只握过一回手。我的职业环境使我不得不和它分离了。当时初来上海，对于远东运动会中的网球比赛还是看得非常热心，去研究各种打法，后来则连去看看比赛的精神都没有了。过了七八年的职业生活，我觉得一般职业机关的工作时间一直在加长，而对于职工的体育上的注意则并没有增加。有职业机关一直在讨论如何增进工作效率，办法似乎只在把工作人员紧紧锁住在写字椅上，却总没有注意到职工锻炼身体、培养精神的环境。我的体重在几年间减轻了十几磅，起先是一百四十磅，后来逐渐减低到一百二十四五磅；每隔几时去过一回磅秤，总觉得心慌。饭量也逐渐减下来，经过一次胃病，后来只能吃到一二碗了。夜间常常睡眠不好，据医者说是初步的神经衰弱的症状。幸而肺部还强健。我知道胃病、肺病和神经衰弱乃是缺少运动的人的常有病症啊！一个曾经想做体育家的人，竟成为医生的长期顾客了。

在最近一年来，我尽力设法寻觅运动的机会。偌大的都市中，有许多使人堕落的娱乐场所，体育场却只有寥寥的一二处，而且大多位置在僻远的地方，开放的时间又总是给职业化的体育团体包办着的。只有几个公园，可以给人去散散步，吸些新鲜空气。我就决定每天早晨去走一趟，做十五分钟的深呼吸和柔软体操。这里也有几个人和我这样做体操，有几个人则每日准时在练习太极拳。以前在学校时，早晨的柔软体操是大家感到枯燥无味的事情，现在为了方便，居然给我看得非常重要，想起来不免有些可笑；以前听到早操钟，恨不能多延迟一刻到操场去，做体操时觉得那十五分钟也是非常长久，现在却因为办事时间被规定，总觉得不能在早晨的新鲜空气中多留一刻，是非常可惜的事情。

除了早晨的柔软体操以外，我还寻到了一种运动，那就是游泳。在都市近郊有一二个游泳池，夏季开放，带了一套游泳衣去就可以运动几个钟头。这也是一个人就可以玩起来的，而且是最好的全身运动。以前在钱塘江中我曾经练习过几时，现在每日练习，居然大有进步。在海边的波浪中我也去尝试过几回；到了冬天我还是在温水中继续练习——这种运动已经治好了我的胃病，也帮助我在夜间得到很好的睡眠。不过，我知道，在都市的商业化的环境中，这种运动也只是限于肯拼着出钱的少数人。一套游泳衣，一个游泳季节的门票费，实在是不小的经济负担。在这个资本主义的社会，我们要购买体育、卫生的机会，竟像购买医药治疗一样的，必须花许多金钱的。

想到过去自己曾经打算做一个体育家，不觉引起了许多幽默的回味。现在我不再这样打算了，我希望重复有一个正常的健康的身体，我希望周围有一个正常的健康的社会！

胡仲持（1900—1968），字学志，笔名仲持、宜闲等。著名记者、编辑和翻译家。胡愈之之弟。浙江上虞人。1920年后历任上海《新闻报》《商报》及《申报》外勤记者、编辑，生活书店《集纳》周刊主编，《香港华商报》编辑主任，桂林文协总务部主任，《现代》半月刊主编。编有《世界文学小史》《世界大都市》《三十二国风土记》等，译著有《忧愁夫人》《世界文学史话》《大地》《月亮下去了》《愤怒的葡萄》等。

记者生涯

胡仲持

一

新闻记者的职业生活，在我是整整地过了十六年了。我的志趣似乎从小就倾向在这一方面。记得十来岁时候我最感兴趣的，除了刻砖印、糊纸盒子这些玩意儿之外，就是翻看邮局送来的杂志和报纸。当时我的父亲是一个富于政治兴味的教育家，他创办了一所小学校和一所女学校，还做着本县自治运动的中心人物。大约是为了自己实际上的需要吧，他订了好多种杂志和报纸。这些也就成为我们几兄弟的课外读物了。我的父亲、叔父和哥哥对于章太炎、饶汉祥①一流的文章是十二分佩服的，在报纸和杂志上偶然看到他们的文章，少不得朗诵一番。然而我呢，究竟当时学识还不够，领略不到那些名家文章的好处。我所要看的不外乎简短的新闻、零星的小品、白话体的小说，尤其是各种各样的插画和画刊。这些报纸和杂志上的图画引起了我艺术的本能，我这才常常拿笔乱涂。我揣摩到喜怒哀乐种种容颜的画法，以及山水人物的布局。我的作品博得了长辈一致的赞赏。我俨然是一个小画家了。

当我十一岁的时候，我的哥哥发起组织家庭儿戏社，参加的有我们几兄弟，跟我同岁的堂弟，以及寄居我们家里的一个表姊。我们用这个团体的名义演过《鸿门宴》等几出新剧，开过一次儿童作品展览会，还出版过十期以上的《三日家报》。当然这种报纸是手写的，而且只有一份。第二年的阴历正月，家庭儿戏社便产生了较进步的《家庭杂志》。这是用六七十页我们本地所谓"黄草纸"订成的月刊，在编制上，把当时那些流行杂志的形式模仿得色色俱全。各项门类的文字是我的哥哥、堂弟和我写作的。哥哥每月给我和堂弟各出几个题目。我们的作品经过了修改和誊正，便收在我们的杂志里。这杂志第一年照例出了十二期，是哥哥主编的；第二年春间，哥哥到外地去读书了，这杂志便归我主编。哥哥每月把稿子寄来，我们的杂志

---

①饶汉祥（1883—1927），擅长文学，其骈体电文在民初公牍中曾风行一时。——编者注。

编好了，有时也寄给他看。等到第二年的十二期出齐了，方才停刊。这种儿童自办的杂志，就内容来说，当然幼稚得可笑。然而其中也有几篇到如今还值得我们的回忆。哥哥所作的《革命论》《斯蒂文生小传》《家庭迷信费用的统计》《黄幼稚君的新发明：文琴》（表兄黄君当时是一个音乐家）《念经机器》《吹箫人》（翻译）等，是当时我们认为最精彩的资料。我在外祖母家住过几天，见到乡间一种利用水力春米的农具，叫作"水碓"。我便根据了实际的考察，写成《水碓说》。文字之外，我还用手描的几幅图画说明着水碓的原理和功用。这篇东西在我们的杂志上，的确也别开生面。此外我和堂弟还给《家庭杂志》写述了几篇民间故事——《人》《熊》《活佛》等。这些故事都是工人们讲给我们听的。《家庭杂志》上每期都有一张毛笔的、钢笔的或是彩色的画，出于我一个人的手笔。记得有一幅用彩色画着"悫赖总甲"，这是从前我们本乡每年在清明前后照例举行的迎神赛会，叫作"花迎"的行列里一个滑稽角色。他鼻梁上涂着白粉，戴着翻转的"西瓜帽"，穿着破簑衣，擎着一把破雨伞，一路怪模怪样地踱去，惹得两旁看着的孩子们都哈哈大笑。我便拿这个角色来做三月号《家庭杂志》插画的题材。我画得十分细心，色彩也着得极其鲜艳。这幅画给我的一个姑夫看见了，他禁不住大笑起来，摸摸我的头顶，对我大大地称赞了一番。

《家庭杂志》停刊以后，家庭儿戏社无形地消灭了，然而我呢，对于办杂志一类的玩意儿，可就感着浓厚的兴味。我独自办了一种周刊，每星期出薄薄的一本，名叫《后园周报》①。内中的文章彻头彻尾是我一个人写作的。就图画方面说，这是比《家庭杂志》进步得多了。每期都有图画的封面，每篇文字里也穿插着各种各样的"漫画"。当时十四岁的我，也许对于艺术品的优劣，在大体上，已经有了正确的认识吧。我不大喜欢报纸上天天见到的那些落了窠臼的插画，可是一见到《太平洋日报》上李叔同先生所作的插画，甚至于广告图案，却就了不得地愉快，总要细细地鉴赏一番。

话虽如此，当时的我可也不想追随李叔同先生，成就一个真正的美术家。我只觉着优秀的图画是报纸和杂志上重要的点缀。我的主要的兴趣还是在新闻事业。

二

我在高小学校读书的时期，因为学课逐渐繁忙的缘故，不得不把我的《周报》停办。从此我在美术上头，不再用充分的心思来发展我这方面的本能了。如今想来，这在我是可惜的。然而这也还有一个原因。当时高小学校的图画科和手工科的教师委实不能叫我佩服。他们不曾在原理上、技巧上好好儿指导我们，只叫我们呆板地干着。他们抹杀了作品上的独创性，一味要求着工细。这样的教育方法当然是尽足以摧残我的艺术本能的。记得有一次，巴拿马博览会征集我国各小学校的美术作

①后文中亦简称《周报》。——编者注。

品，我们的学校也选送了好几件图画科和手工科的学生成绩去。我煞费了心机方才做成的一件很有独创性的组纸手工笔筒，却因为手工科教师看来不够工细的缘故，被剔出了。当时我的小小心里是多么的耿耿啊。

三

我最初所进的中学校是南洋中学。在那里读了一年，因为肇和军舰战事①的影响，转学到宁波效实中学。这学校的课程彻底模仿着当时的南洋公学中学部，连教本也差不多相一致。因此，英文和数理化这几科是特别注重的。在效实求学的三年中间，我把大部分的心力用在这些吃重的学课上头，可是我却也十分爱看课外的读物。当时的同学中间，再没有像我这样肯耐心地长坐在只有两口书橱的图书室里的了。

我在学校图书室的旧杂志堆里，偶然看到《新青年》杂志第一卷上陈独秀先生所作的关于反孔和关于哲学的几篇论文，感着过非常深切的兴味。等到假期回家，恰好我的哥哥也从上海回来。他跟我谈起《新青年》所提倡的文学改革运动，并且把他带来的几本《新青年》给我看。这一看给予我的快感真是一辈子也忘不掉的。

《新青年》上陈独秀、胡适之、刘半农诸先生的理论文章固

①1915 年 12 月，肇和舰起义，响应讨袁二次革命，炮击江南制造局。起义最终失败。——编者注。

然极深刻地打动过我的心坎，然而使我爱好到百读不厌的却是鲁迅、周作人两先生用新的文体表现的文学作品。我从这些作品上，方才领略到文学的真实的性质。

我受了《新青年》的影响，便在最后的一学年，邀同几个同学，创办一种白话体的校刊，名叫《学生自助会周刊》①，起初几期是用钢笔版印刷的，不过在学校里散发。后来因为"五四"运动的高潮打到了宁波，我们除了联合当地各校学生到各码头、各商店去搜查日货之外，还筹募了相当经费，把《周刊》改成铅印的单张报纸，作为全市反帝运动的宣传品。在《周刊》上撰稿最多的除我以外，有同学毛无止、冯都良以及四年前在巴黎去世的陈行叔等。我记得给这《周刊》写过一篇创作小说，描摹着抵货运动所造成的日本内部恐慌的理想状态。这中间说到密卡陀。假使这篇小说在睦邻令公布的今日发表出来，我想一定是有干"法纪"的。

《学生自助会周刊》等到我们本级毕业以后，便由留校的同学接办下去，一共有着四十余期的运命。这一小小的刊物有一点是可夸的，就是这是当时宁波全市唯一新颖的白话报纸。

四

我在这样的世界上，可以说是幸福的。我一出学校，就有职业了。我管了邮政供应处的栈房一个月，侥幸地考进了《新

---

①后文中亦简称《周刊》。——编者注。

闻报》馆。这是我十九岁那年冬间的事。当时《新闻报》总经理汪汉溪先生是一位十分干练的人才，《新闻报》在他的经营之下，一跃而升到了上海方面销数的第一位。我这一个年轻小伙子进馆以后，承蒙他过分地看重。他叫我采访新闻，翻译西报，间或帮做时评；因为我寄宿在馆里，有时还叫我去，把当时馆主福开森写给他的英文信，或是《字林报》《大陆报》上所载的什么新闻的内容口译给他听。他接到什么宴会的请柬，往往叫我做代表去出席。我呢，不管自己的能力如何，一切总是硬着头皮干去，后来也就不觉得什么困难了。

当时我是《新闻报》唯一的外勤记者。每逢上海有着什么重要的集会，或是发生什么重要的事件，我总得到场。我这才领略了形形色色的世态，认识了现社会的黑暗面和有名人物的弱点。我眼见过无辜的劳动者受公务人员虐待的惨状，我受过鼎鼎大名的某一商界巨头的殷勤的接待，为的是希望我在某一新闻稿上不要漏掉他的大名。

我在《新闻报》馆当过一整年的外勤记者。回想起来，这是我进报界以来最有进益也最有兴味的一年。

五

此后的十五年，我先后在《商报》和《申报》担任着内勤记者。我的职务到最近为止，一直是编辑国内外的重要电讯，这是比采访新闻单调得多的繁重的工作，可是也不能说没有兴味。编辑者较之一般的读者总可以多得些明了世事真相的机会，而且只消用心，就可以把编排形式弄得很好，这不算是一件难事。但是我老实说，我在编辑上并不是怎样努力的人，因为政治的力量和报馆的现制度使新闻不容易有精彩，我是相信内容重于形式的，我不喜欢在无聊的新闻上枉费心思。

六

在十六年的记者生涯中间，说来也惭愧，我不曾好好儿看完过一本关于新闻学的书籍；亡友戈公振先生和老同事郭步陶先生送给我的新闻学著作，我只不过翻了一翻罢了。我始终觉得新闻学跟语言学一样，并不需要着形式的、机械的检讨。这是跟实际社会的研究不能分离的。

我又认定一个新闻记者应当具备两种基本的条件，就是文学的技巧和哲学的头脑。我过去在业余时间读过了十多部英文小说，如《安那·卡列林那》①《四骑士》等，还译过了六七部文学名著和英美的 best seller 的书，不免多少分去了我对于本职的心力。因此，过了十六年记者生涯的我，对于当今各种政治经济问题的认识还不过是些皮毛。然而我对于这层却也没有什么遗憾。文学对于做着新闻记者的我是必需的。我过去这些涉猎工夫还嫌太浅薄，我此后还得多读些世界文学家的杰作。

我在哲学方面的学习，那是比文学方面还浅薄得多了。我一共只读过五六本关于新时代哲学的书籍，大半还是中文译本。

①托尔斯泰作品，今译《安娜·卡列尼娜》。——编者注。

我所获得的虽然不过是一些极粗浅的概念，然而这些概念对于我的思想已经很有益处了。如果此后得有机会在这方面来用一番精深的功夫，我想我的思想一定可以大大地进步起来。

七

文学和哲学固然可以增进我们表现、思考、分析、推究的能力，然而做着现代新闻记者的我们要认识今日变化万端的世界，还需要着各部门科学的常识。当然，我们求博就不能求精。我呢，因为历年来我的精力大部分为了生活而支付了，很少余暇来读我应读的书，所以现在还觉得对于有些科目，简直连一些门径都没有。我只得采用着"临时抱佛脚"的读书方法。我遇到新出版的各门类的书，只要认为于我自己有意义的，我就不管一时要看不看，买了来插在我的书橱里，每逢我要研究一个自己认为有兴味的什么当前问题的时候，如果我觉得因为欠缺某一方面常识的缘故，不免碰壁了，我就把这一方面的书籍找了来补习一番。譬如，我翻译《南极探险记》的时候，我看过几本关于飞机以及关于理化常识的书；去年夏间因为想要研究苏联事件的缘故，我苦苦地自修过两个月俄文。虽然这些粗浅的学习功夫使我还没有养成阅读俄文书报的能力，但是我懂得俄文的大体结构了，我又能够翻查俄文字典了。这于我多少是受用的。

八

我的业务使我没有充分的时间来阅读应读或是想读的书籍。我日常所接触的读物差不多什九是新闻杂志。我每天不得不看五六种中文和英文的报纸。新出的各种杂志送到了，也至少得翻一遍。我本来对于新闻杂志的阅读是没有什么方法的，近年来才知道有用些方法的必要。可是讲方法就得费时间，而时间在我是宝贵的，我便采用着两种非常简易的办法。

第一是做日记。我的日记潦草得很，简直算不得真正的日记。我每天看报的时候，把一本簿子放在手边，看到重要的新闻，或是文字上什么警语，就随手摘记一些。摘记的新闻上标明着国名或是省名。因为要省时间，我不愿在摘记上用多大的心思，碰到事忙的时候，写上几个标题也算了。这样草率的日记于我有两种益处：（1）每天摘记一遍，对于时事容易记忆，看报也会仔细些；（2）有需要的时候，这日记可以备查。

第二是做卡片。我把自备的中英文杂志，拣重要的保存着，随时把杂志上较有意义的文章的目录写在卡片上，用国名和洲名分类。这是备有需要的时候参考的。

九

当然，我看报纸和杂志，只能够留意到几项重要的以及于我有兴趣的问题罢了。我对于任何一项新闻，首先探究其真实性和虚伪性。如果虚伪性给我发现了，我再探究其用意所在。

这样的研究使我可以认识好些事件演变的根源。我觉得能够利用一切表面的事象来印证自己早已存在的基本观念的，是今日第一流的新闻记者。因此，较之政治的机构、要人的言行，我更关心着民众生活、民众运动以及一切潜在的势力。在世界经济恐慌演变到这么深刻的今日，我尤其关心着汛世界①的战争危机和法西斯潮流，以及相对的反战反法西斯的运动。我们新闻记者在今日的严重时代是有重大的任务的。我们首先应当认识清楚这一种任务，我愿以此自勉，以此勉我的同业。

---

①"关心着汛世界"六字令人费解，原文如此。——编者注。

沈从文（1902—1988），"乡土文学之父"，20世纪中国最优秀的作家之一。幼时顽劣，所受正规教育仅为小学。1916年参加预备兵技术班。1924年边断断续续在北大旁听课程，边学习写作并向报刊投稿；同年底发表处女作《一封未曾付邮的信》。后依次在中国公学、西南联大、北京大学任教。著有《石子船》《从文小说习作选》等30多种短篇小说集，《边城》《长河》等6部中长篇小说，以及《中国古代服饰研究》《中国丝绸图案》等学术著作。

预备兵的技术班

沈从文

家中听说我一到那边去，既有机会可以考一份口粮，且明白里面规矩极严，以为把我放进去受预备兵的训练，实在比让我在外面撒野较好，即或在学校免不了从大桥掉下的危险，但有人亲眼看到掉下来，总比无人照料到那些空山里从高崖上摔下为好，因此当时便答应我了。

我把这消息告给学校那个梁班长时，军衣还不曾缝好，他就带我去见了一次教官。我第一次见到那个挺着胸脯的人实在有点害怕，但我却因为听说他的杠杆技术曾经得过全省的锦标，能够在天桥上竖蜻蜓用手来回走四次，又能在杠杆上打大车轮至四十来次，因此虽畏惧他却也欢喜他。

这教官给我第一次印象不坏，并且此后的印象也十分好。他对于我似乎也很满意。先看我人那么小，排队总在最后一名，在操场中做"跑步"时便把我剔出；到的"正步走""向后转"走时，我的步子较小一点，又想法让我不吃亏。但经过十天后，我的能力与勇敢就得到他完全的承认，做任何事应当大家去做的，我头上也总派到一份了。

我很感谢那教官，由于他那分严厉，逼迫我学了一种攀杠杆的技术，到后来还用这点技术救过我自己一次生命的危险。我身体到后在军队中去混那么久，那一次重重的伤寒病四十天的高热，居然能够支持下来，未必不靠从技术班练训好的一个结实体格所帮助。我的性格方面永远保持到的一点坚实军人风味，似乎也就是那将近一年的训练养成的。

我进到了那军役补习组后，我方知道原来在学校做班长的梁从生，在技术班也仍然是班长。我在里面得他的帮助可不少，譬如一进去时的军人教练，他就做了我的教师。当每人皆到小操场的砂地上学习打觔斗时，用腰带束了我的腰，两个人各用手紧紧地抓着那根带子，好在我正当把两只手垫到地面，想把身体翻过去再一下挺起时，他就赶忙用手一拉，使我不要扭坏腰腿。有时我攀上杠杆用膀子向后反挂，预备来一次背车时，在旁小心照料的也总是他。有时我不小心摔到砂地上，跌哑了喉，想说话无论如何怎样用力再也说不出口，一为他见及，就赶快搀起我来，快快地挟着我乱跑，必得跑了好一阵，我口方说得出话。

这人在学校书既读得极好，每次考试总得第一，过技术班来成绩也非常好。母亲是一个寡妇，守着三个儿子替人缝点衣服过日子；这同学散操以后，便跑回去，把那个装了无数甘蔗，业已分配得上好的篮子，提上街到各处去卖，把甘蔗卖完便赚回三五十个小钱。可是这人虽然为了三个铜元，每个晚上皆得大街小巷地走去，倘在任何地方一遇到同学好友时，总一句话不说，走到你身边来，把二节值十文一节的甘蔗，忽然一下塞到你的手里，飞快地就跑掉了。我遇到他这样两次，我心中真感动很厉害。我并不想那甘蔗吃，却因为他那种慷慨大方处，白日见他时简直使我十分害羞。

这朋友虽待得我很好，可是在学校方面，我最好的一个同学却是姓陈名肇林的；在技术班方面，好朋友也姓陈，名继瑛。这个陈继瑛家只隔我家五家，他每天同我一把晚饭吃过后，就各人穿了灰布军服，在街上气昂昂地并排走出城去。每出城到门洞边时，卖牛人的屠户正在收拾他的业务，总故意逗我们，叫我们作"排长"；守城的一个老兵也总故意做一个鬼腔，说两句无害于事的玩笑话。两人心中以为这是小事，我们上学的原因，为的是将来做大事，这些小处当然用不着关心。

当时我们所想的实在与这类事不同，他只打量做军长，我就只想进陆军大学。即或我的爸希望做一将军终生皆做不到，但他把祖父那一份光荣，用许多甜甜的故事输入到这又荒唐又顽皮的小脑子里后，却引起了很大的影响。书本既不是我所关心的东西，国家又革了命，我知道中状元已无可希望，却俨然有一个将军的志气。家中别的什么教育都不给我，所给的也恰恰是我此后无多大用处的，可是爸爸给我这一份家世的骄傲，却对于我此后生活的转变，以及在那个不利于我读书的生活中支持，真有很大的益处。体魄不甚健实的我，全得爸爸给我那份骄傲，使我在任何情形中总不气馁，比给我任何数目的财产也似乎更可贵重。

当营上的守兵有了几名缺额，我们那一组应当分配一名时，我也照例去考了一次，考试的结果当然是失败。但我总算把各种技术也演习了那么一下，也在小操场杠杆上做挂腿上，翻上，再来了十个车背，又蹿了一次木马，走了一度天桥。且从平台上拿了一个大顶，再丢手侧身倒掷而下，又在大操场指挥一个小队，做正步、跑步、跑下、卧下种种口令，完事时还跑到阅兵官面前用急促的声音完成一种报告。操演时因为有镇守使同许多军官在场，虽不免有点慌张，但一切皆做得还不坏，不跌倒，不吃砂，不错误手续。且想想我那时还是一个十三岁半的孩子！这次结果守兵名额虽然被一位美术学校的学生田大哥得去了，大家却不难过。（这人在我们班里做了许久大队长，各样皆十分来得。这人若当时机会许可他到任何大学去读书，一定也可做个最出色的大学生；若机会许可他上外国去学艺术，在绘画方面的成就会成一颗放光的星子。可是到后来机会委屈了他，环境限止了他，自己那点脾气也妨碍了他，十年后跑了半个中国，还是在一个少校闲曹的位置上打发日月。）当时各人虽没有得到当兵的荣耀，全体却十分快乐。我记得那天回转家里时，家中人问及一切，竟对我亲切谈笑了许久。且因为我得到过军部的奖语，仿佛便以为我未来必有一天可做将军。为了欢迎这未来将军起见，第二天杀了一只鸡，鸡肝、鸡头便皆为我独占。

第二次又考试过一次，那守兵的缺额却为一个姓舒的小孩子占去了。这人年龄同我不相上下，各种技术皆不如我，可是却有一份独特的胆量，能很勇敢地在一个两丈余高的大桥上，翻倒觔斗掷下，落地时身子还能站立，因此大家仍无话说。这小孩子到后害热病死了。

第三次的兵役给了一个名"田棒槌"的，能跳高，撑篙跳会考时第一，这人后来当兵出防到外县去，似乎也因事死掉了。

我在那里考过三次，得失之间倒不怎么使家中失望，家中人眼看着我每天能够把军服穿得整整齐齐地过军官团上操，且明白了很多礼节，似乎上了正路，待我也好了许多。可是全部组织差不多皆为那教官一人所主持，全部精神也差不多由于那教官一人所提起，就由于那点稀有精神，使那位镇守使看中了意，他卫队的营副出了缺，我们教官便被调去了。教官一去，学校也自然解散了。

这次训练算来大约是八个月左右，因为起始在吃月饼的八月，退伍是开桃花的三月，我还记得那天回家我摘了一大把桃花。

那年我死了一个第二的姊姊，她比我大两岁，美丽，骄傲，聪明，在九个兄弟姊妹中，这姊姊比任何一个皆强过一等。

丰子恺（1898—1975），著名漫画家、散文家、文艺理论家和翻译家。1919 年毕业于浙江省立第一师范学校。1921 年获亲友资助赴日留学，10 个月后因经济困难回国，先后在上海、浙江、重庆等地任教，并曾任上海开明书店编辑、《中学生》杂志编辑。1924 年在文艺刊物《我们的七月》上第一次发表漫画《人散后，一钩新月天如水》。1942 年在重庆自建"沙坪小屋"，专事绘画和写作。

学画回忆

丰子恺

假如有人探寻我儿时的事，为我作传记或讣启，可以为我说得极漂亮："七岁入塾即擅长丹青。课余常摹古人笔意，写人物图，以为游戏。同塾年长诸生竞欲乞得其作品而珍藏之，甚至争夺殴打，师闻其事，命出画观之，不信，谓之曰：'汝真能画，立为我作至圣先师孔子像！不成，当受罚。'某从容研墨抻纸，挥毫立就，神颖哗然。师弃戒尺于地，叹曰：'吾无以教汝矣！'遂装裱其画，悬诸塾中，命诸生朝夕礼拜焉。于是亲友竞乞其画像，所作无不惟妙惟肖。……"百年后的人读了这段记载，便会赞叹道："七岁就有作品，真是天才！神童！"

朋友来信要我写些关于儿时学画的回忆的话。我就根据上面的一段话写此吧。上面的话都是事实，不过欠详明些，宜解说之如下。

　　我七八岁时——到底是七岁或八岁，现在记不清楚了，但都可说，说得小了可说是照外国算法的，说得大了可说是照中国算法的——入私塾，先读《三字经》，后来又读《千家诗》。那《千家诗》每页的上端有一幅木版画，记得第一幅画的是一只大象和一个人在那里耕田，后来我知道这是二十四孝中的大舜耕田图。但当时并不知道画的是什么意思，只觉得看上端的画，比读下面的"云淡风轻近午天"有趣。我家开着染坊店，我向染匠司务讨些颜料来，溶化在小盅子里，用笔蘸了为书上的单色画着色，涂一只红象、一个蓝人、一片紫地，自以为得意。但那书的纸不是道林纸，而是很薄的中国纸，颜料涂在上面的纸上，会渗透下面好几层。我的颜料笔又吸得饱，透得更深。等得着好色，翻开书来一看，下面七八页上，都有一只红象、一个蓝人和一片紫地，好像用三色版套印的。

　　第二天上书的时候，父亲——就是我的先生——就骂，几乎要打手心；被母亲不知大姊劝住了，终于没有打。我抽抽咽咽地哭了一顿，把颜料盅子藏在扶梯底下了。晚上，等到先生——就是我的父亲——上鸦片馆去了，我再向扶梯底下取出颜料盅子，叫红英——管我的女仆——到店堂里去偷几张煤头纸来，就在扶梯底下的半桌上的"洋油手照"底下描色彩画。画一个红人，一只蓝狗，一间紫房子……这些画的最初的鉴赏者，便是红英。后来母亲和诸姊也看到了，她们都说"好"；可是我没有给父亲看，防恐吃手心。这就叫作"七岁入塾即擅长丹青"。况且向染坊店里讨来的颜料不止丹和青呢！

后来，我在父亲晒书的时候找到了一部人物画谱，翻一翻，看见里面花头很多，便偷偷地取出了，藏在自己的抽斗里。晚上，又偷偷地拿到扶梯底下的半桌上去给红英看。这回不想再在书上着色，却想照样描几幅看，但是一幅也描不像。亏得红英想工好，教我向习字簿上撕下一张纸来，印着了描。记得最初印着描的是人物谱上的柳柳州像。当时第一次印描没有经验，笔上墨水吸得太饱，习字簿上的纸又太薄，结果描是描成了，但原本上渗透了墨水，弄得很龌龊，曾经受大姊的责骂。这本书至今还存在，最近我晒旧书时候还翻出这个弄龌龊了的柳柳州像来看：穿了很长的袍子，两臂高高地向左右伸起，仰了头作大笑状；但周身都是斑斓的墨点，便是我当日印上去的。回思我当日最初就印这幅画的原因，大概是为了他高举两臂作大笑状，好像我父亲打呵欠的模样，所以特别有兴味吧。后来，我的"印画"的技术渐渐进步。大约十二三岁的时候（父亲已经弃世，我在另一私塾读书了），我已把这本人物谱统统印全。所用的纸是雪白的连史纸，而且所印的画都着色。着色所用的颜料仍旧是染坊里的，但不复用原色，我自己会配出各种的间色来，在画上施以复杂华丽的色彩，同塾的学生看了都很欢喜，大家说："比原本上的好看得多！"而且大家问我讨画，拿去贴在灶间里，当作灶君菩萨；或者贴在床前，当作新年里买的"花纸儿"。所以说我"课余常摹古人笔意，写人物花鸟之图，以为游戏。同塾年长诸生竞欲乞得其作品而珍藏之"，也都有因；不过其事实是如此。

至于学生夺画相殴打，先生请我画至圣先师孔子像，悬诸塾中，命诸生晨夕礼拜，也都是确凿的事实，你听我说吧：那时候我们在私塾中弄画，同在现在社会里抽鸦片一样是不敢公开的。我好像是一个土贩或私售灯吃的；同学们好像是上了瘾的鸦片鬼，大家在暗头里做勾当。先生坐在案桌上的时候，我们的画具和画都藏好，大家一摇一摆地读《幼学》书，等到下午照例一个大块头拖先生出去吃茶了，我们便拿出来弄画。我先一幅幅地印出来，然后一幅幅地涂颜料。同学们便像看病时向医生挂号一样，依次认定自己所欲得的画。得画的人对我有一种报酬，但不是稿费或润笔，而是种种玩意儿：金铃子一对连纸匣；握空老菱壳一只，可以加上绳子去当作陀螺抽的；"云"字顺治铜钱一枚；① 或者铜管子（就是当时驳船上新用的后膛枪子弹的壳）一个。有一次，两个同学为交换一张画，意见冲突，相打起来，被先生知道了。先生审问之下，知道相打的原因是为画；追求画的来源，知道是我所作，便厉声喊我走过去。我料想是吃戒尺了，低着头不睬，但觉得手心里火热了。终于先生走过来了，我已吓得魂不附体。但他走到我的座位旁边，并不拉我的手，却问我："这画是不是你画的？"我回答一个"是"字，预备吃戒尺了。他把我的身体拉开，抽开我的抽

----

①有的顺治铜钱，后面有一个字，字共有二十种。我们儿时听大人说，积收了一套用绳编成宝剑形状，挂在床上，夜间一切鬼都不敢来。但其中，好像是"云"字，最不易得；往往为缺少此一字而编不成宝剑。故这种铜钱在当时的我们之间是一种贵重的赠品。——原注。

斗，搜查起来。我的画谱、颜料以及印好而未着色的画，就都被他搜出。我以为这些东西全被没收了；结果不然，他但把画谱拿了去，坐在自己的椅子上一张一张地观赏起来。过了好一会儿，先生旋转头来叱一声"读！"大家朗朗地读"混沌初开，乾坤始奠……"这件案子便停顿了。我偷眼看先生，见他把画谱一张一张地翻下去，一直翻到底。放假①的时候我夹了书包走到他面前去作一个揖，他换了一种与前不同的语气对我说："这书明天给你。"

明天早上我到塾，先生翻出画谱中的孔子像，对我说："你能看了样画一个大的么？"我没有防到先生也会要我画起画来，有些"受宠若惊"的感觉，支吾地回答说："能。"其实我向来只是"印"，不能"放大"。这个"能"字是被先生的威严吓出来的。说出之后心头发一阵闷，好像一块大石头吞在肚里了。先生继续说："我去买张纸来，你给我放大了画一张，也要着色彩的！"我只得说："好。"同学们看见先生要我画画了，大家装出惊奇和羡慕的脸色，对着我看。我却带着一肚皮心事，直到放假。

放假时我挟了书包和先生交给我的一张纸回家，便去同大姊商量。大姊教我，用一张画方格子的纸，套在画谱的书页中间。画谱纸很薄，孔子像就有经纬格子范围着了。大姊又拿缝纫用的尺和粉线袋给我在先生交给我的大纸上弹了大方格子，

---

①文中的"放假"指放学。——编者注。

然后向镜箱中取出她画眉毛用的柳条枝来，烧一烧焦，教我依格子放大的画法。那时候我们家里还没有铅笔和三角板、米突尺，我现在回想大姊所教我的画法，实在可以佩服。我依照她的指导，竟用柳条枝把一个孔子像的底稿描成了。同画谱上的完全一样，不过大得多，同我自己的身体差不多大。我伴着了热烈的兴味，用毛笔勾出线条；又用大盆子调了多量的颜料，着上色彩，一个鲜明华丽而伟大的孔子像就出现在纸上。店里的伙计，作坊里的司务，看见了这幅孔子像，大家说"出色！"还有几个老妈子，尤加热烈地称赞我的"聪明"和画的"齐整"，并且说："将来哥儿给我画个容像，死了挂在灵前，也占些风光。"我在许多伙计、司务和老妈子的盛称声中，俨然地成了一个小画家。但听到老妈子要托我画容像，心中却有些儿着慌。我原来只会"依样画葫芦"的！全靠那格子放大的枪花，把书上的小画改成为我的"大作"；又全靠那颜料的文饰，使书上的线描一变而为我的"丹青"。格子放大是大姊教我的，颜料是染匠司务给我的，归到我自己名下的工作，仍旧只有"依样画葫芦"。如今老妈子要我画容像，说"不会画"有伤体面，说"会画"将来如何兑现？且置之不答，先把画缴给先生去。先生看了点头。次日画就黏贴在堂名匾下的板壁上。学生们每天早上到塾，两手捧着书包向它拜一下，晚上散学，再向它拜一下。我也如此。

自从我的"大作"在塾中的堂前发表以后，同学们就给我一个绰号"画家"。每天来访先生的大块头看了画，点点头对先生说"可以"。这时候学校初兴，先生忽然要把我们的私塾大加改良了。他买了一架风琴来，自己先练习几天，然后教我们唱"男儿第一志气高，年纪不妨小"的歌。又请一个朋友来教我们学体操。我们都很高兴。有一天，先生呼我走过去，拿出一本书和一大块黄布来，和蔼地对我说："你给我在黄布上画一条龙。"又翻开书来，继续说："照这条一样。"原来这是体操时用的国旗。我接受了这命令，只得又去同大姊商量；再用老法子把龙放大，然后描线，涂色。但这会的颜料不是从染坊店里拿来，是由先生买来的铅粉、牛皮胶和红黄蓝各种颜料。我把牛皮胶煮溶了，加入铅粉，调制各种不透明的颜料，涂到黄布上，同西洋中世纪的 Fresco① 画法相似。龙旗画成了，就被高高地张在竹竿上，引导学生通过市镇，到野外去体操。我悔不在体操后偷把那龙旗藏过了，好让我的传记里添两句："其画龙点睛后忽不见，盖已乘云上天矣。"我的"画家"绰号自此更盛行，而老妈子的画像也催促得更紧了。

我再同大姊商量。她说二姊丈会画肖像，叫我到他家去"偷关子"。我到二姊丈家果然看见他们有种种特别的画具，玻璃九宫格，擦笔，Conté②，米突尺，三角板。我向二姊丈请教了些笔法，借了些画具；又借了一包照片来，作为练习的样本。因为那时我们家乡地方没有照相馆，我家里没有可用玻璃格子

---

① 壁画。——编者注。
② 木炭铅笔。——编者注。

放大的四寸半身照片。回家以后，我每天放学后就埋头在擦笔照相画中。这原是为了老妈子的要求而"抱佛脚"的；可是她没有照相，只有一个人。我的玻璃格子不能罩到她的脸孔上去，没有办法给她画像。天下事有会巧妙地解决的。大姊在我借来的一包样本中选出某老妇人的一张照片来，说："把这个人的下巴改尖些，就活像我们的老妈子了！"我依计而行，果然画了一幅八九分像的肖像画，外加在擦笔上面涂以漂亮的淡彩：粉红色的肌肉，翠蓝色的上衣，花带镶边；耳朵上外加挂着一双金黄色的珠耳环。老妈子看见珠耳环心花盛开，即使完全不像，也说"像"了。自此以后，亲戚家死了人我就有差使——画容像。活着的亲戚也拿一张小照来叫我放大，挂在厢房里；预备将来可现成地移挂在灵前。我十七岁出外求学，年假暑假回家时还常常接受这种兼务生意。直到我十九岁时，从先生学了木炭写生画，读了美术的论著，方才把此业抛弃。到现在，在故乡的几位老伯伯和老太太之间，我的擦笔肖像画家的名誉依旧健在；不过他们大都以为我近来"不肯"画了，不再来请教我。前年还有一位老太太把他的新死了的丈夫的四寸照片寄到我上海的寓所来，托我写照。此道我久已生疏，早已没有画具，况且又没有时间和兴味。但无法对她说明，就把照片送到霞飞路的某照相馆里，托它放大为廿四寸，寄了去。后遂无问津者。

假如我早得学木炭写生画，早得受美术论著的指导，我的学画不会走这条崎岖的小径。唉，可笑的回忆，可耻的回忆，写在这里，给世间学画的人做借鉴吧。

钱君匋（1907—1998），著名书法家、画家、篆刻家、书籍装帧家，中国当代"一身精三艺，九十臻高峰"的艺术大家。1925年毕业于上海艺术师范学校，师从丰子恺学习西洋画，并自学书法、篆刻、国画。出版有《春梦恨》《中国儿歌选》《小学校音乐集》《鲁迅印谱》《钱君匋画集》《钱君匋书籍装帧艺术选》和《钱君匋书画篆刻精品集》等。生前为中国美术家协会会员、中国书法家协会会员、中国音乐家协会会员。

记幼年的艺术生活

钱君匋

我对于绘画、工艺、音乐、诗，都非常爱好，尤其是绘画与工艺，从幼年时就有了极浓厚的兴趣。大约六岁的时候，我常常到父亲的账桌抽斗中偷白纸来做"小鬼""阿七哭""猫""狗"以及幼年时代的游戏动作等的图像，这是仅用一杆破毛笔、一些淡墨渖的工具。有时并且与二三小友任意用炭粒在人家的白垩的墙壁上乱画'龟'等等的形象。这样过了一二年，便入塾读书，因为读的书是《百家姓》《千字文》《千家诗》等的课本，所以对于绘画，仍旧跟以前一样，只能画那种对象。不过在这时候对于笔、纸的来源比较容易，所以每日午饭后到塾，必须画他几张，分赠同学。

又一年之后，在邻居看见朱梦仙君的"花折子"。"花折子"是一种普通商家用以记草账的折子，是以连史纸、白矾纸裱糊成的。在这上面，颇适合于用墨笔勾勒淡彩敷盖的绘画。某天，梦仙君在他家的古旧的厅的南檐下，凑着温和的春日正在描着《三国志》中的诸葛亮、赵云、刘备、张飞、关羽、曹操等人的戏装，我痴立旁边看他徐缓地、谨慎地一笔一笔描成了将军的盔，又在盔下描出了将军的威武的脸，或者是生须的，鼻子以下便描上一簇黑或白的美丽的胡须；又描甲，以及刀、剑、枪、戟、令箭、令旗之类，再在各种小碟中蘸了红红绿绿的洋颜色来敷到盔甲等处。于是成了一幅使那时的我佩服到一百二十分的杰作。他的画我每日去上学可以顺便看见的。后来我把家中所给的买闲食吃的钱决意也去买洋红、洋绿、折子，在塾师午睡的时候便拼命地模仿。数日之间，居然也成就了不少，同学都向我强要，而我却还是舍不得。

这时，我已经会用颜色来作画了，而画的题材，不再是"龟""阿七哭""猫"等，却已转向到剧的方面，但亦不过到了剧的方面而已。此外，一些也不会画。——其实所谓已经会画了的剧中人，也是头大身短或残臂跛足的畸形的东西。

有一次，因为画"花折子"不提防给塾师撞见了，被打了十下手心，下谕下次不准再描。同时那天的《千家诗》背诵不出，塾师更怒火难抑，又痛罚了数十下手心。我于是起来反抗，把塾师的硃砚抹到地上，旱烟袋抛出窗外。结果，我父亲便来把我读书而坐的那张自己家中拿来的椅子叫人搬了回去，不再来塾攻读了。

出塾之后，翌日便进区立石泾初等小学（无须入学试验，可以随时入学），所读的是《共和国国文教科书》第六册，记得其中有插图，而且有五彩的鸟类的插图，那时的乡人都说这是"洋书"，在塾中读的是"本国书"。我读了洋书之后，对于绘画又得了一个进步，就是此后学会了画鸟。虽然先前也画，但先前往往会把小鸟画成老母鸡似的东西，或竟像一支四角菱。但从那时以后画鸟，总有些像鸟了。一面在学校里对于图画不加禁止的，而是提倡的，所以我亲近绘画的机会也就随之而增多了。

到了高小，我画一个鼓，鼓的背后画两只鼓槌，是先用尺入纸来打草稿的，我画好之后，先给先生一看，如果先生说好的，便可以印着画到图画练习簿上，如果说不好，那必须再行修改。如果在先生高兴的时候，碰着他说不好时，他会帮你修改。那一回画的鼓，他说不好，我记得因为那鼓画得太像掷瘪的亚铅或锡的罐子，而鼓槌又七曲八屈的，实在自己也觉得有些不对，但学生的心理，对与不对总是想取决于先生的。那时虽然自知不对，或者以为是自己不会看的缘故，所以请先生看了对与不对便能判然而分。不料先生说了不对以后，他非常高兴地接过来帮我修改了，这一来，使我高兴到非常。果然，在他的修改之下，那鼓竟像一个打去会硼硼地响的鼓，鼓槌也着实来得硬，不像未修改之前那般的面条一样的东西了。

这回之后，我对于绘画，更热心起来。在这学期的终了的学业报告单上，关于图画的分数是九十来分。

在高小时代我不但图画好，而且算术也好，同学中颇有人以菱、橘等食物来交换算术的公式和答数。但到了中学，我因为喜欢图画而把此外的功课都荒废了，以前算术出名的，中学时代的算术，我却不能不向人家求教了。

在中学不到一年的样子，因为作文的关系，跟国文教员吵了架，除了名。

虽然在中学时代很喜欢绘画，但图画教员的不良，依然困顿在临画之中，新的技法的闻知，简直一点也没有。

后来家中要我学法律，想我将来在官场中混混，或者成一个法律专家，然而我却无意于此，到了上海并不遵照家中的叮嘱，管自入了艺术学校，在那里才得到一点新的知识，对于绘画，才渐渐走入了正道。

二

跟小友们用炭粒在人家的白垩的墙壁上乱涂的时代，同时还喜欢弄泥，假使不去用炭粒作画，便同着二三人到田间掘泥造人，虽然仅能造成葫芦一般的东西，始终不像一个人形，但大家以为是像得无可再像的了。在高兴时，或者再用几块旧砖，为这些葫芦形的泥人建造了家屋。再高兴时，更为他制作永远生不上脚的光身的马。后来虽然我发明用火柴杆来当作马脚，但终于因为火柴杆太细，往往不能把马身撑起，等到有人提议用竹筷或树枝来作马脚，这才把马弄得像马。

每次从田间回来，衣上不会没有泥的，因此，往往被家中责罚，禁止下回去。

后来在街上看见卖糖的江北人挑的担，同时兼卖着印泥人的母型，我便跟着小友们买了，这样一来，我对于弄泥土的兴趣更高了。

用母型印成的戏装的泥人有各种各样，实在使我迷恋。从田间取来的黏土，因为不会捣练，水分蒸发后，颇易生裂纹，于是我便研究着使它干燥后不致生裂纹。做成的泥人，至今尚有三四枚在老家中留存着，不曾破损。

对于弄泥，随着年龄的长大而渐渐失却了兴趣。有一个夏日，晚上在茶馆中听到留声机的卖唱，这使我兴奋到了极点，在那里留恋着不想回家了。次日便约好了一位最知己的小友，他的趣味跟我是完全相同的，便在家中仿造留声机。我们用大英牌香烟匣的厚纸来改造作留声机的机身，用坏钟的发条当旋转机，用大前门罐里的圆铁片当蜡盘，更自己制造了喇叭和摇手，虽然那圆铁片偶然会转了几下，但终于不会发音，这使我们非常诧异，莫明其所以。那时对于发音，果然毫无办法的失败了，但机的外观，俨然是一架小型的真的东西了。

因为帝国主义在我国的文化上加以侵略，所以虽在如我家所在的那样的穷乡僻壤，也有耶稣教的福音堂的设立。每逢星期日必有"洋鬼子"① 乘坐"偷鸡豹"② 经过镇中的市河而至那座不十分像样的福音堂中讲道，劝大家信教。我或者因为太幼小尚不懂事的缘故，所以不曾被劝信教，但已经得到不少关于

---

①我乡小孩称外国人为"洋鬼子"。——原注。
②我乡称外国人乘坐的汽油引擎的小汽船为"偷鸡豹"。——原注。

耶稣被难的宣传画。当然，我对于这些画，与香烟中的画片和自己的作品一样视同珍宝，珍而藏之起来。

不特此也，那些"洋鬼子"带来的画片之外，尚有一条"偷鸡豹"给我们看，而且我果然对于画片是爱不释手，对于"偷鸡豹"却更来得欢喜看，因为更难得看到，而且是会动的，会自己进行的，于是欢喜看之后，就又纠集同好来制造。

我向一家父亲所熟识的洋广货铺子要了一支很大的不知盛什么外国货的厚纸匣，回家来便改造了一只"偷鸡豹"的身子，所费时日约一二天，形状颇像，可惜放到水中慢慢地会被水浸透而沉了下去，于是我们又商量了一会儿，设法使它不会被水浸透。小友中有提议用大英牌香烟匣外面包着的透明纸来糊在船身的外面，结果糊虽糊了，但放在水中过了相当的时候，仍旧要被水浸透，我便提议用白礼氏洋蜡烛油来熔了涂上，这才水不会再浸得透了。"偷鸡豹"虽然制成了，但仅能在水面上浮起，既不能前进，亦不会后退。小友中又有人提议说在船的中央必须烧火，火上置水筒，便有蒸气的作用。当然，这提议并非我辈发明，原来我辈所读的《共和国教科书》中有着，就是从那位英人瓦特所发明的汽机图中得来的。我们一想到非用蒸汽机关不可的时候，我们便即刻着手计划进行。由各人的努力，三天之后，已弄成了一架颇似那教科书中的蒸汽机插图式的所谓蒸汽机关。生火的油炉，却是用盛梅酱的小瓦罐。明知要使这杜造的"偷鸡豹"能前进或后退全属梦想，但生了火放到水上去时，偶尔被水的推动向前或向后有些动，便当作了自己的成功，喜悦得懒在河边不想回家去吃饭了。

到了冬尽春初的时候，我更忙得厉害，因为制纸鸢成了名。那时小友们大家拿了纸竹来请我替他们造纸鸢。的确，我所造的纸鸢，不论蝴蝶形的、方形的，可以拆卸的鹰形的，都能放上三四个线团，跟白云与飞鸟为伍。因为自己制的能够放上天去，所以自己非常相信自己对于制纸鸢是万能的了；等到制造了一只蜈蚣形的纸鸢去试放时，不知是否着了鬼，一个转身便骨碌地翻下地来，给人家笑得满面通红。

在学校方面，对于工艺，我并未得到一点好处，只有畏惧，因为先生所教的题材都跟我不发生兴趣的。譬如用竹雕一个笔筒，雕刻时因竹材的坚韧，非常难于弄好，便不发生兴趣；其后做成了，就给先生收下作为什么成绩，连自己玩赏一下也不可能，兴趣当然无从生起；再则自己又没有那么许多笔来插，并且不论在学校在家中，连要比较得体地安放笔筒的地方也没有，所以更加无兴趣了。学校中的工艺大都如此，所以我很不喜欢这一门。我的工艺的趣味的养成，完全是在学校之外做着玩的游戏中得来的。

在幼年，对于音乐，虽然爱好，但究竟在技巧上比较困难些，除吹口叫唱无字的京腔，再在学校中跟先生唱些不通的新式唱歌外，一无可记。

至于诗文，更是后来的事情。

二十一年十一月十八日　上海

缪天瑞（1908—2009），著名音乐学家、音乐教育家，中国现代律学学科奠基人之一，中国音乐教育事业的开拓者之一。1923年考入上海艺术师范音乐科，师从吴梦非、丰子恺等学习音乐理论，1926年毕业。曾任福建音乐专科学校教授、教务主任，台湾省交响乐团副团长。主编有《中国音乐词典》《中国大百科全书·音乐舞蹈卷》等辞书，译有《音乐的构成》《对位法》《曲式学》等，代表作为《律学》。《缪天瑞文存》汇集了他在学术研究领域中的大部分成果。

幼年时代的音乐生活

缪天瑞

儿童听觉最灵敏，但同时也最易堕落。每个儿童几乎都热爱着音乐的，但往往因为教养得不得法，终于失了兴趣，或低落了兴趣。

我是一个从小就爱好音乐的人，可是，因为处于不良的环境中，幼年时代的音乐生活，是十分的悲惨。是啊，我的幼年时代的种种努力，是白牺牲了的。

七岁时候，祖父教我吹笛子。祖父是非常欢喜音乐和工艺的，少年时代，据说曾为了奏乐特地在家里的小花园中造了一间小楼，招来一些朋友，整天在那里吹奏，大有文艺复兴时代佛罗伦萨的王孙公子们之风。只不过所吹所奏的，是些中国的原始式的音乐，更谈不到新贡献、改革。祖父筒箫吹得最好。我当时要他教我吹筒箫，他不许，他说筒箫要比横笛难，费气力大，孩子们学不得的。他教我吹横笛，我学了大约半年多，似乎还只知道三个小调。记得那是夏天时候，我赤着膊呢，不知穿了背心，坐在门档上，拿着长得不和身体相称的笛子拼命地吹，笛子吹不响，只觉得一股股的凉气吹在裸露着的手臂上，但不久也就吹"落胴"了——这是我们乡人的吹笛上的术语，即吹响了的意思，而且也就居然学会了三首小调了。

在这以后是怎样，我已不记得了，似乎不久即进了高等小学。高等小学办在城里，我宿在亲戚家里当通学生，那亲戚是欢喜音乐的，受了家人的告诫，我没有把乐器带到他家里去。但我很是难忍。离校不远，有一家剃头店，店里的司务时常聚着吹笛子，拉胡琴。大约因为也是那店的顾客，我不久之后居然便和店里一个吹笛子的司务十分相熟了。以后自然，我就在他们面前试我的技术了。他们称赞我吹得那般"落胴"，但是批评我吹的调子完全不对。我得到这样一个处所，觉得十分欢喜，于是便把自己的笛子拿到店中去，放了学就到店中去吹。

不幸，一天正在吹，被一个同学看见了。他由羡慕变成了嫉妒，说要告诉校长去。这是使不得的。校中刚几天前就发生了这样的一件事：一个同学在家门口玩着一只活捉住的斑鸠，被另一个同学看见了，走去报告校长，校长就叫那同学去把斑鸠拿来，那同学只得苦苦地献出。那斑鸠，听说后来就成了标本室里钉在木头上的斑鸠。假如他也把我报告了，我的横笛就要遭跟斑鸠一样的厄运。我只得苦苦地认错了，以后再不吹笛子。

　　自己虽然不吹，却仍然常常到店里去听人家吹。这时我的趣味逐渐由笛子转移到胡琴上去了。起先似乎只是好奇，后来便觉得笛子的声音有些不自然了。这自然是听了胡琴的影响。

　　距今三年以前，我有一次回到家里，看见当时我吹的笛子依旧还在。我拿来试吹了一下，知道声音完全不正确，就连一个小工调都不准的。这样的笛子，便是用来只为满足一个儿童的幼稚的音乐欲，显然也还是不配呢。是前年也不知是大前年，听说有一班人想把中国所有的乐器，各仿造多少件，送往各国博物院去陈列，算是发扬国光。这未免太荒谬了。中国乐器，不要说仿制，便是改造，有些都不值得的，那些全然是原始的乐器。其实，有些乐器，你要给它改造，就正逃不出西洋乐器的进化改善的范围。举刚才说的笛子为例吧，笛子要自由移调，除了用键，没有第二个更好的方法。有志改进中国乐器的人，正不必多费苦心，只要在中国的横笛上装上 Flute 的 Key 便可以，也照着 Flute 的 Key 从简单的用四个键的起，一直到复杂的用十多个的止。

　　此外，为中国人能便利运用西洋乐器，我觉得也有把西洋乐器改造一番的必要。这是怎么说的呢？我是说，要把钢琴的各键的距离改得较近一点。我的手指并不怎样短，但我初学钢琴的时候——其实现在有时也何尝不如此——总觉得自己的手指不够长，我的熟人中大多都有同样的遗憾，尤其是女子。西方人一般体格总比我们东方人为雄伟，手也要大得许多。所以有些乐曲，在他们弹来是十分便易，在我们却是难乎其难。不过，这改革，大约很不容易实行；为目前计，我想只有一个办法可以补救，便是能有一个钢琴家出来，为适合于中国人的弹奏，把西洋的乐曲的有些地方的运指法，改移了一些，以补中国人的手指不够长的短处。高明的教师，自然早已知道如此；但是茫然不知所可的人，当然也还不少呢。Flute 的升 C 等键的距离，我觉得也太远些。

议论已经发够了。再说到我当时从笛子转移了兴味的事去。笛子所以不好听，是因为调律不准的缘故，这自然不是当时的我所能知道的，至早是在中学时代才知道的，那时才读了一些书。其实，笛子岂但只是调律不准，便是它的音色，也是带着官能色彩的。这都会于无意中给儿童的我的音乐欲以不满足的。

于是我就想起了学胡琴，胡琴家中是有现成的，但因为长久不用，蛇皮都被老鼠吃去了。我好容易从一个楼顶上把两把胡琴——一把长的，一把短的——找了出来，但没有皮，怎样办呢？一个女用人告诉我，用田鸡（即青蛙）的皮也可以的。我就约了弟妹们去捉田鸡，愈大愈妙。结果捉到了一只有拳头般大的田鸡。我在一个族兄的指导之下，拿着一把锈而钝的剃头刀，开手剥它的皮了。我只把田鸡的颈间微微割了一圈，皮便像姑娘们脱旗袍似地从脚部脱了出来，不过反了个身罢了。田鸡剥了皮，还是活活泼泼地跳，据那族兄说，如果拿一种叫作白脚麻衣的草，贴在它背上，它的皮日后还能生转过来的，但我们一时找不到那草，并且一味只要去蒙胡琴，顾不得这些小事情，便由它去了。

是不是最初的我的胡琴练习，就用蒙田鸡皮的，或者是另外得到别的真蛇皮的，如今可记不起来了。我只记得当时学习胡琴是大费苦心的。亲戚家中不能拉，剃头店里不能拉（怕又被那同学看见），学校更不消说得。但后来终于被我想出了一个法子。祖父曾对我说，从前外村里有一个筒箫名手，吹得真是出神入化，但他的工夫是在旱烟筒上练成功的。还有一个三弦名手，他的工夫是在衣服的纽子上练成功的——便是说，在纽子上练习轮指法。据祖父说，他一件衣服，要换上五次以上的纽子。我当时是不是受了这些故事的暗示，我不能确说，但至少，我想是有些关系的。高等小学里的座位，是一个人一张桌子的，桌子上没有抽屉，却有三面掩着板的柜胴，我便伸手在柜胴内，左手拿着长的笔套，当作琴杆，右手拿着笔杆，当作琴弓，开始我的胡琴练习。上历史课也拉，上国文课也拉，上修身课更拉。我们修身课教的是"子曰：学而时习之"的《论语》。大约是拉了好几礼拜，一天得回到家里，急急去找胡琴来实地试验一下，居然给我勉勉强强地拉成了腔了。

大约也就在这时候，我的久客他邦的父亲突于那年夏间回到家里。作为玩物，他给我带来了一只口琴，同时也给我一本口琴学习书。这本书，我数年前曾把它翻译了，拿到一家书店去出版，但后来因为觉得无聊，还是收回来了。口琴虽使我醉心一时，但不久也就厌了，知道几个音可以同时结合起来的道理，也是从这时开始的。这时家中又从别处拿来了一只小风琴，我便在风琴上练习着从口琴得来的和声。这样的风琴弹奏，自然不能使我的兴趣保持长久，所以结果还是热衷于胡琴。这胡琴热就一直持续到了中学时代。后来就一直到了习了钢琴，听了正式的歌唱以后，才对于胡琴（京胡）失了兴趣。起先是只为了京调的唱法——尤其是旦角的假声唱法，感到了不快，但后来不知怎的，连清奏的胡琴，都厌弃了。

但在其间，我也练习过各种的乐器。例如，把家中视为珍物的书架拿去和一个朋友换了一只月琴来弹，弹不到几天便厌了，这自然又是无意识中感到了音色不美、音调不准的缘故。又乘祖父外出，我找得了一只小哨呐，鼓着腮拼命地吹。但哨呐的声音来得特别响而且古怪，一吹起来，家里的两只狗便狂吠不住，我于是不得不放手。家中人也说不好听，像是丧户人家。同时我还练过大正琴、敲琴（即洋琴）等等，但都是一上手马上便觉得无味了。

为想自己也有一只筒箫，我便模仿着祖父的筒箫，开手自己来制造了。第一次制造是由祖父指导着的，但以后就都自己做了。我还用竹做了短胡琴，用澜泥做了埙，这是看见了祀孔时用的埙而被引起来的，又用木头做了弹起来像三弦的大正琴。为了做竹胡琴，我几乎把家中的帐竿都斫光了。为了这事，同时也为了买木材偷了母亲的钱，被母亲打骂了一顿。这是难怪她生气的，那时我已是高小二年级，差一年就要毕业，毕业后要去考中学，可是我那时候，每天只做这些顽皮玩意儿。不过，另一面，他们也是太不了解我的苦心了。

父亲的死在异邦的消息的传来，似乎也就在这时候，我暂时被禁止弹奏。但父亲的死，却给了我一个新的音乐的学习。同着父亲的遗骸带回国的，除了少许衣服、书籍外，却有一只提琴。据同在异国的叔父说，父亲最爱这提琴，所以叔父不忍把它抛弃，当作纪念的遗物把它带回来了。同父亲的遗骸一起回国的，还有一位堂姊姊。父亲提琴似乎并不奏得怎样好，但他却很热心地教授着姊姊弹奏。丧服一满，我便拿着父亲的提琴要姊姊教。姊姊教得虽不好，实在她自己也还不大清楚，只因我对于弓奏的弦乐器本来已有兴味，所以也很热心地练习了一些时间。但是不久，还是冷淡下去：一，因为没有人好好地教导；二，因为弦线都断了，用胡琴的丝弦配上去拉，简直拉不响。结果还是继续胡琴的练习。但这时候拉的已是京胡了。

到了中学二年光景，我的京胡已经拉得相当地纯熟。但当时的中学，虽则一礼拜有一小时音乐课，乐器弹奏却是禁止的，正同我们在小学时虽有体操，踢皮球、毽子却是不许的一样。我胡琴便在朋友家中拉。那朋友年纪比我大，最喜看小说和古书。他告诉我说，古书里载着，把多少长长短短的竹签，在一间四面密蒙着布幔的小房子的地下插着，再盖上一些灰，等节候一到，表示和某节候相应的竹签，便会从地下突上来。他说，他不久就要实地试验一下。他又说，某书里载着，有一个人坐在池边弹琵琶，正弹得起劲，一个铁片突然从池底下呼地飞了上来，一看，是乐器"方响"。所以，他说，自己也要坐在池边弹奏，说不定也有方响呼地飞上来的。这些故事很打动了我的心，我向他借来一些古书——当然是关于音乐的来，读了也颇引起一些兴趣。只不过没有他那样迷信罢了。前年回家，听说那朋友已成了狂人了，常常毁掉一架时辰钟，把里头的发条等拿出来，缚在身上，说要腾空了。但我却从那时起，靠了他，得看了各种各样的书，内中多半关于音乐的，其次是神话、鬼话和狐话。

这样就到了中学毕业，叔父看见我只注专意于音乐，便索性带我到上海来学习音乐。最初进的学校只有钢琴，我便开始习钢琴了。这时我是十五岁，我的正式的音乐学习，算从这时候开始了。